LE TALISMAN DE NERGAL

3. LE SECRET DE LA VIERGE

Catalogage avant publication de Bibliothèque et Archives nationales du Québec et Bibliothèque et Archives Canada

Gagnon, Hervé, 1963-

Le Talisman de Nergal

T. 3. Le Secret de la Vierge
Pour les jeunes de 12 ans et plus.

ISBN 978-2-89647-074-7 (v. 3)

PS8563.A327T34 2008   jC843'.6   C2007-942151-2
PS9563.A327T34 2008

Les Éditions Hurtubise HMH bénéficient du soutien financier des institutions suivantes pour leurs activités d'édition :

- Conseil des Arts du Canada ;
- Gouvernement du Canada par l'entremise du Programme d'aide au développement de l'industrie de l'édition (PADIÉ) ;
- Société de développement des entreprises culturelles du Québec (SODEC) ;
- Gouvernement du Québec par l'entremise du programme de crédit d'impôt pour l'édition de livres.

Éditrice jeunesse : Nathalie Savaria
Conception graphique : Kinos
Illustration de la couverture : Kinos
Mise en page : Martel en-tête

© Copyright 2008
Éditions Hurtubise HMH ltée
Téléphone : (514) 523-1523 · Télécopieur : (514) 523-9969
www.hurtubisehmh.com

ISBN 978-2-89647-074-7

Dépôt légal : 3e trimestre 2008
Bibliothèque et Archives nationales du Québec
Bibliothèque et Archives du Québec

Imprimé au Canada

HERVÉ GAGNON

LE TALISMAN DE NERGAL

3. LE SECRET DE LA VIERGE

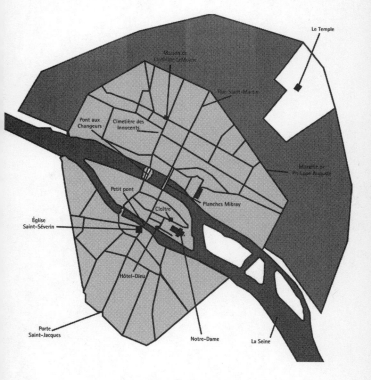

Paris en 1348

LE DERNIER SOUFFLE
DU COMMANDEUR

Paris, en l'an de Dieu 1277

Allongé sur la paillasse sur laquelle il avait dormi depuis trente-trois ans, Enguerrand de Montségur, ci-devant commandeur de la cité de Jérusalem, vivait ses derniers instants. Au cours de sa vie de moine-soldat, il avait vu suffisamment de blessés revenir du champ de bataille sans espoir de guérison pour reconnaître l'agonie. Il regarderait la mort droit dans les yeux, comme se devait de le faire un templier digne de ce nom. Il avait le sentiment du devoir accompli, ayant tenté de réussir tout ce que Dieu avait exigé de lui.

À ses côtés, les frères priaient à mi-voix, le chapelet entrelacé dans les doigts. En retrait, le frère aumônier s'apprêtait à lui administrer le *VIATICUM*[1]. Mais Enguerrand ne le voyait

---

1. En latin : viatique, c'est-à-dire la communion donnée aux mourants.

pas. Ses ultimes moments, il les passait en lui-même. Des fragments discontinus de sa vie trépidante et remplie d'aventures se déroulaient devant ses yeux. Il avait été choyé par une existence difficile et exigeante pour laquelle il rendait grâce à Dieu.

Au nom du Christ et pour la plus grande gloire de l'ordre, il avait tué et estropié, pillé et détruit sans le moindre remords, certain qu'il accomplissait la volonté divine. Son corps en portait les nombreuses cicatrices et chacune de celles-ci était un trophée. Puis, arrivé à l'âge mûr, alors que la sagesse s'était installée en lui sans flétrir son énergie et son courage, il avait foulé le sol de la Terre sainte. Il avait eu l'insigne honneur d'être celui qui y avait retrouvé le trésor du roi Salomon, maintenant en sécurité à la templerie de Paris. Avant que les musulmans ne réussissent à reprendre Jérusalem, il avait aussi emporté tous les manuscrits, livres et cartes assemblés depuis plus d'un siècle par les Templiers, plus précieux encore que l'or et les joyaux du roi légendaire, et les avait fait charger sur des navires de l'ordre.

Après un retour triomphal, qui lui avait valu reconnaissance, respect et célébrité parmi ses frères, s'était amorcée la dernière phase de son existence. Une nouvelle mission, infiniment plus importante même que la récupération du trésor de Salomon. Avec déférence et un profond sentiment d'indignité, l'ex-commandeur de Jérusalem avait accepté d'y consacrer les dernières années que Dieu avait jugé bon de lui accorder.

Enguerrand de Montségur songea au jeune et mystérieux frère qui lui était apparu alors qu'il attendait pour entrer dans Jérusalem. La bague qu'il lui avait remise était devenue la pierre angulaire sur laquelle s'était érigé le reste de sa vie, comme on construit un temple une pierre à la fois.

Un râle faible sortit de sa poitrine creuse, jadis si massive et d'où des chapelets d'insultes et de jurons s'étaient échappés avec une telle puissance. Son visage émacié et pâle se contracta sous la douleur qui lui rongeait les entrailles. Le frère Enguerrand de Montségur ferma les yeux et adressa à Dieu une dernière prière.

— Regardez, murmura un jeune templier émerveillé en levant le nez de son bréviaire. Le commandeur a souri. La mort est une bien mystérieuse chose.

— Peut-être a-t-il été accueilli par Notre-Seigneur, suggéra un vieil homme.

— Sans doute, mon frère. Sans aucun doute.

Pendant un moment, personne n'osa troubler le silence qui entourait la mort du commandeur de Jérusalem. Puis, autour de sa dépouille, les templiers de Paris entonnèrent d'une voix solennelle la prière si belle qu'ils réservaient à leurs morts depuis un siècle et demi.

MEMENTO CREATORIS TUIIN DIEBUS IUVENTUTIS TUAE, ANTEQUAM VENIAT TEMPUS AFFLICTIONIS, ET APPROPINQUENT ANNI, DE QUIBUS DICAS: «NON MIHI PLACENT»[1]...

---

1. En latin: Souviens-toi de ton Créateur pendant les jours de ta jeunesse, avant que les jours mauvais arrivent et que les années s'approchent où tu diras: «Je n'y prends point de plaisir»... Ecclésiaste 12,1-2.

INONDATION

Dans le temple du Temps,
sans lieu ni date

Manaïl s'éveilla d'un profond sommeil qui s'estompa comme de la poussière sous une brise légère. Il s'étira avec paresse et se résolut à ouvrir les yeux. Allongé dans le temple du Temps, il était fourbu et avait l'impression que chaque muscle de son corps était douloureux.

Autour de lui, les torches éternelles éclairaient les murs de brique blanche et la voûte en demi-cercle peinte en bleu. Les six étoiles qui y figuraient, une grande entourée de cinq plus petites, scintillaient dans la lumière. Accrochée au mur, la tête desséchée de l'apprenti jadis puni pour avoir tenté de vendre les secrets des Mages d'Ishtar semblait l'observer. L'écriteau qui disait « cupide » rappela à Manaïl le sérieux de la mission qu'il n'avait pas désirée, mais à laquelle il s'était résigné. Au centre de la pièce circulaire, sur l'autel, gisait toujours la dépouille de maître Ashurat, les mains jointes sur la poitrine, une expression sereine sur le visage, aussi fraîche que le jour où il l'y avait déposée. Manaïl eut un pincement au cœur en revoyant ainsi le vieux sage qu'il n'avait pas suffisamment connu.

— Tu as beaucoup dormi, dit la voix chaleureuse, presque maternelle, d'Ishtar.

Le garçon tourna la tête et sourit. La déesse était accroupie près de lui dans toute sa splendeur. La longue robe, la tiare et le collier de joyaux étaient les mêmes que la première fois qu'il l'avait vue, à Babylone. Dans ses mains, elle tenait une cruche d'eau qu'elle lui tendit.

— Bois, Élu, lui enjoignit-elle. Cette eau qui fait revivre chaque année la nature te rendra vigueur et santé.

Manaïl s'assit et accepta l'offre de bon cœur. Il porta le récipient à ses lèvres et but goulûment de grandes gorgées de liquide frais. Comme par enchantement, il se sentit aussitôt revigoré. Lorsqu'il fut désaltéré, il rendit la cruche à la déesse. Ishtar sourit avec tendresse, se releva et, d'un geste de la main, la fit disparaître. Elle fit quelques pas dans le temple, s'arrêta et se retourna vers lui.

— Tu as bien travaillé, Élu, déclara-t-elle. Tu as réussi à t'emparer de deux des cinq fragments du talisman de Nergal, mais les Nergalii continuent à explorer les *kan* à la recherche des trois autres. Tu dois te remettre à la tâche.

Manaïl passa la main sur sa poitrine et sentit les bosses causées par les objets maudits sous sa peau.

— Dois-je vraiment les garder en moi? s'enquit-il avec un certain dégoût tout en se mettant debout.

— Tu es l'Élu, Manaïl. Toi seul es capable de contenir leur puissance. Rappelle-toi la dernière phrase de la prophétie des Anciens: *Fils du Bien, il combattra le Mal par le Mal.* À mesure que le Mal s'accumule en toi, ta puissance augmente.

Manaïl regarda la déesse sans comprendre où elle voulait en venir. N'était-ce pas ce qu'il faisait depuis le début de cette quête? Il avait déjà fait tant de gestes contraires à sa nature. N'avait-il pas perpétré assez de mal? Subitement, il comprit ce qu'elle lui laissait entendre.

— Vous voulez dire que je devrai un jour utiliser le pouvoir du talisman pour combattre les Nergalii? demanda-t-il, à la fois horrifié et captivé. Je ne sais pas si je pourrai…

— Lorsque le temps sera venu, tu sauras, coupa la déesse en levant la main. Ensuite, seulement, tu le détruiras.

— Hanokh, le magicien de Jérusalem, m'avait promis de m'enseigner comment. Mais il m'a menti… Vous, le savez-vous ?

— Non, répondit Ishtar. N'oublie pas que les pouvoirs qui animent le talisman sont plus vieux et plus grands encore que les miens. Fais confiance aux Anciens. Je t'aiderai de mon mieux, mais il te reviendra à toi, l'Élu, de…

Un grondement sourd fit soudain trembler le temple. Ishtar dressa la tête, en alerte.

— Que se passe-t-il ? demanda Manaïl, alarmé, en se levant d'un bond.

La vibration cessa. La déesse et l'Élu se retournèrent dans la direction d'où était venu le bruit. Un mince filet d'eau s'infiltrait sous une des six portes qui ornaient le pourtour de la pièce circulaire. Une flaque se formait sur le plancher en damier noir et blanc. La déesse fit un petit geste de la main et le symbole qui figurait sur cette porte, deux triangles équilatéraux superposés qui rappelaient l'étoile de David, se mit à briller.

— Quelque chose s'est produit dans le *kan* qui se trouve derrière, répondit-elle d'un ton inquiet. Tu dois partir immédiatement.

Manaïl grimaça. Il n'avait aucune envie de repartir vers un autre *kan* où il ne trouverait que danger. Mais il savait aussi qu'il le devait. Après un long soupir de résignation, il secoua la tête, s'avança vers la porte et la poussa, découvrant un passage en tout point semblable aux précédents. Il y entra et constata qu'il avait les pieds dans l'eau. Il se retourna, sourit une dernière fois à Ishtar, qui le lui rendit puis, de la main, lui fit signe de se hâter. Avant de refermer la porte, elle le retint par le bras.

— Je te protégerai de mon mieux, promit-elle à toute vitesse. Et le frère Enguerrand te viendra en aide. Maintenant, va !

Avant qu'il puisse réagir, la déesse referma la porte. Résigné, il se mit en route, ses pas faisant lever des éclaboussures qui allaient mourir sur les murs de pierre. Le frère Enguerrand ? Alors, il avait survécu ? À l'idée de revoir le commandeur bourru et pourtant si attachant, Manaïl éprouvait un plaisir qui l'étonnait lui-même. Mais il se sentait aussi très perplexe. Lorsqu'il était retourné dans le *kan* de Jérusalem, il y était rentré exactement au même moment la deuxième fois que la première — donc *avant* que tout ce qu'il y avait vécu se produise. *Avant* que le commandeur ne rencontre celui qu'il avait connu comme Maurin de l'Isle et en fasse son écuyer, puis un frère servant des Templiers. Il n'avait aucune idée de l'identité de l'étranger qui lui avait remis une bague avant l'entrée dans la cité. Pour lui, il s'agissait d'un simple templier parmi d'autres. Manaïl ne savait s'il devait en éprouver du bonheur ou de la tristesse. Du regret, certes. Du soulagement, aussi…

Il marcha pendant de longues minutes avant d'atteindre la porte qui donnait sur le prochain *kan*. Lorsqu'il la traverserait, sa quête reprendrait, sans doute aussi cruelle et injuste qu'avant. Il s'arrêta et l'examina avec méfiance. Elle était visiblement bombée vers l'intérieur. Les craquements et les grincements qui en émanaient trahissaient la pression énorme à laquelle elle résistait. De l'eau s'infiltrait en coulisses régulières tout autour du cadre et s'accumulait sur le sol. Une pensée lui traversa l'esprit. Et s'il ne l'ouvrait pas ? S'il refusait tout simplement de la franchir ? S'il décidait de ne plus continuer ? Il détenait déjà deux fragments. Sans eux, les Nergalii n'en posséderaient jamais plus que trois. Le talisman ne pourrait jamais être reconstitué. Le Nouvel Ordre ne serait jamais institué. N'en avait-il pas déjà assez fait ?

La prophétie des Anciens résonna dans sa tête. *L'Élu se lèvera, rassemblera le talisman et le détruira. Fils d'Uanna, il sera mi-homme, mi-poisson. Fils d'Ishtar, il reniera sa mère. Fils d'un homme, d'une femme et d'un Mage, il sera sans parents. Fils de la Lumière, il portera la marque des Ténèbres. Fils du Bien, il combattra le Mal par le Mal.* Il ne s'agissait pas seulement d'empêcher qu'on reconstituât le talisman. L'objet maudit devait être détruit.

Le garçon haussa les épaules. Il prit une grande inspiration, retint son souffle et ouvrit la porte. Il fut aussitôt projeté vers l'arrière par des trombes d'eau et rebondit brutalement contre les murs du couloir, se frappant la tête, le dos et les membres. Il parvint à sortir la tête hors de l'eau juste assez longtemps pour prendre une bouffée d'air et coula à nouveau. Puis tout se calma. Il se retrouva flottant entre le plancher et le plafond du couloir submergé, les yeux écarquillés dans l'eau trouble.

Sachant qu'il ne pourrait pas retenir son souffle très longtemps, il tenta tant bien que mal de ne pas céder à la panique. Il ignorait tout de la nage, mais obéissant à son instinct, il pagaya avec ses mains pour remonter vers la sortie et découvrit avec soulagement que sa main gauche, palmée depuis la naissance, semblait conçue pour un tel exercice et le propulsait avec aisance. Il accéléra le mouvement, remonta le couloir et aperçut bientôt la porte béante. Ses poumons commençaient à brûler. De son mieux, il continua à progresser. L'énergie lui manquait et il avait l'impression que sa poitrine allait éclater. Sa tête se mit à tourner et il perdit toute notion d'orientation. Le haut et le bas se fondaient en une réalité floue. À demi conscient, il franchit l'ouverture et sombra mollement vers le fond. Son épaule gauche s'enfonça dans la vase froide et il eut la certitude qu'il allait mourir.

Dans un dernier sursaut de désespoir, il appuya la bague des Mages contre le fond et poussa de toutes les forces qui lui restaient. Soudain, une bulle se forma autour de son poing, puis se mit à grandir, grandir encore, jusqu'à l'envelopper tout entier. Il inspira avidement l'air le plus délicieux qu'il eût jamais goûté et se mit à remonter vers la surface, dans un *kan* dont il ne savait rien.

3

JEHAN MALESTROIT

Paris, en l'an de Dieu 1348

L'abbé Jehan Malestroit adorait le crépuscule, lorsque le jour dansait avec la nuit naissante. Entre chien et loup, il retrouvait un peu de la sérénité qui lui échappait le reste de la journée et pouvait enfin méditer paisiblement sur les frustrations que la vie lui apportait. Il s'était fait prêtre pour travailler à la plus grande gloire de Dieu. De tout son être, il avait souhaité sauver des âmes, christianiser les païens et leur révéler la voie du salut, nourrir les affamés et vêtir les pauvres. Il avait voulu déployer toute l'énergie de la jeunesse à faire de sa vie une mission. Car, pour qui voulait vraiment voir, il était évident que la vraie foi était en danger. Partout, des gens déviaient et pratiquaient leur religion sans la comprendre ou, pire encore, sans enthousiasme. Partout dans la chrétienté, l'hérésie couvait, menaçante et obscène. Tous ces pauvres ignorants étaient voués à la damnation à moins que des bergers comme Jehan ne les guident sur le chemin du paradis. Le zèle du jeune prêtre était sans limites et il avait le sentiment intime d'avoir été choisi pour accomplir la volonté divine et répandre la vérité parmi les hommes.

Mais quand la peste noire avait frappé Paris en juin, il avait vu ses idéaux fracassés. Depuis, il avait dû passer le plus clair de son temps à administrer les derniers sacrements aux mourants qui s'accumulaient dans les rues et les maisons. Plus de quatre interminables mois à regarder, impuissant, tous ces bons chrétiens mourir. Lui qui rêvait d'être un sauveur, il était plutôt devenu un vulgaire fossoyeur d'âmes. Dieu le punissait sans doute pour son orgueil. Mais pourquoi infligeait-Il une telle horreur aux siens ? Il y avait presque de quoi perdre la foi... La chrétienté avait-elle péché au point de mériter une si cruelle punition ? S'agissait-il d'un châtiment divin, comme l'avançaient plusieurs théologiens, de l'œuvre du démon, comme le prétendaient des hérétiques, ou d'un cruel hasard ? Eh bien lui, Jehan Malestroit, résisterait ! Il supporterait l'épreuve comme les premiers martyrs avaient subi les tortures des empereurs romains. Il le ferait sans broncher, pour la plus grande gloire de Dieu! Et après la nuit de misère viendrait le jour éclatant du paradis sur terre! Déjà, l'automne permettait d'espérer que le pire était passé et que l'hiver donnerait à Paris quelques mois de répit.

Dans le vent froid des derniers jours d'octobre, Jehan marchait tranquillement le long du canal, récitant des *Ave*[1] en égrenant les grains du chapelet de bois qu'il portait à la ceinture et au bout duquel pendait un gros crucifix noir. La prière calmait toujours un peu sa rage et ses doutes. Plus bas, au pied d'un mur de pierre, coulait la Seine. Ces derniers temps, on y voyait souvent dériver des cadavres dans des états variables de décomposition. Mais ce soir, grâce à Dieu, l'eau de la Seine semblait un peu moins sale. Le jeune prêtre s'avança dans la rue pavée. De l'autre côté de la trentaine de bâtiments qui constituaient le cloître où il vivait se dressait la majestueuse cathédrale Notre-Dame de Paris. La journée avait été dure et Jehan était fatigué. Il aurait dû aller dormir, mais il avait grand besoin de se recueillir et de confier ses tourments à la Vierge Marie. Elle intercéderait

---

1. En latin: Le premier mot de la prière *Ave Maria* (Je vous salue, Marie).

auprès de Son Fils et lui donnerait le courage dont il avait besoin.

Il se dirigea vers l'église. Avec la peste qui sévissait, elle serait sans doute déserte. Il pourrait prier tranquille. Tout en déambulant, il laissait son admiration pour le grandiose édifice monter au ciel comme une prière.

Notre-Dame, érigée à la plus grande gloire de Dieu, touchait la perfection architecturale et n'avait de cesse d'émouvoir le jeune homme. Après presque deux siècles de travaux continus menés par des milliers et des milliers de tailleurs de pierre, de maçons, d'ingénieurs, de charpentiers, de vitriers, de sculpteurs et de manœuvres, la cathédrale avait été achevée voilà trois ans à peine. Jehan voyait en elle un hymne de pierre et de verre qui s'élevait avec grâce vers les cieux. Mais l'ouvrage avait aussi une autre utilité, fort astucieuse : il était un véritable livre d'images. À travers les scènes bibliques sculptées et les nombreuses statues, le peuple de Paris, illettré et ignare, pouvait apprendre l'histoire sainte et affermir ainsi sa foi dans l'Éternel.

La vue de Notre-Dame le remplissait toujours d'une grande sérénité. L'édifice était un tourbillon d'arcades, de tribunes, de fenêtres et de vitraux où neuf mille fidèles pouvaient faire leurs dévotions. Jehan releva la tête pour admirer les deux tours qui encadraient la façade.

Avec leurs trente-cinq toises[1] de hauteur, elles semblaient porter les prières des fidèles droit au ciel. Les trois portails de pierre qui surmontaient les entrées, consacrés respectivement à la Vierge Marie, à sainte Anne, sa mère, et au Jugement dernier, étaient ornés de statues et de bas-reliefs tous admirables. Plus haut se trouvait l'élément le plus magnifique de l'ensemble : la Rose de la Vierge, superbe vitrail multicolore réalisé par des générations de maîtres vitriers, que l'on ne pouvait vraiment admirer que de l'intérieur, lorsque le soleil l'illuminait comme l'Esprit saint éclaire les âmes. À l'arrière, des arcs-boutants, énormes et pourtant gracieux, soutenaient les murs et leur permettaient de ne pas crouler sous le poids de l'édifice. Par les journées ensoleillées, la cathédrale semblait se mirer avec vanité dans les eaux de la Seine.

Pourtant, Paris, elle, n'avait jamais été plus laide et répugnante. Tout avait débuté en juin, lorsqu'une étoile filante avait traversé le ciel. Peu après ce mauvais augure, la peste noire était arrivée. Elle faisait chaque jour tant de victimes qu'on en était réduit à enfouir à la hâte les cadavres dans des fosses communes d'où les chiens les déterraient la nuit pour les dévorer. Tôt ou tard, les malheureux fossoyeurs

---

1. Une toise vaut 1,95 mètre.

qui devaient manipuler les morts allaient les rejoindre. Les gens expiraient en pleine rue comme des bêtes et les médecins, impuissants, avaient renoncé depuis longtemps à tenter de les soigner. Jehan ne comprenait pas pourquoi il avait échappé si longtemps à la terrible maladie qui ravageait l'Europe. Si Dieu l'épargnait, dans Son infinie bonté, c'était sans doute qu'Il avait un plan pour lui.

Un frisson mit fin aux rêveries du prêtre, qui hâta le pas vers la cathédrale. Une douleur lui scia alors la cuisse. Jehan ferma les yeux et, sans ralentir, offrit ses souffrances à Dieu. Le cilice[1] en crin de cheval garni de clous qu'il portait toujours sous ses vêtements lui causait des maux atroces, mais la mortification était une bonne chose. Elle forgeait l'âme en humiliant la chair. Elle lui rappelait qu'il n'était qu'un instrument entre les mains du Créateur et, pour rien au monde, il n'aurait abandonné cette douce torture. Parfois, le soir, dans sa cellule, lorsqu'il ressentait le besoin de plus d'humilité ou que la tentation de fuir Paris devenait trop forte, il se flagellait le dos jusqu'au sang avec un martinet. Mais récemment, le cilice avait été suffisant.

---

1. Ceinture en crin ou en cuir, garnie de clous ou de pointes de métal, que les religieux portaient parfois pour mortifier leur chair.

Il était à mi-chemin lorsqu'un clapotis retint son attention. Cela semblait provenir de la Seine, derrière lui. Intrigué, il se retourna et étira le cou. Dans la pénombre, entre les deux ponts qui enjambaient l'eau vers sa rive nord, il crut apercevoir une tête émerger à la surface de l'eau puis s'y enfoncer à nouveau. Il s'approcha en faisant plusieurs signes de croix pour invoquer la protection du Dieu qui semblait avoir abandonné les siens. Était-il déjà trop tard ?

La tête reparut. Une voix faible retentit.

— Au secours !

La tête sombra dans un gargouillis liquide. Quelques secondes plus tard, deux bras firent brièvement surface.

— Au secours ! cria de nouveau un garçon aux cheveux foncés en gesticulant avant de disparaître dans les eaux nauséabondes.

Sans hésitation, le prêtre retira sa bure[1] et les sandales dans lesquelles il allait pieds nus, inspira, se pinça le nez et plongea. Il savait à peine nager, mais Dieu lui avait envoyé assez de mourants comme cela. Par la grâce de la Vierge Marie, cette vie-là, il la sauverait, même s'il devait y laisser la sienne.

---

1. Robe à capuchon confectionnée avec une étoffe grossière et portée par les religieux.

SAUVÉ DES EAUX

La tête de Manaïl émergea à la surface de l'eau. Un endroit qu'il ne connaissait pas se matérialisa en images brouillées devant ses yeux. Il gesticula de son mieux pour se maintenir à flot tout en avalant de l'eau, priant Ishtar pour que quelqu'un l'aperçoive. Mais il ne vit personne et, malgré ses efforts, il s'enfonça. Les forces lui manquèrent et il ne parvint plus à remonter. Après un ultime effort pour retenir son souffle, une douleur perçante s'empara de ses voies respiratoires. Malgré lui, il inspira et ses poumons se remplirent d'eau. Une douce torpeur se répandit en lui. Un agréable sentiment de paix l'envahit. Il se laissa flotter et ferma les yeux, s'abandonnant aux profondeurs de l'eau qui l'enveloppaient. Une noirceur bienfaisante envahit son esprit.

Il était à l'ultime limite de la conscience lorsque le tissu de sa chemise se tendit. Un bras se referma comme un étau autour de son torse et il eut l'impression de remonter vers la surface. Il sentit l'air frais sur son visage puis perdit conscience.

◆

La sensation de brûlure dans les poumons de Manaïl était si cruelle qu'il crut avoir aspiré des braises rouges. Il essaya tant bien que mal de respirer, mais il ne produisit qu'un épais gargouillement qui lui causa d'horribles souffrances. Une violente poussée contre son ventre lui fit ouvrir les yeux, qui se remplirent aussitôt de larmes à travers lesquelles apparut une silhouette. Un haut-le-cœur lui monta dans la gorge. Avant qu'il ne comprenne ce qui se passait, des mains lui empoignèrent les épaules et le retournèrent sur le côté. Il toussa et vomit jusqu'à ce que ses poumons et son estomac se soient vidés de toute l'eau qui y avait pénétré. Lorsque les spasmes se calmèrent enfin, il fut remis sur le dos, haletant.

Un homme était agenouillé près de lui. À mesure que les larmes causées par les vomissements séchaient, l'image embrouillée se clarifiait. Les mains jointes, la tête inclinée, il semblait prier. Manaïl tenta de lui adresser la parole, mais ne parvint qu'à produire un son rauque. L'inconnu sursauta et leva les yeux.

En constatant que le garçon était éveillé, il leva les yeux au ciel.

— *Deo gratias*[1], chuchota-t-il en se signant avec ferveur.

Puis il s'approcha. Il était un peu plus âgé que Manaïl. Peut-être vingt-cinq ans. Il portait une longue bure brune dont le capuchon avait été rabattu vers l'arrière, découvrant un crâne aux cheveux blonds et ras encadré par deux grandes oreilles. Au milieu du visage émacié et d'une pâleur cadavérique saillait un nez long et mince rappelant le bec d'un aigle. Le jeune homme souriait, révélant des dents gâtées, et posa sur le rescapé des yeux cernés de fatigue mais brillants d'intensité.

— Tu te sens mieux ? demanda-t-il d'une voix tranquille et compatissante en lui posant une main sur l'épaule.

— Oui… râla Manaïl. Je crois. Mes poumons sont en feu…

— Ça passera, l'assura l'inconnu d'un ton bienveillant. Tu as failli te noyer. Tu as avalé beaucoup d'eau et tu en as respiré tout autant.

Sur ces entrefaites, Manaïl fut saisi d'une quinte de toux qui dura plusieurs secondes et se termina par une crise de vomissements. Il cracha un mélange d'eau et de bile puis respira un peu plus librement.

---

1. En latin : Gloire à Dieu.

— Je t'ai repêché juste à temps, reprit son bienfaiteur. Un peu plus et tu te retrouvais *AD PATRES*[1].

— C'est vous qui ?...

— Oui. Je passais par là et j'ai ouï tes appels à l'aide, répondit-il en faisant le signe de la croix sur sa poitrine.

Manaïl songea avec amertume que, pour quelqu'un que l'on avait surnommé le «poisson» à Babylone, il se révélait être un bien piteux nageur. Encore désorienté, il observa l'endroit où il avait été emmené. La nuit était tombée et une froideur humide l'enveloppait. Dans la lumière d'une chandelle, il constata qu'il ne s'agissait pas d'une maison à proprement parler, mais plutôt d'une sorte d'appentis dont un des murs était en grosse pierre maçonnée. Le reste était formé de pieux de bois sur le pourtour desquels on avait drapé un tissu grossier. En guise de toit, des planches semblaient avoir été posées à la hâte, de sorte que la moindre pluie devait pénétrer en abondance à l'intérieur. À l'une des extrémités se trouvait une table recouverte d'une épaisse couche de poussière qui indiquait qu'elle n'avait pas servi depuis très longtemps. De longs bancs de bois longeaient les quatre

---

1. En latin : mort.

murs de la pièce et Manaïl constata qu'on l'avait allongé sur l'un d'eux.

— Où suis-je ? s'enquit-il d'une voix faible.

— Dans l'ancienne loge des bâtisseurs de la cathédrale, répondit le jeune homme. Lorsque Notre-Dame a été terminée, voilà trois ans, les maçons sont partis vers un autre chantier et l'ont abandonnée. Personne ne l'a encore démolie. Comme elle était proche de l'eau, je t'ai traîné jusqu'ici. Tu es aussi lourd que le péché, mon garçon !

Manaïl se redressa sur un coude et s'assit. Il tendit la main à son interlocuteur.

— Merci, dit-il. Vous m'avez sauvé la vie.

L'inconnu saisit la main offerte avec une vigueur qui tranchait sur son apparence frêle. Dans ses yeux s'alluma une ferveur qui frisait l'exaltation.

— Je n'ai fait qu'accomplir la volonté divine, répliqua-t-il. Comme Moïse, te voilà sauvé des eaux ! Ta vie a été épargnée alors que tout Paris n'est plus qu'un charnier. Ce n'est certainement pas un *ALEA*[1].

Tel un prophète, le jeune homme leva l'index en guise d'avertissement.

— Dans Son infinie sagesse, Dieu t'a réservé une mission importante ! C'est la Providence qui t'envoie !

---

1. En latin : hasard.

« Tu ne crois pas si bien dire... » songea Manaïl, qui se présenta aussitôt.

— Je m'appelle Martin Deville, dit-il en découvrant avec surprise la sonorité de son nom babylonien dans cette langue, très proche de celle qu'il avait parlée dans le *kan* des Templiers.

Son bienfaiteur écarta les mains puis les ramena ensemble, ravi.

— Voilà un nom bien chrétien et bien français ! s'exclama-t-il avant d'être pris d'une violente quinte de toux.

Il se plia en deux et son visage s'empourpra sous l'effort. Après de longues secondes, il se redressa, la sueur coulant sur ses tempes, et prit plusieurs profondes inspirations avant de poursuivre.

— Je me nomme Jehan Malestroit, prêtre de mon état, reprit-il en haletant un peu. Normalement, je suis au service du chapitre de la cathédrale, mais depuis que Dieu, dans Sa sainte colère, a jugé bon de nous affliger de cette maudite peste et que la carnade[1] règne à Paris, je consacre mon sacerdoce au salut des mourants, comme la plupart des prêtres. Je revenais de bénir une fosse commune et j'allais faire quelques dévotions avant de me retirer lorsque je t'ai entendu

---

1. Mort.

31

crier. Tu es le seul vivant que j'aie vu flotter dans la Seine depuis longtemps! Mais dis-moi, mon fils, comment t'es-tu retrouvé ainsi dans l'eau?

Manaïl hésita, cherchant à composer une histoire crédible.

— Je n'en ai pas souvenir, finit-il par mentir. Tout ce que je me rappelle, c'est que je n'arrivais plus à respirer et que j'avais sommeil.

— D'où viens-tu donc, Martin Deville? s'enquit le prêtre en fronçant les sourcils, un peu suspicieux. Je n'ai pas pu m'empêcher de remarquer ton teint sombre…

— J'arrive de Terre sainte, répondit le garçon en se disant que la vérité serait plus facile à soutenir qu'un mensonge. Le soleil plombe sans cesse dans ces contrées.

Le visage de Jehan prit une expression d'extase et il se signa à plusieurs reprises.

— De Terre sainte! s'exclama-t-il. Tu as foulé le sol qui a vu naître et mourir Notre-Seigneur Jésus-Christ! Ah! Tu es béni! Je voudrais tant pouvoir en dire autant!

Il s'arrêta et releva le sourcil.

— Mais comment est-ce possible? La Terre sainte est aux mains des Sarrasins depuis plus d'un demi-siècle.

— Euh… Mon père… Il était… euh… Il était marchand, bafouilla Manaïl en se rappelant la rue des Herbes à Jérusalem. Je l'ai accompagné pour... pour aller chercher des épices.

—Tu as dit «était»... Où se trouve-t-il, maintenant, ton géniteur?

—Eh bien... Il est mort. Il a attrapé la peste lorsque nous sommes revenus... euh... ici, rétorqua Manaïl en se rappelant ce que Jehan lui avait raconté à son réveil.

—Tu m'en vois fort contrit, mon fils, soupira Jehan avec lassitude. Cette maudite maladie fait tant de morts. Et les affres de l'agonie qu'elle cause sont si terribles qu'elle ne peut qu'être l'œuvre du démon. Quelle malédiction! Dieu éprouve bien cruellement son pauvre peuple. Mais c'est le prix à payer pour son impiété. *FIAT VOLUNTAS DEI*[1].

Manaïl se frotta distraitement les bras avec ses mains et grelotta malgré lui. Le jeune prêtre se leva.

—Tu es tout ruisselant. Tu vas prendre froid. Attends-moi. Je reviens tout de suite.

Jehan écarta les toiles et sortit, heureux d'avoir sauvé une vie. Dieu le lui devait bien, après tous les morts qui avaient croisé sa route.

---

1. En latin: Que la volonté de Dieu soit faite.

L'ORACLE

Éridou, en l'an 3612 avant notre ère

Mathupolazzar sentait le découragement l'envahir. Il avait délégué des Nergalii parmi les plus valeureux pour explorer les *kan* à la recherche des fragments du talisman volés par Ashurat. Une centaine d'entre eux étaient disséminés à travers le temps, cherchant ou attendant. Au départ, il avait cru que l'incident ne serait qu'un léger retard mais, en quelques jours seulement, il avait perdu la belle Arianath et le terrible Pylus, qu'il avait toujours considérés comme dignes de lui succéder un jour à la tête du culte de Nergal. Les deux étaient morts, victimes de ce garçon maudit qui se révélait beaucoup plus coriace que prévu. Le Nouvel Ordre, s'il venait jamais, serait privé de leurs talents : la loyauté, l'intelligence, la fourberie, la détermination. Et puis il y avait Jubelo, sacrifié lui aussi. Les pertes étaient grandes mais, heureusement, pas irrémédiables, car les Nergalii étaient nombreux et tous dévoués. Le seul qu'il ne regrettait pas était Noroboam, ce stupide fils de chienne qui avait laissé l'Élu lui glisser entre les doigts.

Le grand prêtre de Nergal secoua la tête pour chasser ses idées noires. Il était assis dans une petite pièce sans fenêtre où se trouvaient, pour tout mobilier, une table, un tabouret et une chandelle. Il s'y était réfugié une fois sa colère apaisée, alors que les adorateurs de Nergal commençaient à peine à ramasser les morts et à nettoyer le gâchis dans le temple. L'Élu d'Ishtar y avait commis la suprême profanation : il y avait versé le sang d'un Nergali.

Mathupolazzar se retirait dans cette pièce lorsqu'il devait réfléchir ou prendre une décision. À proprement parler, elle n'était pas secrète, mais nul n'aurait osé s'y aventurer sans l'autorisation du grand prêtre. Personne d'autre que lui n'avait le droit d'y pénétrer et il en possédait la seule clé, suspendue à une chaîne en or fin qui ne quittait pas son cou. Car c'était ici que se trouvait l'oracle.

Le disque de pierre, de la taille d'une assiette, était à peine plus épais qu'un doigt. Il avait été façonné dans la nuit des temps par un Ancien, grâce à des méthodes depuis longtemps oubliées des hommes. Dessus était gravé un étrange symbole : deux triangles et deux pentagrammes superposés, deux vers le haut et deux vers le bas, dans un cercle dont le centre était marqué par un point.

Mathupolazzar n'aurait pu expliquer comment fonctionnait l'oracle, mais il savait l'utiliser. Il suffisait d'y poser les deux mains à plat, de fermer les yeux et de se concentrer. En quelques secondes, les visions survenaient. Pour lui, elles prenaient la forme d'une infinité de filaments de toutes les couleurs qui s'entrecroisaient, s'entortillaient les uns autour des autres, se repoussaient ou se côtoyaient sans se toucher. C'était ainsi que son esprit traduisait les infinies potentialités du temps. Chaque filament représentait une séquence d'événements possible dans le temps. Chaque fluctuation dans chacune des séquences donnait naissance à un filament, qui se subdivisait à son tour et ainsi de suite à l'infini. L'oracle permettait de donner un sens à tout cela.

Par un paradoxe dont l'ironie n'échappait pas au grand prêtre, avec chaque nouveau succès de l'Élu d'Ishtar, l'effet des fragments réunis s'accroissait et annulait des séquences entières d'événements possibles qui s'étiraient sur des millénaires. Mathupolazzar concentra son attention sur certains filaments qui l'intéressaient plus particulièrement. Il s'agissait de ceux qui représentaient les deux *kan* où l'Élu avait déjoué les Nergalii pour s'emparer des fragments. Plusieurs d'entre eux s'étaient unis en un épais faisceau d'un blanc immaculé qui semblait tout à fait inerte. La séquence des événements s'y était fixée et resterait stable. Le seul fait qu'elle ne fluctuait plus permettait à Mathupolazzar de concentrer ses recherches sur les filaments, encore fort nombreux, qui restaient instables. Autrement dit, grâce à l'Élu, le nombre de *kan* où un fragment pouvait être caché diminuait. Plus il connaissait de succès, plus il serait facile à repérer.

Satisfait de ce qu'il avait vu, Mathupolazzar retira ses mains de l'oracle. Aussitôt, dans l'univers qui s'était constitué en lui, les innombrables filaments lumineux s'estompèrent. Il rouvrit les yeux et inspira aussi profondément qu'il le pouvait, proche de la panique. Chaque fois qu'il rompait le contact avec l'objet, le retour à la réalité était brutal. Il éprouvait la désagréable sensation d'avoir échappé de justesse à la suffocation. Il s'en trouvait toujours vidé de ses forces et à bout de souffle.

Il attendit que les battements de son cœur ralentissent puis, un peu remis, recouvrit l'objet sacré d'un carré de tissu pourpre. Il se leva et sortit de la pièce.

Dans le temple, les Nergalii s'affairaient toujours à nettoyer les traces de la profanation. Le corps d'Arianath avait été ramassé et serait inhumé sous peu. Il ne pouvait qu'espérer des nouvelles de ses Nergalii. En attendant, il allait célébrer une cérémonie à Nergal et implorer Son aide.

6

LA LOGE DES BÂTISSEURS

Paris, en l'an de Dieu 1348

Quelques minutes plus tard, lorsque le prêtre revint dans la loge sombre et abandonnée, une lampe de métal à la main, Manaïl sursauta.

— Je ne voulais pas t'apeurer, dit Jehan Malestroit.

— Ce n'est rien. J'ai dû m'endormir, bredouilla le garçon.

Les bras chargés d'objets divers, le prêtre s'approcha et posa son fardeau sur le banc, près du rescapé. Il en sortit une couverture pliée, un brasero en fer, quelques morceaux de charbon de bois, un petit fagot de branchages et d'éclisses, un chaudron de cuivre, deux gobelets d'étain, une bouteille et une chandelle. Il déplia d'abord la couverture de laine drue et la secoua pour en extirper la poussière.

— Je t'aurais bien hébergé au cloître, mais depuis l'apparition de la contagion, c'est interdit. Les pauvres que le clergé est censé nourrir doivent moisir dehors... Quant aux vêtements, les prêtres ne possèdent que ceux qu'ils portent, déclara Jehan, l'air navré, en désignant sa bure. Le vœu de pauvreté... Mais il faut te réchaudir[1]. Sinon, tu vas attraper la mort. Retire ta chemise pour la faire sécher.

— Ma chemise ? Euh... Non, ça ira. Je préfère la garder, répondit le garçon, soucieux de ne pas dévoiler la cicatrice qu'il portait sur la poitrine. Elle n'est pas si mouillée...

Jehan fit une moue dubitative.

— Elle sécherait plus vite si tu l'enlevais, mais c'est comme tu veux, dit-il en haussant les sourcils.

Jehan posa la couverture sur ses épaules et une réconfortante chaleur l'enveloppa aussitôt.

— Voilà, s'exclama le jeune prêtre en lui tapotant l'épaule. Ainsi, tu seras au chaud, comme l'enfant Jésus entre le bœuf et l'âne !

Il mit le brasero sur le sol, près du garçon, et jeta les morceaux de charbon au fond. Il y plaça ensuite de petites branches, ouvrit la lampe, en enflamma une et alluma le feu. En quelques minutes, celui-ci ronflait.

---

1. Réchauffer.

— Retire au moins tes chausses et approche tes pieds du feu, plaida le prêtre. Bientôt, le charbon sera rouge et tu auras de la chaleur toute la nuit.

Manaïl ne se fit pas prier et s'exécuta. Il ne remarqua pas le regard amusé du prêtre alors qu'il posait sur le sol les chausses qu'il avait prises sur le cadavre de l'écuyer du frère Enguerrand. La chaleur monta aussitôt le long de ses pieds et de ses mollets. Il soupira d'aise.

— Ma foi, dit Jehan, son visage sévère traversé par l'ombre d'un sourire. Avec une main comme celle-là, il me semble que tu devrais nager comme un poisson !

Manaïl porta son regard sur son infirmité, mal à l'aise d'être associé à un poisson, comme jadis à Babylone. Il força un sourire et allait formuler une explication crédible à son bienfaiteur lorsqu'il remarqua que celui-ci ne semblait nullement s'en inquiéter.

S'activant comme une mère poule, Jehan prit le chaudron de cuivre et le mit sur le feu. Puis il déboucha la bouteille et versa quelques mesures de vin dans le récipient. Lorsque le liquide fut bien chaud, il sortit d'une poche intérieure de son vêtement un petit sac de cuir, l'ouvrit et en versa le contenu dans le vin. Il laissa mijoter quelques minutes puis remplit les deux gobelets à ras bord.

— Bois, mon fils, le pressa-t-il avec enthousiasme. Il n'y a rien de tel qu'une bonne rasade de vin chaud aux épices pour se réchauffer les os. Et en plus, ça protège de la peste. Enfin, c'est ce que prétendent les médecins... mais je commence à croire que seule la prière nous préservera de ce fléau.

Manaïl obtempéra avec méfiance. À Babylone, le vin se buvait à la température ambiante et sans rien dedans. Jamais il n'avait entendu parler de vin chaud aux épices. Il fut étonné par l'agréable saveur du breuvage et sourit autant par plaisir que par surprise.

— C'est bon, non? insista Jehan, visiblement heureux.

— Oui. Très bon, dit Manaïl en prenant une seconde gorgée, plus grosse que la première. Ça réchauffe les entrailles.

— Allez, bois, Martin, bois.

Jehan se leva.

— Je reviendrai prendre de tes nouvelles après prime[1], déclara-t-il. D'accord?

— D'accord, acquiesça Manaïl en se souvenant trop bien de l'horaire rigoureux des Templiers.

— Ne crains rien, le rassura le prêtre. Personne ne vient jamais ici. Mais au cas

---

1. Cinq heures du matin en été, six heures en hiver.

où… Je n'ai pas risqué ma vie dans les eaux crasseuses de la Seine pour te retrouver mort demain. La calamité fait ressortir ce qu'il y a de plus vil dans la nature humaine et, avec cette damnée peste, les Parisiens sont devenus pires que des bêtes sauvages. « *LUPUS EST HOMO HOMINI*[1]… »

Jehan se signa et sortit des plis de sa bure un poignard d'une longueur respectable qu'il tint entre le pouce et l'index avant de le poser avec dédain sur le banc, près de Manaïl.

— Ce n'est pas le glaive de Dieu, mais ça peut toujours servir, dit-il en grimaçant. S'il y a quoi que ce soit, tu pourras me trouver au cloître. Ce sont les bâtiments juste à côté de la cathédrale, au nord, près de la Seine. Il te suffira de me faire mander. À demain matin.

— À demain, répondit Manaïl. Et encore merci.

— Dis quelques *AVE MARIA* pour moi si tu tiens tant à exprimer ta reconnaissance. Le pauvre pécheur que je suis en a bien besoin.

Le prêtre écarta la toile de la loge, adressa un dernier salut de la main au garçon et sortit. Manaïl vida son gobelet et le remplit avec ce qu'il restait de vin chaud. Lorsqu'il eut terminé, il s'allongea sur le banc, déposa le poignard près de lui, croisa les mains derrière

---

1. En latin : « L'homme est un loup pour l'homme. »

sa tête et réfléchit à la manière dont il retracerait le fragment de ce *kan*. Comme d'habitude, il n'en avait pas la moindre idée. Mais Ishtar y verrait de son mieux, il n'en doutait pas. Il s'en remettait à sa sagesse, qui ne lui avait encore jamais fait faux bond. Lorsque l'occasion se présenterait, il saurait la saisir. Il en avait la conviction. Il comprit alors avec une certaine surprise que, sans s'en rendre compte, il en était venu à s'identifier à la quête qu'on lui avait imposée. Après tout, elle faisait partie de lui. Littéralement. Une détermination calme et profonde l'envahit. Pour la première fois depuis le début de cette folle aventure, il ne se sentait pas tout à fait indigne du titre qu'on lui avait donné.

Il était l'Élu d'Ishtar.

Il s'endormit d'un sommeil profond et sans rêve, la main toute proche de son arme.

LE NÉCROMANCIEN

La nuit était tombée depuis longtemps déjà. Mais, comme toujours, le nécromancien avait été retenu par des affaires pressantes. Ce soir, il avait décidé de la mort de trois femmes. Il aimait ce pouvoir quasi divin qu'il détenait de choisir qui vivrait et qui mourrait. Il aimait la mort. Il était fasciné par elle, par ses mystères et ses secrets.

Le nécromancien entra dans la cellule où il dormait et nota avec plaisir qu'un serviteur y avait allumé un feu dans la petite cheminée. Il soupira, las, retira ses habits sacerdotaux et revêtit une bure monastique brune et élimée. Puis il s'approcha d'un bassin d'eau et s'aspergea le visage. Un peu revigoré, il s'essuya avec une serviette de lin rêche et remonta le capuchon de sa robe avant de se diriger vers le coin de la pièce. Là, il appuya sur une pierre en apparence identique à toutes les autres. Un déclic se fit entendre et une partie du mur pivota sur elle-même, découvrant une ouverture sombre d'où monta aussitôt une odeur de moisissure mêlée à des relents de putréfaction. Il saisit une torche fichée dans le mur et l'enflamma dans le brasero qui réchauffait la cellule. Puis il pénétra dans l'ouverture, actionna le mécanisme qui refermait la porte secrète et descendit un escalier abrupt qui le conduisit un étage plus bas, vers une pièce dont lui seul connaissait l'existence.

Une fois dans la chambre aux murs couverts de tablettes qui ployaient sous le poids des grimoires de magie qu'il avait accumulés au fil des ans, il alluma quelques chandelles et s'installa sans tarder à la table. Il empoigna un gobelet qui y était posé et en avala le contenu d'un trait. Il grimaça. Il n'arriverait jamais à se faire à la *mumia*. Peu importaient les épices et les esprits[1] qu'il y ajoutait, le goût autant que la texture en demeuraient répugnants. Il devait quand même faire contre mauvaise fortune bon cœur, car l'épaisse liqueur, fabriquée à partir de la substance gélatineuse qui recouvre les corps en début de décomposition, avait la propriété de fortifier la vie. En cette période de peste, alors que la mort rôdait partout et emportait chaque jour des centaines de Parisiens, mieux valait être

---

1. Liqueurs alcoolisées.

prudent. Même s'il avait presque atteint l'âge vénérable de soixante et onze ans, le nécromancien avait encore des choses importantes à réaliser.

Il versa un peu d'eau dans le gobelet, se rinça longuement la bouche et recracha le tout sur le sol. Lorsque l'arrière-goût abject se fut un peu atténué, il s'approcha d'une longue table disposée au centre de la pièce. Un cadavre y était allongé, la tête vers l'est. Il l'examina avec un détachement clinique. Comme toujours, le fossoyeur avec lequel il faisait affaire avait attendu la nuit pour le livrer. Il lui suffisait d'ouvrir une petite trappe qui donnait sur une ruelle anodine, puis d'y déposer le cadavre, qu'une glissière de bois faisait descendre jusque sur la table. Puis il ramassait la bourse remplie de pièces que le nécromancien dissimulait entre deux pierres de l'édifice dont il avait retiré le mortier. Depuis des années, cet arrangement fonctionnait à merveille et le nécromancien ne s'inquiétait guère de la loyauté de son collaborateur, qui craignait beaucoup trop son pouvoir et son influence pour le dénoncer. Et puis, en cette époque de misère et de cherté, l'argent qu'il percevait pour son sombre commerce lui était fort utile.

C'était toujours la nuit que les cadavres étaient apportés. Les autorités religieuses voyaient d'un fort mauvais œil que l'on se procure ainsi des restes humains — et plus encore que l'on ose interroger les morts. Mais, depuis un demi-siècle, la nécromancie lui avait été précieuse. En fait, elle lui était indispensable. Par la bouche des morts, il identifiait à l'avance ses ennemis et pouvait les éliminer avant qu'ils ne lui causent du tort. Il découvrait les secrets les plus intimes de ceux qui pouvaient entraver ses ambitions et les faisait chanter pour parvenir à ses fins. Il repérait ceux qui possédaient les plus grands pouvoirs occultes et leur arrachait leurs secrets.

Sans la nécromancie, jamais l'homme n'eût atteint la position fort enviable qu'il occupait maintenant, lui qui n'était qu'un jeune inconnu lorsqu'il était arrivé à Paris, voilà déjà plus de cinq décennies. Et puis, il devait l'admettre, le fait de recourir à des morts pour faire de la divination avait un côté noir et obscène qui l'attirait tout naturellement. Il prenait grand plaisir à transgresser ainsi les règles les plus élémentaires de la morale chrétienne qu'il avait lui-même fait profession de défendre.

Pourtant, le nécromancien était insatisfait. Le grand pouvoir qu'il exerçait, l'influence qui était la sienne, le respect qu'on lui vouait, la crainte qu'il inspirait, l'argent qu'il possédait, tout cela ne lui suffisait pas. Quelque part dans le monde connu se trouvait un pouvoir infini, qui prenait sa source dans la Création elle-même. Le secret le mieux gardé de tous. Celui que, consciemment on non, tous les nécromanciens, alchimistes, mages et magiciens recherchaient. Le chemin vers cette connaissance passait par la mort. Derrière le voile de la vie se trouvait un joyau que seuls les défunts pouvaient ramener parmi les vivants.

À cet égard, l'avènement de la peste avait été une bénédiction pour le nécromancien. Depuis deux mois, la ville regorgeait de corps et il était devenu très facile de s'en procurer. Les autorités faisaient bien leur possible pour qu'ils soient tous recueillis, mais ils étaient si nombreux qu'on en oubliait toujours quelques-uns. C'était beaucoup plus pratique que de compter sur un fossoyeur qui devait prendre le risque de rôder dans les cimetières la nuit pour exhumer en cachette, à la lueur de la lune, des morts enterrés dans la journée.

Le nécromancien secoua la tête. Le temps était venu de se mettre au travail. Ce soir, il avait le curieux pressentiment que quelque chose d'exceptionnel allait se produire et que sa quête allait faire un bond en avant.

Il rabattit le capuchon de sa bure, ramena ses cheveux vers l'arrière et les attacha sur sa nuque avec une lanière de cuir. Puis il retroussa ses manches et noua sur son visage une bande de tissu épais. Lorsqu'il eut terminé, il posa sur la table, près du cadavre, un plateau d'argent rempli d'instruments de chirurgie. Il inspira et expira à plusieurs reprises pour atteindre le calme qui lui était nécessaire.

Il se pencha sur le corps. Le jeune homme avait peut-être seize ou dix-sept ans… La peste l'avait fauché dans la fleur de l'âge, comme tant d'autres. Malgré les bubons[1] qui parsemaient le corps allongé, le nécromancien ne craignait pas d'attraper la maladie. La *mumia*, si répugnante fût-elle, le protégeait. Avec le temps, il avait aussi compris que le fait de ne pas respirer l'air vicié par un malade, d'éviter de toucher ses plaies et de se laver scrupuleusement les mains et les bras avec de l'eau-de-vie lui assurait une protection adéquate.

Le nécromancien étendit le bras, s'empara d'un couteau de chirurgie sur le plateau et le plaça à la hauteur de la poitrine. D'une main experte, il pratiqua une incision sur le torse du cadavre. Par la suite, il saisit le manche d'une scie à os et s'attaqua à la cage thoracique. Lorsque le thorax fut bien ouvert, il déposa l'instrument et reprit le couteau. Au milieu de l'ouverture béante luisait un cœur qui, la veille, battait et maintenait la vie. Avec soin et délicatesse, il trancha une à une les

---

1. Ganglions lymphatiques enflammés et enflés par la peste bubonique.

veines et les artères qui reliaient le cœur au reste du corps et, après avoir posé le couteau sur la table, le prit dans ses mains et l'extirpa. Il observa pendant un instant le mystérieux organe, siège de l'âme et de la vie. Les deux grands mystères de l'existence humaine.

Avec gravité, il déposa le cœur luisant de sang à peine coagulé dans une grande coupe en or placée au bout de la table. Puis il alluma deux chandelles de cire noire situées de chaque côté et mit le couteau tout près.

Laissant là le cœur, il se rendit auprès d'un bassin rempli d'eau, posé non loin de là sur une petite table, y rinça soigneusement ses mains et les essuya. Puis il revint auprès du corps et s'empara d'un morceau de tissu grisâtre et grossier qu'il avait placé à ses pieds. Pour se procurer un linceul qui avait enveloppé un cadavre inhumé en terre consacrée, il devait toujours payer très cher le fossoyeur. Mais le succès d'une séance de nécromancie reposait sur le sacrilège. Ramener un mort parmi les vivants, même brièvement, exigeait qu'il profane les sacrements de l'Église.

Il déplia le linceul et le drapa sur ses épaules, indifférent à l'odeur rance de la putréfaction qui s'en dégageait. Ainsi paré, il prit le couteau qu'il avait laissé près du corps, écarta les bras, leva le visage vers le ciel, ferma les yeux et récita une invocation.

— Au nom de tous les démons de l'enfer, je t'invoque et te conjure, esprit de ce corps qui repose sans vie devant moi ! s'écria-t-il. Reviens en ce monde que tu as quitté et dont tu as percé les mystères ! Ouvre les yeux ! Je te l'ordonne !

Le nécromancien ouvrit sa main gauche et en entailla la paume avec le couteau. Goûtant la douleur, il tendit le bras devant lui, la main retournée au-dessus de la cavité où s'était trouvé le cœur. Une goutte à la fois, le sang écarlate tomba dans l'ouverture sombre et béante. Une fumée noire et un grésillement sinistre en montèrent.

— Je vous implore, démons de l'enfer ! lança-t-il avec ferveur. Entendez ma prière ! Que la vie qui s'écoule de moi, si chère au dieu des chrétiens, fasse renaître celui qui la reçoit ! Que mon sang soit son cœur !

Puis il ferma le poing, indifférent aux élancements qui lui traversaient la paume et au sang qui fuyait entre ses doigts, et attendit, la tête inclinée, les yeux fermés.

Un vent glacial traversa la pièce et fit vaciller la flamme des chandelles. Un gémissement profond et sinistre, proche de la lamentation, s'éleva dans la pièce. Le nécromancien sourit et rouvrit les yeux. Devant lui, le cadavre était assis sur la table, le regard vitreux, un trou béant et sanglant dans la poitrine.

— Qui ose troubler mon repos éternel ? demanda-t-il d'une voix sépulcrale où pointait une menace à peine voilée.

— Un maître nécromant à la recherche des plus grands secrets de la Création, déclara le blasphémateur avec assurance, la voix fervente.

— Ne tires-tu pas assez de plaisir à torturer les vivants ? Dois-tu tourmenter aussi les morts ? l'accusa le cadavre.

— Indique-moi qui possède ce que je désire et je te rendrai la paix, répliqua le nécromancien du ton enfiévré que cette cérémonie faisait toujours naître en lui.

Le cadavre resta un moment silencieux, comme s'il recherchait la réponse dans une infinité de connaissances. Puis il parla sans cesser de regarder droit devant lui.

— Le plus grand de tous les secrets, celui que tu désires, se trouve depuis peu à la portée de tes mains cupides et de ton esprit impie, nécromant.

— Parle ou je te garderai dans cet état pour toujours ! menaça le nécromancien. De quoi s'agit-il ?

— C'est un talisman forgé dans la nuit des temps par de noirs artisans, en l'honneur du dieu Nergal, rétorqua le cadavre d'un ton monocorde. Sa puissance est si grande que celui qui le possède pourra effacer le passé ou réécrire l'avenir à sa guise. Il a été divisé en cinq parties. Un garçon en possède déjà deux. En ce moment même, il est sur la piste d'une troisième. La puissance de celui qui rassemblera les fragments ne connaîtra pas de limite.

Le nécromancien se raidit, nerveux.

— Comment s'appelle ce garçon ? insista-t-il, la cupidité et l'excitation l'étouffant presque.

— Il a eu plusieurs noms et en portera bien d'autres encore, répondit le cadavre.

— Comment puis-je le reconnaître ?

— Sa peau est sombre et ses cheveux sont noirs comme l'enfer. Satan a laissé sa marque sur sa poitrine et sur sa main gauche.

— Où puis-je le trouver ?

— Ici même, à Paris. Tu le croiseras demain, rue Saint-Martin, en compagnie d'un prêtre…

Puis les paupières du cadavre frémirent. Ses yeux se révulsèrent et il retomba lourdement sur le dos. D'expérience, le nécromancien savait qu'il n'obtiendrait rien de plus. Il saisit le couteau et le planta dans le cœur qui reposait toujours dans la coupe en or. Le cadavre trembla puis cessa définitivement de bouger.

Le nécromancien se sentait fébrile. Le talisman de Nergal… Après tant d'années à chercher et à interroger des cadavres, avait-il enfin accompli de véritables progrès ?

Il attrapa une bouteille qui se trouvait sur une tablette, entre deux grimoires, et, d'une main tremblante, remplit une coupe de vin qu'il avala d'un trait pour se calmer. Puis il s'en versa une seconde et s'assit devant le cadavre inerte pour réfléchir. Tout à coup, pour la première fois depuis des décennies, le temps pressait, mais il était important de bien planifier la suite des événements. Tant de choses en dépendaient.

Si le garçon dont le mort avait parlé existait vraiment, il devait s'assurer de le retrouver. Il avait peine à contenir son excitation. La rue Saint-Martin… Le hasard faisait parfois bien les choses. Dans l'imagination débridée du nécromancien, un plan prit forme. Il devait faire vite.

LA SARRASINE

Giraude et sa fille n'habitaient nulle part. Comme tous les gitans, elles ne possédaient aucun domicile et n'en éprouvaient point l'envie. Pour elles, vagabonder, c'était être libre. Chaque jour, elles erraient dans les rues de la ville, à la recherche de ce dont elles avaient besoin pour survivre, chapardant leur nourriture et leurs vêtements, détroussant les citadins qui ne se méfiaient pas, mendiant en jouant la comédie pour susciter la pitié des passants, disant la bonne aventure aux naïfs qui acceptaient de leur donner quelques écus. La nuit, elles dormaient où bon leur semblait, au gré de leurs déplacements. Depuis quelques jours, elles trouvaient refuge dans les ruines d'une maison à moitié détruite par un incendie au début de la peste. Les occupants y avaient perdu la vie mais, en ces temps d'épreuve, la mort par le feu était infiniment préférable à la terrible agonie de la peste. Pour la mère et la fille, ce malheur avait été une véritable manne, car les ruines abondaient en bois qu'elles utilisaient pour entretenir un feu qui les tenait au chaud toute la nuit.

La gitane n'avait même pas de nom. Juste un prénom. Giraude. Mais tout le monde l'appelait la « Sarrasine », à cause de son teint foncé et de ses cheveux noirs comme les ailes d'un corbeau qui rappelaient les musulmans qui vivaient en Terre sainte. On avait accolé le même surnom à sa mère, Malvina, et à sa grand-mère, Abidda. Pourtant, elle était aussi parisienne que n'importe qui. Elle était née dans cette ville, voilà plusieurs années. Elle ne savait pas exactement combien. Plus de trente, certainement, car sa petite Ermeline était venue au monde quinze années plus tôt. Elle le savait puisque, chaque printemps, elle avait tracé une encoche sur le manche du poignard court qui ne la quittait jamais.

Depuis l'arrivée de la peste, il était devenu difficile de survivre à Paris. Les habitants qui n'étaient pas déjà morts restaient terrés chez eux. Dans les rues, on ne rencontrait guère que des pestiférés contagieux. Seuls quelques imprudents osaient encore s'y aventurer. Giraude savait qu'il était risqué de toucher un malade et, comme n'importe qui pouvait être porteur de la maladie avant qu'elle ne produise ses premiers symptômes, elle essayait de faire les poches des passants et de mendier sa pitance le moins souvent possible. Évidemment, la vie s'en était trouvée un peu plus difficile mais, tout compte fait, Ermeline et elle s'en tiraient bien. Elles mangeaient à leur faim et l'automne avait été clément jusqu'à présent. Avec le froid de l'hiver, la peste disparaîtrait sans doute et la vie pourrait reprendre son cours normal.

Giraude écarta avec tendresse une mèche de cheveux du visage de sa fille. Ermeline, son trésor, qui lui ressemblait tant avec sa chevelure d'ébène et ses yeux si particuliers, l'un vert comme une émeraude et l'autre presque jaune. Elle était magnifique. Un véritable cadeau du ciel.

Profondément endormie près du feu, la petite ignorait tout de la destinée des femmes de sa lignée. Giraude ne la lui apprendrait que sur son lit de mort, comme le voulait la tradition. Et elle lui donnerait la bague. Mais seulement s'il le fallait. Elle espérait de toute son âme ne jamais devoir en arriver là et permettre à Ermeline d'avoir une vie normale. Peut-être pourrait-elle même abandonner l'existence ingrate d'une gitane, se marier, avoir des enfants... On pouvait toujours rêver.

Ce soir, Giraude avait ressenti la sensation que sa mère lui avait maintes fois décrite. Elle en était certaine. Songeuse, elle fit pivoter sur elle-même la bague qu'elle portait au majeur de la main droite et en observa la pierre noire au pouvoir étrange. Avec un peu de chance, la mission dont elle était porteuse se termi-nerait avec elle et elle n'aurait jamais à la transmettre à sa fille.

Si tout allait bien, le message serait bientôt livré.

9

L'OMBRE DE NOTRE-DAME

M anaïl s'éveilla au chant du coq. Dans la loge désaffectée, les premiers rayons du soleil traversaient les toiles qui tenaient lieu de cloisons. Il bâilla. Son arrivée dramatique dans ce *kan* lui paraissait lointaine, comme un rêve qui ne laisse que des souvenirs fugaces. Il ressentait bien quelques courbatures aux côtes et au dos, mais il avait connu bien pire. Il s'assit sur le banc et se frotta le visage. Son ventre émit un gargouillement sonore et il réalisa qu'il n'avait pas mangé depuis… depuis Jérusalem ? Il avait une faim de loup. Et Jehan ne lui avait rien laissé. Il remit ses chausses, laissées près du brasero refroidi, et se résolut à attendre l'arrivée de son bienfaiteur. Mais l'heure de prime passa sans que l'abbé Jehan apparaisse. Peut-être avait-il eu un imprévu ? Ou l'avait-il simplement oublié ?

Las de poireauter, il se leva et passa dans sa ceinture le poignard que lui avait laissé le prêtre. Il ne trouverait jamais le fragment en restant enfermé dans cet endroit. Mieux valait explorer les alentours en restant attentif à un indice.

Manaïl écarta la toile de la loge et sortit. Le soleil du matin l'aveugla et il dut attendre quelques secondes avant que les environs ne lui apparaissent clairement. Il faisait frais et le tissu de la chemise ramenée du *kan* de Jérusalem ne le protégeait guère. Il frissonna et examina l'endroit. Il se trouvait dans une cour intérieure. À quelque distance de là, des bâtiments s'élevaient, serrés les uns contre les autres. Le cloître auquel le prêtre avait fait allusion, sans doute. Le garçon fit quelques pas vers l'avant et s'arrêta. Il avait l'insaisissable impression que quelque chose d'évident lui échappait. Il se gratta la tête et remarqua distraitement que ses cheveux, récemment rasés, avaient repoussé. Ils formaient maintenant un tapis rugueux et épais sur son crâne.

Tout à coup, ce qui clochait lui sauta aux yeux. Le soleil brillait de tous ses feux et pourtant, une ombre immense assombrissait le sol recouvert de dalles de pierre. Rien ne pouvait exister qui soit assez grand pour projeter une ombre semblable. Manaïl sentit son sang se glacer dans ses veines. Il se retourna et défaillit presque.

Il se tenait au pied d'une construction digne d'une race de géants. Ni à Babylone ni à Jérusalem il n'en avait vu une pareille. Sur le devant, deux tours au toit plat semblaient monter jusqu'au ciel. Les murs étaient si hauts qu'il arrivait à peine à distinguer les motifs sculptés qui en ornaient le sommet. Au beau milieu d'une tour se trouvait la chose la plus gracieuse, la plus délicate que Manaïl ait jamais vue : une immense fleur de pierre et de verre, surmontée des sculptures les plus fines et encadrée par les statues de personnages qu'il ne connaissait pas. Tout n'était que flèches, pointes, colonnes, ogives.

Tout à coup, Manaïl remarqua des créatures étranges dont le torse et la tête dépassaient du haut de la structure. Mi-oiseau, mi-démon, elles semblaient l'observer, leurs longues oreilles ramenées vers l'arrière, leurs becs déformés en un rictus haineux, leurs ailes prêtes à l'envol. Terrifié, le Babylonien recula. Ces monstres de pierre ne pouvaient être que des envoyés de Nergal. Ils l'attendaient pour le déchiqueter et mettre fin à sa quête.

— C'est impressionnant, n'est-ce pas ? retentit une voix au loin. *LAUS DEO*[1] ! Quelles

---

1. En latin : Louons Dieu.

merveilles l'homme n'érigerait-il pas pour rendre grâce au Très-Haut !

Manaïl sursauta et se retourna. Jehan apparut entre deux bâtiments du cloître, agita la main pour le saluer et s'approcha, l'air amusé.

— J'étais en train de… balbutia le garçon. Ce bâtiment est… magnifique.

— Tu n'es pas le premier à t'extasier devant la majesté de Notre-Dame, Martin, répondit le prêtre. Mais Dieu n'en mérite pas moins ! *GLORIA IN EXCELSIS DEO. LAUDAMUS TE. BENEDICIMUS TE. ADORAMUS TE*[1], chuchota-t-il en se signant.

Jehan leva l'index tel un maître enseignant à un élève.

— Il aura fallu presque deux cents ans pour l'achever, mais l'attente n'aura pas été vaine, reprit-il. Il n'y a rien de trop beau pour célébrer la gloire de Dieu tout-puissant ! Surtout en ces temps difficiles durant lesquels Il punit nos péchés. *FLAGELLUM DEI*[2], mon fils. *FLAGELLUM DEI*…

Bouche bée, Manaïl observa à nouveau les monstres de pierre. Jehan suivit son regard et se mit à rire.

---

1. En latin : Gloire à Dieu, au plus haut des cieux. Nous te louons, nous te bénissons, nous t'adorons.
2. En latin : fléau de Dieu.

— Je vois que tu as remarqué les gargouilles, dit-il. Elles sont vraiment repoussantes, non ? Les maîtres maçons les ont placées là pour permettre à l'eau de pluie de s'écouler du toit par leur gueule. On raconte aussi qu'elles protègent la cathédrale des démons de l'enfer. Plus tard, si tu veux, je te ferai visiter l'intérieur. Mais pas aujourd'hui. Je suis très pressé.

Le jeune prêtre fouilla dans la poche de sa bure et en sortit un paquet confectionné avec un mouchoir. Il le défit et lui tendit une miche de pain et un morceau de fromage.

— Je t'ai apporté à manger. Tu as faim ?

Manaïl fit un signe de la tête, arracha un gros bout de pain et se le fourra dans la bouche. Puis il y ajouta du fromage. Bientôt, ses joues furent aussi grosses que celles d'un crapaud.

— On dirait, oui ! s'émerveilla le prêtre, amusé.

— Merchi ! marmonna-t-il

— Pardon ?

Manaïl mastiqua furieusement et parvint à déglutir.

— Merci, répéta-t-il, embarrassé, avant de se remplir la bouche à nouveau.

— *Diliges proximum tuum sicut teipsum*[1], dit Jehan avec un air à la fois modeste et satis-

---

1. En latin : Tu aimeras ton prochain comme toi-même. Lévitique 19,18.

fait. Mon sacerdoce m'appelle dans les rues de Paris, reprit-il. Je passerai te voir à mon retour et nous déciderons quoi faire de toi.

Les rues de Paris. Si Manaïl voulait trouver la piste du fragment, il augmenterait sans doute ses chances en se familiarisant avec le *kan* où il venait de pénétrer. Il avala avec difficulté une grosse bouchée.

— Je peux vous accompagner ? demanda-t-il.

Le prêtre parut surpris.

— Pourquoi diable le voudrais-tu ? La ville est devenue un véritable cloaque depuis l'apparition de la peste. Et tu pourrais y attraper la maladie.

— Ne craignez rien pour moi, rétorqua Manaïl en tâtant inconsciemment la marque de YHWH dans le creux de la main gauche. Je n'attraperai rien, je vous l'assure.

— Hmmm… fit Jehan en se frottant le menton, perplexe. Il est vrai que ton père en est déjà mort. J'ai connu des gens qui, par je ne sais quel mystère, ont résisté à la maladie. Bon… Comme tu veux.

Jehan remonta le capuchon de sa robe, pencha la tête et mit ses mains dans les manches. Dans cette attitude, il s'éloigna, le garçon à ses côtés. À chacun de ses pas, son chapelet de bois cliquetait et le crucifix se balançait sur l'avant de sa bure. Après quelques minutes de silence, il fut pris d'une violente quinte de toux qui le força à s'immobiliser, plié en deux. Il finit par cracher une glaire sanguinolente à ses pieds en se tenant la poitrine.

— Vous êtes malade ? s'enquit Manaïl, un peu inquiet pour cet homme qu'il ne connaissait guère mais qui était visiblement bon.

— Non, ça va… haleta Jehan.

La sueur perlant sur le front, le visage pâle, le prêtre essuya sa bouche avec l'intérieur de la manche de sa bure.

— J'ai dû prendre froid dans la Seine, expliqua le prêtre. N'aie crainte, mon fils. Dieu m'a donné une santé de fer et j'ai bon espoir qu'Il ait encore quelque usage pour le plus médiocre de ses serviteurs. Ça ira mieux bientôt. Je ne vais quand même pas abandonner tous ces chrétiens à la perdition pour une banale fluxion de poitrine[1]. Allez, viens.

Ensemble, ils franchirent la muraille et s'engagèrent sur un petit pont qui traversait la Seine vers la rive nord de la ville. La marche et le soleil montant avaient réchauffé Manaïl. En chemin, il mangeait ce qu'il restait de son pain et de son fromage tout en observant le paysage à la ronde.

— C'est ici que vous m'avez repêché ? s'informa Manaïl.

---

1. Congestion pulmonaire.

Le prêtre se retourna sans s'arrêter.

— Non. Tu vois l'autre pont, là, sur ta dextre[1] ? demanda-t-il en désignant une passerelle en bois d'apparence dangereusement bancale qui enjambait la rivière. Ce sont les Planches Mibray. Tu étais tout près de là. Tu aurais même pu t'accrocher à un pilier si tu n'avais pas été si mal en point. Le pont sur lequel nous nous trouvons maintenant est le pont aux Changeurs.

Manaïl prit bonne note de l'information. La porte du temple se trouvait forcément quelque part à la base de cette étrange structure à l'apparence fragile. Sous l'eau, se rappela-t-il avec une certaine inquiétude.

De chaque côté du pont que Jehan et Manaïl étaient en train de traverser, des individus se tenaient derrière des tables sur lesquelles étaient posées des piles de monnaies et de petits trébuchets[2]. Ils se mirent aussitôt à interpeller Jehan.

— Holà ! Monsieur l'abbé ! s'écria l'un d'eux. Vous avez de la monnaie à changer ? J'ai des florins de Florence, des ducats de Venise, des livres parisis… Tout ce que vous voudrez !

---

1. Droite.
2. Balance qui servait à peser la monnaie afin de déterminer la quantité de métal précieux qu'elle contenait.

Allez! Un petit effort! Même un curé doit bien avoir sous sa bure quelques piécettes qu'il réserve à une coureuse de remparts[1]!

Un éclair d'indignation traversa le regard du prêtre, qui se redressa de toute sa hauteur et prit des allures de prédicateur.

— Tu as une fort mauvaise opinion de ceux qui tentent d'assurer le salut de ton âme, mon fils, dit-il d'un ton sévère. Mais je te pardonne ton impertinence, ajouta-t-il en bénissant distraitement l'individu.

— Que voulez-vous, mon père, rétorqua l'homme en riant. Avec cette maudite peste, les clients sont rares et il faut bien gagner sa vie! Allez! Montrez un peu de cette charité chrétienne que vous prêchez si bien!

— Ton âme court un plus grand danger que ta bourse, rétorqua Jehan. Je prierai pour toi.

— Une petite bénédiction, au moins? s'écria un autre.

Jehan s'arrêta et sourit.

— Des bénédictions, j'en ai toujours en réserve, dit-il en faisant un signe de croix en direction de l'homme qui l'avait interpellé. *IN NOMINE PATRI ET FILII ET SPIRITUS SANCTI. AMEN*[2].

---

1. Prostituée.
2. En latin: Au nom du Père et du Fils et du Saint-Esprit. Amen.

Manaïl et Jehan achevèrent de traverser le pont sous les appels incessants des marchands de monnaie. Une fois de l'autre côté, le prêtre lui mit la main sur l'épaule et, ensemble, ils reprirent leur chemin.

— Qui étaient ces gens ? demanda le garçon.

— Des changeurs. Ils pèsent les pièces de monnaies étrangères puis rendent l'équivalent en livres tournois moyennant commission. Une véritable engeance, si tu veux mon avis. Mais, comme les marchands du Temple chassés par la colère de Notre-Seigneur, ils sont indispensables.

Sur ces mots, ils franchirent une porte fortifiée qui se trouvait sur l'autre rive de la Seine et s'engagèrent dans la rue Saint-Denis, qui prolongeait le pont. Manaïl termina le pain et le fromage en route.

Heureusement, car ce qu'il allait bientôt voir lui aurait coupé l'appétit.

10

LA VILLE DE L'HORREUR

Jamais Manaïl n'avait vu d'endroit qui ressemblât de façon même éloignée à cette ville. Les rues étroites étaient bordées de maisons en bois à plusieurs étages, aux toitures de chaume ou d'ardoise, entassées les unes contre les autres sans ordre apparent. La plupart des derniers étages saillaient au-dessus de la rue et formaient une canopée qui bloquait la lumière du soleil, de sorte qu'une pénombre glauque régnait en permanence dans la rue. L'entassement et la saleté étaient indescriptibles. L'odeur qui empuantissait l'air était répugnante. Le sol n'était qu'un mélange de boue, d'excréments et de déchets. Çà et là traînaient des carcasses d'animaux dans des états variables de pourriture.

Ils prirent à droite à une intersection et continuèrent jusqu'à une fontaine publique dans laquelle une vieille femme au dos courbé par les années était en train de remplir une cruche en regardant sans cesse autour d'elle, aux aguets. Lorsqu'elle aperçut le prêtre et le garçon, son visage pâlit de terreur. Elle laissa échapper un petit cri et s'enfuit en claudiquant, sa cruche sous le bras. Sur la porte de la majorité des maisons, on avait tracé un grand X à la craie blanche. Des chiens, des chats, des porcs, des chèvres et des volailles erraient librement, à la recherche de nourriture. Mais le plus frappant était les rats qui semblaient avoir pris possession des lieux et grouillaient partout.

— Où sont tous les habitants ? demanda Manaïl, étonné par cette ville déserte.

— Terrés chez eux pour fuir la maladie, répondit tristement Jehan. Tu vois ces croix tracées sur les portes ? Elles indiquent les maisons où la peste s'est déclarée. Les habitants y sont gardés de force.

Jehan soupira avec lassitude.

— Voilà quelques mois, poursuivit-il, Paris abritait deux cent mille habitants. Aujourd'hui, c'est à peine si on aperçoit quelqu'un de temps à autre. Les centaines de bains publics et l'université ont été fermés. Les marchands sont refoulés aux portes de la ville et les marchés sont presque déserts. Même les tavernes et les bordels, où tant de chrétiens mettent leur âme en péril, sont vides.

L'abbé Jehan et Manaïl poursuivirent leur route. Au loin, le garçon aperçut une meute de chiens qui rivalisaient en grognant pour un gros quartier de viande qui traînait dans la boue de la rue. L'un d'eux en arracha un morceau et s'enfuit. Lorsque l'animal passa près de lui, Manaïl, horrifié, constata qu'il tenait dans sa gueule un avant-bras dont la main rebondissait mollement au rythme de ses pas.

— Vous… Vous avez vu ça ? balbutia-t-il. C'était… C'était…

— Un bras, oui, compléta le prêtre en secouant la tête avec dépit. Les macchabées sont si nombreux que certains gisent pendant des jours entiers dans les rues, à la merci des bêtes. D'autres sont simplement oubliés. Plus ils pourrissent, plus ils accroissent la contagion. Ces malheureux se retrouvent souvent privés des derniers sacrements. C'est pour cette raison que, chaque jour, j'arpente ainsi les rues de Paris. Je dois assurer le salut de ces âmes innocentes.

Jehan se dirigea vers le cadavre. À contre-cœur, Manaïl le suivit. La morte, une jeune femme, était boursouflée et bleuie. Son visage avait été rongé par les animaux et ses yeux picorés par les oiseaux. Là où s'était trouvé son avant-bras, il ne restait plus qu'un moignon sanglant. Un gros rat bien gras sortit de sous ses jupes. Jehan se contenta d'éloigner le rongeur d'un coup de pied distrait puis s'agenouilla avec respect près de la dépouille. Son visage prit une expression de profond recueillement. Le crucifix de son chapelet entre les mains, il pencha la tête, prononça une courte prière puis fit un signe de croix au-dessus du cadavre décomposé sans que jamais son visage trahisse le moindre dédain. Une fois le rituel complété, il se releva, hocha la tête avec dépit et secoua sa bure.

— *TERIBILIS EST LOCU ISTE*[1], murmura-t-il pour lui-même, le visage pâle, en se signant. *TERIBILIS EST LOCU ISTE…*

— Il y en a un autre là-bas ! s'écria une voix sur leur droite.

Un homme à l'apparence terrifiante, tout de noir vêtu, émergea de la pénombre d'une rue et s'avança vers eux sur la petite place. Manaïl se raidit, recula de quelques pas et posa instinctivement la main sur le manche de son poignard. L'apparition portait une robe qui lui descendait jusqu'aux pieds, chaussés de bottes de cuir au bout pointu. Un chapeau à larges rebords lui couvrait la tête. Son visage était caché par un masque au milieu duquel saillait un long bec semblable à celui d'un corbeau. Dans une de ses mains

---

1. En latin : Terrible est cet endroit.

gantées de cuir, il tenait une longue baguette avec laquelle il poussa le cadavre de la pauvre femme. À sa suite surgirent quatre hommes et une charrette à deux roues tirée par un cheval. Le véhicule était rempli de cadavres dans des états variables de pourriture et une odeur immonde s'en dégageait.

Apercevant Jehan, l'homme en noir inclina la tête avec respect.

— Monsieur l'abbé, dit-il, sa voix étouffée par son masque.

Puis il se retourna vers ceux qui le suivaient.

— Ramassez celui-là, ordonna-t-il en désignant le corps que Jehan venait de bénir.

Deux des hommes empoignèrent le cadavre de la femme sous les bras et par les chevilles, puis le lancèrent dans la charrette, où il atterrit sans ménagement par-dessus les autres.

— Agggghhhh! gémit celui qui avait tenu les aisselles de la morte, en s'essuyant les mains sur sa culotte. Un de ses bubons a crevé! Par saint Roch[1], j'ai les mains couvertes de pus! C'est écœurant!

— Cesse de douloir[2]! ordonna l'homme masqué. Tu connaissais les risques en acceptant ce travail et tu es bien payé pour le faire.

---

1. Saint patron des pestiférés chez les chrétiens. On le priait pour être épargné par la peste ou pour en être guéri.
2. Se plaindre.

— Comme si j'avais le choix, pardi… grommela l'autre pour ne pas être entendu. C'était
ça ou regarder ma famille crever de faim, oui,
espèce d'exacteur[1]…

Le groupe s'éloigna, l'homme étrange à sa
tête. Le garçon et le prêtre reprirent leur
marche.

— Qui était ce curieux bonhomme ? demanda
Manaïl.

— Un corbeau, répondit l'abbé Jehan. On
les appelle ainsi à cause de leur masque.
Ils placent un morceau de camphre dans le
bec pour repousser les miasmes de la peste.
Chaque matin, ils font le tour de la ville avec
les croque-morts pour y enlever les trépassés
avant qu'ils ne pourrissent trop. C'est la seule
manière de limiter la contagion.

Ils franchirent quelques pâtés de maisons
sans voir âme qui vive, enjambant de temps
à autre des cadavres. Malgré ses aventures
récentes, le Babylonien n'avait encore jamais
vu la mort dans ce qu'elle avait de plus repoussant. Plusieurs fois, l'odeur s'avéra presque
insupportable et le garçon vint bien près de
se vomir les entrailles.

Dans la rue Saint-Martin, le silence fut
brisé par un gémissement faible qui traversa
la porte close d'une maison sur leur gauche.

---

1. Exploiteur.

Jehan s'arrêta et tendit l'oreille. La plainte s'éleva de nouveau, à peine plus forte qu'un râle. Le prêtre s'approcha, entrouvrit, jeta un coup d'œil furtif à l'intérieur et en ressortit, pâle comme la mort. Il leva les yeux au ciel.

— Seigneur Jésus… murmura-t-il en se signant à plusieurs reprises.

— Quoi ? Qu'est-ce qu'il y a là-dedans ? s'alarma Manaïl.

— Plus de morts que de vivants, je le crains. Attends-moi, Martin, ordonna le prêtre. À ton âge, il n'est pas nécessaire que tu voies cela. Si le corbeau repasse par ici, envoie-le-moi, tu veux ?

— D'accord.

Jehan pénétra dans la maison. Manaïl se retrouva seul dans la rue déserte. Il attendit de longues minutes sans que le prêtre revienne. Las, il se mit à flâner. Il s'était éloigné d'une dizaine de toises lorsqu'une voix masculine l'interpella en gémissant piteusement.

— Aide-moi.

Il sursauta et se retourna. Sur sa droite, la porte d'une maison était entrebâillée. Hésitant, il s'approcha.

— Je ne veux pas mourir, se lamenta la voix. Aide-moi.

Indécis, Manaïl regarda dans la direction de la demeure où Jehan était entré. Le prêtre saurait quoi faire, lui.

— Je t'en supplie, viens m'aider, implora l'homme à l'intérieur.

Manaïl attendit encore quelques secondes dans l'espoir que Jehan se montre le bout du nez, mais il n'était toujours pas ressorti. Quelqu'un avait besoin d'aide. Sans doute un agonisant. Malgré la recommandation du prêtre, il n'allait tout de même pas rester planté là à ne rien faire. Il soupira de frustration, poussa la porte et entra.

11

LA MAISON DE LA MORT

À l'intérieur, Manaïl fut assailli par une indescriptible puanteur. Il déglutit pour ravaler un haut-le-cœur et fit quelques pas. Il faisait sombre. Dans l'âtre, des braises étaient encore rouges.

Le garçon s'avança, aux aguets, en posant la main sur le manche de son poignard, prêt à le dégainer.

— Où êtes-vous ? appela-t-il.

Un épais silence régnait. Perplexe, il laissa ses yeux s'habituer à la pénombre. Au fond de la pièce, il distingua une table autour de laquelle quatre silhouettes étaient assises, raides et immobiles. Soulagé, il s'approcha.

— Vous avez besoin d'aide ? demanda-t-il. Je vous ai entendu appeler.

Quelque chose se faufila entre ses jambes et se frotta contre sa cheville. Il sursauta et se retourna juste à temps pour voir un gros rat franchir à toute vitesse la porte demeurée ouverte.

Manaïl s'approcha des gens attablés, tels les membres sévères d'une sinistre assemblée. Il poussa du bout des doigts le volet d'une fenêtre pour laisser entrer un peu de lumière. Les poils se dressèrent sur son cou et un frisson lui parcourut le corps.

Autour de la table, trois hommes et une femme étaient morts. Leur peau ne s'était pas encore desséchée, mais était recouverte d'une substance visqueuse qui leur donnait l'apparence de transpirer. Leurs yeux n'étaient plus qu'une masse informe qui s'écoulait sur leurs joues et leurs cheveux étaient couverts de poussière. Par endroits, leurs vêtements étaient déchirés et on pouvait apercevoir la chair grugée par les rats. Chacun avait les mains croisées sur la table, sur laquelle se trouvaient un petit pot en terre et une spatule de bois.

Il examina le reste de la pièce et sentit son estomac se nouer. Cette maison était un véritable mouroir. Partout, il n'y avait que des cadavres. Dans les lits, sur le sol, sur les bancs... Certains étaient assis dans des positions proches de la vie. D'autres étaient allongés sur le dos, les mains jointes sur le ventre. Tous avaient le cou gonflé par d'horribles bubons violacés dont certains avaient éclaté, laissant s'écouler un pus jaunâtre qui avait séché en plaques. En tout, il devait bien y avoir une vingtaine de corps.

Pourtant, quelque part dans cette maison des horreurs, il y avait quelqu'un de vivant qui avait imploré son aide, se rappela le Babylonien en frissonnant.

— Où êtes-vous ? répéta-t-il d'une voix étranglée par la terreur qui montait dans sa gorge.

Il avait à peine terminé sa question lorsqu'un grand fracas retentit dans la pièce. Manaïl se retourna vivement en dégainant son poignard de sa ceinture. Devant lui, un des hommes qu'il avait cru morts s'était levé de table en faisant basculer son tabouret sur le sol. Il émit un grognement guttural et se dirigea d'un pas maladroit et saccadé vers le garçon.

Comment était-ce possible ? Ces gens étaient morts. Ils étaient tous en train de se décomposer.

L'Élu ne réagit pas assez vite et fut violemment frappé au visage. Devant lui, l'air se remplit d'étoiles multicolores et il s'écroula sur le sol. À demi conscient, il sentit des bras puissants le saisir par la taille, le soulever de terre et le déposer sur la table, au milieu des morts. Des mains déchirèrent sa chemise.

Les fragments… Son agresseur voulait-il s'emparer des fragments? Il secoua la tête pour reprendre ses esprits. L'homme à demi putréfié qui se trouvait au-dessus de lui ouvrit toute grande la bouche, révélant une langue épaisse et brunâtre, et des chicots de dents acérés comme des crocs. Il baissa la tête pour mordre le garçon en pleine poitrine.

Par réflexe, Manaïl releva la main gauche, paume vers le haut et frappa son adversaire sur les lèvres, qui se fendirent sans que la moindre goutte de sang s'en échappe. En grognant comme une bête, la créature le mordit avec une force surhumaine au milieu de la marque de YHWH. Le garçon laissa échapper un cri de douleur et essaya en vain de se défendre avec son couteau, que l'autre bloquait avec facilité.

Dans la main gauche du Babylonien, des petites étincelles se mirent à pétiller et envahirent la bouche de la créature. Elles se consolidèrent pour former des volutes qui s'échappèrent entre ses dents gâtées, puis se mirent à descendre le long de son cou, jusqu'à l'emplacement de son cœur. L'étrange phénomène pénétra la poitrine de la créature, qui fut saisie de tremblements et lâcha sa prise. Les yeux exorbités, elle renversa la tête vers l'arrière. Un hurlement rocailleux s'échappa de sa gorge et elle tomba à la renverse sur le sol, inerte. Une odeur de brûlé monta dans la pièce, se mélangeant à la puanteur ambiante.

Manaïl bondit sur ses pieds, enjamba à tâtons la chose et se précipita vers la sortie. Il allait passer la porte lorsqu'il aperçut une silhouette, debout dans le noir. Il s'arrêta net, son couteau toujours dans la main droite, prêt à défendre sa vie.

Constatant que le garçon l'avait aperçu, l'intrus se figea un moment et regarda partout autour de lui, indécis. Le capuchon qui lui recouvrait la tête masquait son visage, mais sa posture dégageait un mélange de haine, de surprise et de peur. Bizarrement, une fumée épaisse montait d'un objet à demi calciné qu'il tenait dans sa main.

L'inconnu fit brusquement demi-tour vers le fond de la maison. Sans réfléchir, l'Élu bondit et s'élança à sa poursuite. *In extremis*, il l'attrapa par le bout de la manche, l'attira vers lui et enfonça la lame de son poignard dans son biceps droit. La lame traversa la chair jusqu'à la garde et ressortit de l'autre côté. Un lugubre hurlement de douleur monta de sous le capuchon. Le garçon l'encercla de ses bras et tenta de l'immobiliser. Malgré sa maigreur, l'étranger se débattit comme un diable, parvint à dégager son bras gauche et appliqua un violent coup de coude sur la joue de Manaïl qui chut lourdement sur le sol, sonné.

Profitant de la situation, l'inconnu arracha l'arme de son bras et la jeta dédaigneusement sur le sol.

— *VAE TIBI*[1], cracha-t-il d'une voix caverneuse et à peine audible.

Il traversa la maison en courant et s'enfuit par l'arrière. Avant d'avoir pu réagir, l'Élu entendit une porte claquer. Il était trop tard.

Encore ébranlé, il se releva et sortit à son tour. Les Nergalii le poursuivaient donc.

---

1. En latin : Malheur à toi.

L'ALCHIMISTE

Dans un laboratoire aménagé dans une ancienne voûte secrète sous la templerie de Paris, la lumière d'un cierge éclairait faiblement des instruments et des objets aux formes étranges. Une table longeant le mur était remplie de fioles, de cornues, de pinces de métal, de chaudrons, de règles, d'équerres et de compas. Au milieu se trouvait, dans un bol, un alambic où un liquide foncé et nauséabond bouillait. Dans un coin, un feu ronflait à l'intérieur d'un athanor[1]. Un peu partout sur les meubles et le sol traînaient d'épais grimoires ouverts, sur les pages desquels se mêlaient des textes recopiés à la main en grec, en latin, en arabe, en italien et en français, entrecoupés de caractères étranges et de formules mathématiques obscures. Sur

---

1. Nom donné au four utilisé par les alchimistes pour faire fondre les métaux.

le mur, devant lui, trois sentences étaient écrites en grosses lettres à l'encre noire :

QUOD EST INFERIUS EST SICUT QUOD EST SUPERIUS ; ET QUOD EST SUPERIUS EST SICUT QUOD EST INFERIUS[1].
VISITA INTERIORA TERRAE RECTIFICANDOQUE INVENIES OCCULTUM LAPIDEM[2].
IGNE NATURA RENOVATUR INTEGRA[3].

Assis à une table, Daimbert de Louvain tenait une fiole au-dessus de la flamme avec de fines pinces de métal. Il avait chaud sous sa longue robe brune. Son crâne chauve et suintant de sueur, encerclé par une étroite couronne de cheveux clairsemés, luisait dans la lumière. Son visage ravagé était crispé par une intense concentration. Les sourcils froncés, il fixait d'un regard intense le déroulement de l'opération alchimique qui allait trouver sa conclusion. Au fond de la fiole, une petite quantité de liquide jaunâtre mijotait lentement.

---

1. En latin : « Ce qui est en bas est comme ce qui est en haut, et ce qui est en haut est comme ce qui est en bas. »
2. En latin, V.I.T.R.I.O.L. : « Visite l'intérieur de la terre et en rectifiant tu trouveras la pierre cachée. »
3. En latin, I.N.R.I. : « La nature entière sera rénovée par le feu. »

Au début de la trentaine, Daimbert avait consacré les dix dernières années de sa vie au grand art. Ses progrès dans l'art royal avaient été rapides et impressionnants, mais il les avait payés chèrement. Jadis, alors qu'il était encore un débutant, une solution mal dosée avait explosé et le liquide corrosif l'avait cruellement défiguré. Son faciès parsemé de plaques raides et rougeâtres n'était plus qu'une triste caricature de ce qu'il avait été. Ce qu'il lui restait de lèvres était retroussé en une grimace perpétuelle qui découvrait ses dents. Son nez semblait avoir fondu comme de la cire chaude et ses paupières grugées par l'acide, qui ne lui permettaient plus de fermer les yeux pour dormir, faisaient que ses yeux secs brûlaient toujours.

Mais la chair n'avait pas d'importance. La beauté était éphémère et, pour Daimbert de Louvain, la perte de son visage avait constitué un prix acceptable à payer. Car il était sans aucun doute le plus grand de tous les alchimistes d'Occident et d'Orient. Il avait lu et relu les ouvrages de tous les grands maîtres, d'Hermès Trismégiste à Raymond Lulle en passant par Jabîr ibn Hayyân, Avicenne, Roger Bacon, Albert le Grand et Arnaud de Villeneuve. Il avait visité Bagdad, Tombouctou, Alexandrie et toutes les grandes villes d'Europe à la recherche des savants les plus compétents. Il avait visité tous les temples, tous les lieux de culte et de magie.

À force de persévérance tranquille, l'alchimiste avait réalisé le Grand œuvre minéral que presque tous ses collègues s'acharnaient encore à espérer. La matière n'avait plus de secret pour lui. Il avait maîtrisé la fusion et la recomposition des métaux vils. Leur transmutation était un jeu d'enfant. Fabriquer de l'or à partir de plomb, de mercure et de soufre ? Facile. Il suffisait de les chauffer à la bonne température et de les recombiner dans des proportions rigoureusement exactes. Générer la vie à partir de la putréfaction ? Aisé. Il ne s'agissait que de deux états différents de la même réalité. S'il l'avait désiré, il aurait été l'homme le plus riche de la chrétienté. Mais il était chapelain des Hospitaliers à Paris et, de temps à autre, il agissait comme confesseur de l'Inquisition de la sainte Église. Un clerc devait être pauvre. De toute façon, ses besoins étaient modestes. Il n'avait toujours produit des métaux précieux que pour se procurer ses instruments.

Depuis son arrivée à Paris, encore tout jeune homme, Daimbert de Louvain avait consacré à l'art royal ses moindres temps libres. Depuis, il n'avait jamais cessé. Tel un démon, l'alchimie avait possédé son âme. En vérité, il touchait presque la limite de sa science. Seul manquait encore au palmarès de ses réussites l'ultime accomplissement de l'alambiqueur : la pierre philosophale, cet insaisissable objet qui renfermait le secret de la vie éternelle et du temps infini. Il en était obsédé au point d'en perdre l'appétit et le sommeil. Pourtant, elle lui échappait toujours, comme elle s'était dérobée à presque tous les alchimistes depuis la nuit des temps.

Pendant qu'il rêvassait, le liquide contenu dans la fiole se mit à frémir en produisant une fumée à l'odeur âcre. Avant que le tout n'entre en ébullition, il retira la fiole du feu et la posa sur un socle en bois. Après l'avoir laissée refroidir quelques minutes, il en examina le contenu à la lumière du cierge et sourit. Au fond reposait de la poussière d'or. Assez pour se procurer la cornue spéciale dont il avait besoin. Demain, il se rendrait chez le souffleur de verre, dans le quartier des artisans, et lui commanderait l'objet en lui rappelant, comme toujours, de n'en parler à personne. L'artisan aimait son métier mais encore plus l'argent que l'alchimiste lui versait en quantité pour chaque nouvel accessoire. Il serait discret.

Satisfait, Daimbert souffla sur la flamme, essuya la sueur de son visage et sourit autant que ses lèvres le lui permettaient. Il devrait bientôt retourner à ses activités normales, mais il avait bien quelques minutes pour consulter les cartes. Il tira de sa robe un jeu de Tarot portant des dessins étranges qu'il brassa pendant de longues minutes. Le Tarot ne mentait jamais à qui savait l'interroger avec intelligence. Et personne ne savait mieux le faire qu'un alchimiste.

De la main gauche, Daimbert coupa les cartes puis les mêla doucement sur la table. Les lames du Tarot n'aimaient pas être bousculées. Le respect était le prix qu'elles exigeaient pour livrer leurs mystères. Il se concentra et formula mentalement la question à laquelle il désirait obtenir une réponse. Chaque jour depuis dix ans, il posait la même, sans défaillance, dans l'espoir d'une révélation. *Où puis-je trouver la pierre philosophale?*

Une à une, l'alchimiste extirpa quatre cartes du lot et les disposa face contre la table, devant lui. Il inspira profondément, retourna celle de gauche et découvrit l'Hermite. Il esquissa un sourire en constatant que, après tant d'années, le Tarot semblait en être arrivé à parfaitement le connaître, comme un vieil ami. Cet arcane le représentait, lui, le chercheur en quête de la vérité et qui savait attendre son heure avec patience.

Il retourna la seconde, qui révélait celui qui s'opposait à ses desseins: le Chariot. Un jeune homme fougueux, aux commandes d'un attelage, fonçait sur lui. Il était déterminé, sûr de lui et de son pouvoir. Cet arcane annonçait une victoire éclatante. Mais pour qui ? Les chevaux qui tiraient le chariot se dirigeaient dans des directions opposées. Ils pouvaient mener le conducteur à la victoire ou à l'échec.

Un grondement de contrariété monta de la gorge de l'alchimiste. Il détestait ces moments où les cartes restaient floues et semblaient s'amuser à ses dépens. Il fronça les sourcils, soucieux. Quelqu'un d'autre menait la même quête que lui. Et il était à prendre au sérieux. Mais au fond, l'existence d'un rival n'était guère surprenante. Les alchimistes étaient nombreux et tous rêvaient de la pierre philosophale.

Il retourna la carte suivante. Le Diable lui apparut, la tête en bas. Daimbert ricana.

— Intéressant… marmonna-t-il en se grattant le bout du nez.

Avec le Diable, le Mal prenait place au milieu du jeu. Il le dominait et conditionnerait la suite des événements. Le Mal était à la fois l'objet de la quête et le moyen de l'achever. Pour la mener à terme, tous les coups seraient permis, même les plus vils, tant pour lui-même que pour son adversaire inconnu.

Il retourna la quatrième carte et découvrit l'Amoureux, un jeune homme naïf et peu sûr de lui, mais fougueux et passionné. Un innocent en quête de vérité, lui aussi, devant lequel plusieurs voies semblaient s'ouvrir. Il devait choisir entre le Bien et le Mal. Des femmes puissantes l'entouraient et semblaient lui prodiguer des conseils. Cette personne allait se placer sur son chemin. Peut-être était-elle même déjà là. Mais le cheminement de l'Amoureux était marqué par l'incertitude. Finalement, le conducteur du chariot n'était sans doute pas le conquérant qu'il prétendait être...

Mentalement, Daimbert additionna les chiffres inscrits sur chacune des lames : neuf, sept, quinze et six faisaient trente-sept. Trois et sept faisaient dix. Il fouilla dans le paquet, en tira la carte appropriée et la posa au milieu des autres pour compléter le jeu : la Roue de Fortune. Il se renfrogna. Le Tarot annonçait de nouveau un triomphe, mais il prévenait également que rien ne serait terminé pour autant. Cette victoire n'était qu'une étape vers autre chose. La Roue de Fortune laissait aussi entrevoir que la quête serait parsemée de hauts et de bas, et que sa conclusion était incertaine. La marche inexorable du destin était amorcée, mais son mystère restait entier.

— Hmmm… maugréa Daimbert, perplexe.

L'alchimiste ramassa les cartes en secouant la tête, dépité. L'individu représenté par le Chariot était sorti de nulle part et semblait représenter une réelle menace — ou une occasion. Mais les cartes avaient refusé d'en révéler davantage à son sujet.

Il les brassa, les étendit en demi-cercle sur la table et les interrogea une nouvelle fois. *Où puis-je trouver l'inconnu qui cherche la même chose que moi?*

Il tira trois cartes qu'il posa l'une à côté de l'autre et les retourna: la Mort, la Maison-Dieu et le Pape. Un cimetière, un hôpital et une église…

Quelque chose d'important en rapport avec cet inconnu allait se produire autour d'un cimetière, d'un hôpital et d'une église... Mais quoi ? Quand ? Quel rapport cela avait-il avec la pierre philosophale ?

Frustré, il ramassa les cartes et les mélangea une dernière fois. *Qui guide cet inconnu ?* demanda-t-il, nerveux. Il sortit une carte : l'Étoile, qui représentait la déesse Vénus.

Pendant un instant, incrédule, Daimbert ne parvint pas à détacher son regard de la jeune femme nue qui, un genou posé sur le sol, déversait d'une main un liquide qui purifiait l'eau croupie et, de l'autre, une eau bienfaisante qui nourrissait la terre.

Il hocha gravement la tête. Il rassembla les cartes, les déposa sur le coin de la table, se leva et quitta la pièce. Il avait des obligations qui ne pouvaient pas attendre.

LE THAUMATURGE

Manaïl surgit dans la rue Saint-Martin. Aveuglé par le soleil, il faillit entrer en collision avec Jehan Malestroit. Les élancements dans sa main gauche lui remontaient jusqu'au cœur, mais il n'en avait cure. Il était sain et sauf.

— Ah! Te voilà, toi! s'écria le prêtre, visiblement soulagé, en le prenant par les épaules. Je te cherchais justement! Qu'est-ce que tu faisais dans cette maison? Je t'avais bien dit de m'attendre. Tu n'étais tout de même pas en train de laronner[1], au moins?

Désorienté, Manaïl ne répondit pas tout de suite. Le prêtre fronça les sourcils en constatant l'expression sur le visage du garçon. Il l'empoigna par les bras et le fixa droit dans les yeux.

---

1. Voler.

— Martin. Qu'est-ce qui s'est passé ? Tu es blessé ?

— On m'a attaqué, haleta Manaïl en prenant soin de garder pour lui les détails susceptibles de trahir sa vraie nature. Deux hommes. Dans cette maison. Ils m'ont appelé. Je croyais qu'ils avaient besoin d'aide. Ils ont essayé de me tuer.

Jehan avisa sa main gauche maculée de sang.

— Tu es tout navré[1] ! s'exclama-t-il. Il faut te soigner tout de suite.

— Ce n'est rien, répondit Manaïl en s'assurant de bien cacher l'intérieur de sa main, où la marque de YHWH exerçait son mystérieux pouvoir curatif. Je me suis débattu et je crois qu'un de ceux qui m'ont attaqué s'est coupé sur mon couteau. C'est son sang qui a coulé sur moi.

Il ferma et ouvrit la main à quelques reprises pour bien en faire la démonstration.

— Vous voyez ? dit-il. Je n'ai rien.

Soulagé, Jehan promena son regard sur les alentours.

— *Memento mori*[2], mon fils, admonesta-t-il. Tu n'aurais pas dû t'aventurer seul dans cette demeure. Un fourbe s'est sans doute

---

1. Blessé.
2. En latin : Souviens-toi que tu es mortel.

imaginé que tu avais quelque richesse qu'il pourrait troquer contre un pot de vin. Viens. Ne restons pas ici. Paris est devenue bien dangereuse.

◆

Encore ébranlé, le nécromancien appliquait une pression sur son bras blessé. Le sang qui s'en écoulait imbibait la manche de sa robe. Terré dans l'ombre, il regardait la maison, au loin. Le garçon venait d'en sortir et il avait rejoint le prêtre.

Le nécromancien savait qu'il ne pourrait plus y revenir. Il regretterait ces cadavres. Depuis des mois, cette maison lui tenait lieu de réserve. Il y accumulait les morts et, en la gardant chaude, il s'assurait qu'ils se putréfiaient de la bonne façon. Une fois par semaine, il venait racler la *mumia* sur leur peau et repartait avec un pot bien rempli. Lorsqu'un cadavre était trop décomposé, il l'abandonnait dans une rue et le corbeau se chargeait de l'emporter. Désormais, il ne pourrait pas y retourner. Heureusement, il en avait quelques autres réservées au même usage.

Rien n'était perdu. Il savait maintenant de quoi avait l'air le garçon. Même s'il était venu à bout du ressuscité, ce n'était que partie remise… S'il détenait bien le pouvoir qu'avait décrit le mort, il le lui arracherait le moment venu.

Le nécromancien plaça sa capeline et pressa le pas. En quelques secondes, il disparut, anonyme, dans les rues de Paris.

✦

Pendant les heures qui suivirent l'épisode de la rue Saint-Martin, Manaïl, tout en essayant de donner un sens à l'attaque qu'il avait subie, accompagna Jehan dans son ministère. La patience du prêtre semblait sans limites. Il bénissait tous ceux qui en faisaient la demande et priait avec eux. Il ne répugnait pas à toucher les malades les plus repoussants pour leur donner un peu de réconfort ou les aider à se nourrir. À plus d'une reprise, il envoya le garçon puiser de l'eau à la fontaine la plus proche pour abreuver un mourant.

— Comment pouvez-vous faire ce… travail jour après jour ? demanda-t-il durant un bref moment de tranquillité, alors qu'il partageait avec le prêtre un quignon de pain sec, assis sur le bord d'une fontaine. Il y a de quoi perdre la raison. Tous ces morts…

— Tous les soirs, j'implore Dieu de me donner la force de survivre au lendemain, mon fils, répondit le prêtre. Chaque jour est un nouveau sacrifice que j'offre au Très-Haut. Sans Lui, je serais mort.

— Et pourquoi donc ?

Jehan hésita un instant.

— Un peu comme toi, j'ai été sauvé jadis par quelqu'un, Martin. Encore nourrisson, j'ai été abandonné par mes parents sur le parvis de Notre-Dame. Ils avaient épinglé sur mes langes un bout de papier sur lequel était griffonné mon nom. Les prêtres du cloître m'ont recueilli. Ils auraient pu me mettre en nourrice chez un paysan, mais ils ont choisi de m'élever eux-mêmes. Ils m'ont logé, nourri et, surtout, instruit. Je leur dois tout. Si je suis devenu prêtre, c'est grâce à leur exemple. J'ai la conviction que Dieu l'a voulu ainsi, qu'Il désirait que je sois son serviteur et que je défende la vraie foi. Il en sera ainsi tant qu'Il m'en donnera la force, pour Sa plus grande gloire. Ni les hérésies ni la peste ne m'empêcheront de répandre la bonne nouvelle et de sauver des âmes! Dieu m'a désigné! Ma vie n'a aucune importance et je la sacrifierai volontiers, dussé-je trépasser de la peste!

Tout à coup, non loin de là, une porte marquée d'un grand X blanc s'ouvrit brusquement et les fit sursauter. Une pauvre créature émergea de la demeure et tituba vers eux en hurlant.

La jeune femme blonde et sale s'écroula à genoux devant eux, les bras tendus. Manaïl constata avec dégoût que, de chaque côté de son cou, deux énormes bosses violacées laissaient échapper un pus épais et jaunâtre qui s'était encroûté dans le tissu de sa chemise. Un sang noir s'écoulait aux commissures de ses lèvres. Son visage était d'une pâleur de mort et ses cheveux longs ruisselaient de sueur.

— Mon père, souffla-t-elle. Je... Je vous en supplie, mon père... venez. Mes petits... Ils sont à l'agonie. Donnez-leur les... derniers sacrements !

Sur ces mots, la femme fut prise d'une quinte de toux caverneuse qui la fit plier en deux, le visage crispé par la souffrance. Elle finit par cracher de grosses glaires sanguinolentes et gélatineuses, puis resta là, haletante. Après quelques instants, elle trouva la force de relever vers Jehan un visage blême et hagard.

— Je vous en conjure, mon père, implora-t-elle en triturant le bas de la robe du prêtre, des larmes se mêlant à une sueur à l'odeur âcre. Nous allons tous mourir bientôt, je le sais. Je veux seulement que mes pauvres enfants aient leur place au paradis.

Jehan se pencha vers la femme, la prit par les bras et l'aida à se relever.

— Bien sûr, ma fille, dit-il avec un mélange de tendresse et de tristesse. Mène-moi à eux.

Un faible sourire traversa le visage cireux de la femme. Assistée par le prêtre, elle le mena vers la maison d'où elle avait surgi quelques instant auparavant. Manaïl suivit à quelques pas derrière. Elle franchit le seuil en vacillant et leur fit signe d'entrer.

À l'intérieur régnait une puanteur mille fois pire que celle des rues ; une odeur immonde faite d'excréments, de vomissures et de sang. L'odeur de la mort imminente. Manaïl enfouit son nez et sa bouche dans le creux de son coude et tenta de respirer aussi superficiellement que possible à travers la manche de sa chemise. Dans cette position, il observa le prêtre qui accompagnait la femme vers le fond de l'unique pièce.

Sur un lit de fortune s'entassaient trois jeunes enfants. Chacun était dans un état semblable à celui de leur mère : des bubons enflés au cou, une toux creuse remplie de mucus, le teint blême. Près du mur se trouvaient deux petits garçons de quatre ou cinq ans pratiquement identiques qui fixaient sur les nouveaux venus un regard vitreux. De l'autre côté du lit, une fillette, âgée de deux ou trois années de plus, râlait, à demi consciente.

Les yeux remplis de larmes, Jehan s'agenouilla près du lit, se signa, prit son chapelet entre ses mains jointes et pencha la tête. Les yeux clos, il commença une prière.

— *PATER NOSTER, QUI ES IN CAELIS, SANCTI-FICETUR NOMEN TUUM*; *ADVENIAT REGNUM TUUM*; *FIAT VOLUNTAS TUA SICUT IN CAELO ET IN TERRA…*[1].

Manaïl reconnut immédiatement la pate-nôtre des Templiers et ressentit un pincement au cœur à la pensée du frère Enguerrand. Autant par habitude que par compassion, il joignit sa voix à celle de Jehan. Lorsque la prière fut terminée, le jeune prêtre se pen-cha vers les enfants et, avec le pouce, traça une croix sur leur front, leur menton et leur torse.

— *IN NOMINE PATRI ET FILII ET SPIRITUS SANCTI*, dit-il d'une voix vibrante d'émotion.

— *AMEN*, fit la mère, pantelante et toussant de plus belle.

Aussitôt, la pestiférée s'effondra, vidée de ses dernières énergies. Jehan la retint de son mieux et l'assit sur un banc qui se trouvait le long du mur. Il trempa un bout de sa robe dans une cruche d'eau qui se trouvait sur la table et humecta le visage de l'agonisante, qui râlait piteusement.

---

1. En latin : Notre Père qui es aux cieux, que ton nom soit sanctifié, que ton règne vienne, que ta volonté soit faite sur la terre comme au ciel…

Toujours en retrait, le cœur brisé par la tristesse de la scène, Manaïl observait la fillette. Avec ses cheveux blonds comme les blés de l'été, identiques à ceux de sa mère, son petit nez retroussé, ses yeux d'un bleu turquoise, elle ressemblait à une poupée. Les jumeaux, eux aussi, étaient mignons. Ils auraient tous mérité un avenir, une chance de vivre une vie normale... Au lieu de cela, cette famille serait bientôt morte et enterrée. Manaïl ne comprenait pas grand-chose à la terrible maladie qui frappait ce *kan*, mais il en haïssait la cruauté.

Pendant que Jehan priait auprès de la mère, l'Élu s'approcha en douceur de la fillette agonisante. Sans trop réfléchir, il écarta une mèche de cheveux détrempée du front de l'enfant et y posa la main gauche. La peau était moite et brûlante. L'Élu ferma les yeux et attendit. Bientôt, une chaleur familière émana de la marque de YHWH. Il sentit qu'une force vitale provenant de l'essence même de la Création convergeait dans la marque tracée par le magicien de Jérusalem, revitalisant le petit corps à bout d'énergie. Il n'aurait pu dire si une seconde, une minute ou une heure s'était écoulée, mais lorsqu'il rouvrit les yeux, la fillette le regardait. Elle lui souriait, le regard clair. Sa fièvre semblait avoir baissé et déjà, son visage reprenait des couleurs. Sur son cou, les bubons étaient déjà moins gros et rapetissaient sous ses yeux.

— Je m'appelle Mahaut, dit-elle d'une voix faible et à peine audible. Merci.

Abasourdi, Manaïl n'entendit pas l'enfant. Il ne parvenait pas à détacher son regard de sa main gauche. Cette marque mystérieuse était porteuse d'un pouvoir infiniment plus grand que ce qu'il avait osé soupçonner. Comme ce Jésus dont les Templiers avaient tant parlé, il venait de ramener parmi les vivants quelqu'un qui allait franchir les portes du royaume des morts… Lui, « le poisson » de Babylone.

— Tu ne veux pas me parler ? demanda la petite avec tristesse.

Le garçon fut tiré de ses pensées et constata que sa main tremblait. Il posa son index sur les lèvres gercées de la fillette.

— Chut, Mahaut… chuchota-t-il en esquissant un sourire. Tu dois te reposer.

La petite sourit de nouveau. Manaïl considéra les deux jumeaux, tout près. Il inspira, s'étira et posa tour à tour sa main sur la tête de chacun d'entre eux. Une fois de plus, le temps disparut. La chaleur s'échappa de la marque et, par un mystère que le garçon ne comprenait pas lui-même, se transmuta en une énergie d'une pureté et d'une force incomparables. Et ils furent soulagés, eux aussi. Lorsque l'Élu rouvrit les yeux, les deux enfants, encore trop faibles pour parler, le regardaient sereinement.

Ébranlé, Manaïl se releva et s'en alla retrouver Jehan, qui murmurait une prière en fermant les paupières de la femme.

— Elle a trépassé, la pauvre… déclara avec une lassitude infinie le jeune prêtre sans se retourner. Une autre que je n'ai pas pu sauver… Au moins, elle n'aura pas vu mourir ses enfants.

Manaïl s'agenouilla près de lui et mit sa main gauche sur le cou de la femme, sentant sous ses doigts les gros bubons brûlants et durs comme des pierres.

— Vous êtes certain qu'elle est morte? demanda-t-il. Il me semble qu'elle respire encore. Laissez-moi voir.

Sans en avoir l'air, il se concentra et laissa agir la magie de Hanokh, espérant que le phénomène passe inaperçu. Jehan priait toujours lorsque la femme inspira brusquement et ouvrit des yeux ronds de panique.

— Vous voyez? dit Manaïl, souriant. Elle n'était qu'évanouie.

La femme s'assit par elle-même, bouleversée. Elle tâta sa gorge, où les bubons avaient beaucoup décru, et prit plusieurs grandes inspirations.

— Je me sens mieux, murmura-t-elle.

Elle releva vers le prêtre un regard ahuri.

— C'est un miracle... Mon père, vous êtes un saint! Un thaumaturge! Comme Notre-Seigneur Jésus!

— Euh... bredouilla Jehan, interdit. Mais... Mais non! J'ai seulement récité la patenôtre et tracé un signe de croix... Je ne suis pas digne de...

Au même moment, une petite voix traversa la pièce.

— Maman... J'ai faim, s'écria Mahaut.

— Moi aussi, dirent les jumeaux d'une seule voix.

La femme regarda ses enfants, encore pâles mais bien vivants, puis le prêtre, puis de nouveau ses enfants, puis encore le prêtre. Elle se leva d'un trait et prit les mains de Jehan dans les siennes.

— Vous m'avez ramenée d'entre les morts, dit-elle en baisant avec passion les mains du prêtre. Vous êtes un saint du bon Dieu.

— Mais non... Je ne suis qu'un simple prêtre, rétorqua Jehan, encore ébranlé par ce qu'il venait de voir. Tu avais seulement perdu connaissance.

— Vous avez guéri mes enfants, insista la femme en versant des larmes de reconnaissance.

— Puisque je te dis que non! s'enragea Jehan. Cesse de dire des sottises, femme! *Non*

*ASSUMES NOMEN DOMINI DEI TUI IN VANUM,
NEC ENIM HABEBIT INSONTEM DOMINUS EUM,
QUI ASSUMPSERIT NOMEN DOMINI DEI SUI
FRUSTRA*[1]. Tes enfants vont mieux parce Dieu
a voulu qu'ils résistent à la peste !

Troublé et en colère, le jeune prêtre retira
vivement ses mains de celles de la femme et
tenta de reprendre la maîtrise de ses émotions.

— *NIL SINE NUMINE*[2], femme, l'admonesta-
t-il.

— Soyez assuré, mon père, que jamais
Clothilde LeMoyne n'oubliera ce que Dieu a
fait pour elle, promit la ressuscitée en se
signant.

Clothilde se retourna vers ses enfants,
maintenant assis dans le lit.

— Mahaut, Hugues, Colin, remerciez le
sieur abbé.

— Merci, mon père, firent en chœur les
jumeaux.

— Dieu vous bénisse, mon père, ajouta la
petite Mahaut en souriant.

Ne sachant que dire, le prêtre recula jusqu'à la porte et sortit en faisant signe à son

---

1. En latin : Tu ne prendras point le nom de
   l'Éternel, ton Dieu, en vain ; car l'Éternel ne
   laissera point impuni celui qui prendra son nom
   en vain. Exode 20,7.
2. En latin : Rien sans la grâce de Dieu.

protégé de le suivre. Affairée à cajoler ses enfants retrouvés, Clothilde ne fit aucun cas de leur départ.

Jehan et Manaïl prirent ensemble le chemin du retour. En cours de route, le garçon remarqua que le prêtre s'était enfermé dans un profond silence.

— Vous semblez songeur, s'enquit-il.

— J'essaie d'entendre[1] ce qui s'est passé dans cette maison, répondit Jehan. Le pauvre pécheur que je suis est bien indigne de ramener quelqu'un d'entre les morts. Seul Jésus-Christ, Fils de Dieu, avait cette grâce.

Il secoua la tête, incrédule, et passa sa main dans ses cheveux courts.

— Pourtant, Clothilde LeMoyne était bien morte, dit-il. J'en suis certain. Et ses enfants agonisaient. Nous avons peut-être été témoins d'un miracle, mon fils…

Il s'arrêta soudainement et dévisagea Manaïl avec des yeux brûlants d'intensité.

— Mais s'il s'agissait d'une tromperie de Satan dans le but de me tenter ? Si le Malin désirait me faire tomber dans le péché d'orgueil ? Tant de saints personnages n'ont pas su distinguer les grâces divines des œuvres du démon… Comment le saurais-je, moi qui ne suis qu'un simple prêtre ?

---

1. Comprendre.

Jehan Malestroit se remit en route et retomba dans son mutisme. Manaïl sentit qu'il valait mieux ne pas insister. Lorsqu'ils eurent traversé le pont aux Changeurs, le soir s'annonçait déjà. L'Élu avait faim et était fatigué. Une fois à Notre-Dame, il salua l'abbé, qui balbutia une réponse distraite avant de s'éloigner, toujours perdu dans ses pensées.

— Je vous revois demain ? s'écria le garçon.

Le prêtre se retourna distraitement.

— Euh… Oui. Oui, bien sûr, dit-il avant de poursuivre son chemin.

De retour dans la loge, Manaïl était étendu sur le banc et essayait d'oublier les protestations de son estomac. Les mains croisées derrière la tête, il était songeur. Il n'arrivait pas encore à croire que la puissance de la marque de YHWH était telle qu'elle pouvait ramener quelqu'un d'entre les morts. Et pourtant, il venait d'en avoir la preuve indiscutable sous les yeux. La tête lui tournait à la pensée qu'il portait en lui un pouvoir aussi grand. Et en plus, il avait suscité la méfiance de Jehan. Il avait cru bien faire en guérissant la femme et ses enfants mais, de toute évidence, leur retour à la santé avait semblé faire très peur au prêtre.

Manaïl soupira. Il s'en voulait. Il aurait dû savoir que, peu importe le *kan* dans lequel on vivait, on ne revenait pas d'entre les morts. Il n'était guère étonnant que Jehan en ait été ébranlé et en conçoive de grands tourments. Le garçon se dit qu'il devrait désormais être plus prudent et surtout plus discret. Sa quête consistait à regrouper les fragments du talisman de Nergal et non à ressusciter des morts. En posséder le pouvoir ne justifiait pas qu'il l'utilise. Il ne pouvait quand même pas sauver à lui seul tous les habitants de Paris.

L'Élu était inquiet. Depuis qu'il se trouvait dans ce *kan*, le pentagramme gravé sur sa poitrine par Noroboam l'Araméen ne lui avait pas fait mal. S'il se fiait au fait que, dans le *kan* de Jérusalem, la douleur avait révélé la proximité du fragment, son absence n'était guère encourageante. Paradoxalement, il souhaitait de tout cœur la ressentir.

Il s'endormit en tentant de voir comment il entreprendrait sa quête.

LA GITANE

Les quelques jours suivants se passèrent dans un malaise croissant. Le prêtre avait bien eu la bonté de lui apporter un vieux pourpoint troué pour le garder au chaud. Pourtant, chaque minute passée dans les rondes quotidiennes des rues de Paris montrait à Manaïl que Jehan se refermait. Ses regards se faisaient obliques et fuyants. Ses mots, de plus en plus rares, étaient superficiels. Il semblait même craindre le contact physique et se tenait désormais à une certaine distance de Manaïl.

Pour le sixième matin consécutif, Jehan rejoignit Manaïl au lever du jour, le tira du lit et lui offrit un morceau de pain et un peu de beurre. Lorsque le garçon fut rassasié, ils quittèrent Notre-Dame en longeant la rive gauche de la Seine. Le prêtre était plus pâle de jour en jour et des gouttelettes de sueur perlaient sur son visage. Ses yeux étaient soulignés par de grands cernes violets et il grelottait. L'air sombre qu'il avait depuis les événements survenus chez Clothilde LeMoyne ne l'avait pas quitté. Au contraire, il semblait toujours plus préoccupé et renfrogné.

— Vous êtes certain que ça va ? s'inquiéta Manaïl en fronçant les sourcils. Vous êtes blanc comme un linge.

— Ce n'est rien. Ma fluxion de poitrine refuse de me lâcher. Avec toutes ces âmes en péril, je n'ai pas le droit de me reposer.

— Peut-être devriez-vous rester ici, juste aujourd'hui, suggéra le garçon.

— Par Dieu ! Et vouer tous ces pauvres mourants à la géhenne ? Pas question. Ne t'en fais pas pour moi. Notre-Seigneur protège ceux qui font Son œuvre, mon enfant, dit Jehan avec un faible sourire. Il me guérira lorsqu'Il le jugera bon. En attendant, Il éprouve sans doute ma foi.

Ils passèrent devant l'Hôtel-Dieu où des religieuses soignaient de leur mieux les malades qui n'étaient pas pestiférés. Là comme ailleurs, l'édifice était barricadé et les volets étaient clos. Ils quittèrent l'île de la Cité par le Petit-Pont. Une fois de l'autre côté de la rivière, ils suivirent la rue Saint-Jacques en direction de l'église Saint-Séverin où, l'informa Jehan, un vertueux prêtre de sa connaissance agonisait de la peste et avait demandé qu'il entende sa confession et lui donne les derniers sacrements. Ignorant ce qu'était une confession, Manaïl le suivit. Lorsqu'ils arrivèrent à destination, le jeune prêtre s'adressa à son compagnon.

— La confession est une chose privée. Je vais y aller seul, déclara-t-il. Attends-moi dehors.

Le garçon s'appuya contre le mur de l'église pendant que Jehan entrait dans l'édifice. Il ferma les yeux, leva le visage vers le soleil encore jeune et se laissa caresser par ses rayons. Ce *kan* était rempli de misère et d'horreurs mais, heureusement, certaines choses ne changeaient pas. Le dieu Shamash était toujours là, réconfortant par sa chaude lumière.

— Pour un écu, je te révélerai ta destinée, fit une voix près de lui.

Manaïl ouvrit les yeux en sursautant, saisit son poignard et le brandit, prêt à se défendre. Puis il la vit. Une fille d'une quinzaine d'années était assise par terre, près de l'église. Le soleil illuminait son visage magnifique, divin. Son teint basané, ses lèvres vermeilles et ses cheveux d'un noir d'ébène n'étaient rien en comparaison de ses yeux, dont l'un était d'un vert d'émeraude et l'autre jaune, rappelant celui d'un chat. Le regard qu'elle posait sur lui était envoûtant, presque hypnotique. En apparence inconsciente de l'effet enivrant qu'elle avait sur lui, elle lui sourit et se leva.

— Je m'appelle Ermeline, déclara-t-elle. Je suis diseuse de bonne aventure. Alors, tu veux connaître ton avenir ou pas ? insista-t-elle. Si oui, il faut d'abord que tu ranges ce canivet[1]. Tu pourrais te faire mal !

Puis elle se mit à rire. La bouche entrouverte, Manaïl la regardait, ses jambes refusant presque de le porter. Ermeline était vêtue d'une longue robe usée et rapiécée par endroits qui lui descendait aux chevilles et d'une chemise à la propreté douteuse. Ses cheveux noirs encadraient parfaitement son visage délicat aux pommettes hautes et s'étalaient avec grâce sur ses épaules enveloppées d'un châle de laine grossière. Ses pieds étaient chaussés de souliers de cuir et sa taille était enserrée par une épaisse ceinture à laquelle était suspendue une petite bourse. Le garçon s'étonna de voir cette étrangère, pimpante et en santé, braver la contagion alors que toute la ville était recluse.

L'air coquin d'Ermeline atteignit Manaïl droit au cœur, aussi sec que le carré d'arbalète qui avait frappé le frère Guillaume lors de l'entrée dans Jérusalem. Sans même s'en rendre compte, il s'approcha d'elle.

— Euh... Mon avenir ? finit-il par balbutier.

---

1. Petit couteau.

— Oui, ton avenir, répondit la fille en riant de bon cœur. Qui ne voudrait pas le connaître ? Pour un écu, je te révélerai tout ce qui t'arrivera.

— Un écu ?

— Un écu. Ou un florin, si tu veux. Je serai bien aise de toute espèce sonnante et trébuchante[1]. Eh ! Il faut bien que je gagne mon pain !

— Je n'ai pas de monnaie, admit Manaïl, penaud.

— Cornebouc ! Accoutré comme tu l'es, je me doutais bien que tu n'étais pas un grand seigneur ! pouffa Ermeline. Allez, viens ! Je suis de fort belle humeur ce matin. Le soleil est chaud et me fait oublier un peu cette maudite pestilence. Tu es peut-être un gueux mais, avec ton air de chiot égaré, tu m'es sympathique. Quel est ton nom ?

— Martin... Martin Deville.

La gitane tendit la main.

— Donne-moi ta dextre, Martin Deville.

— Tu ne crains pas d'attraper la peste ? s'enquit le garçon.

— Certes, mais il faut bien manger ! s'esclaffa la jeune fille.

Envoûté par le charme d'Ermeline, Manaïl ne se fit pas prier et lui tendit la main droite.

---

1. Monnaie de métal.

Il sentit un étrange courant lui parcourir le corps lorsque la fille la prit dans la sienne.

Avec son index droit, la jeune gitane se mit à suivre le tracé des lignes qui parcouraient la main de son client sans argent. Bientôt, elle fronça les sourcils, visiblement perplexe.

— Mais que signifie ?... marmonna-t-elle sans relever la tête.

À la vue des sourcils froncés de la diseuse de bonne aventure, Manaïl sentit son cœur se serrer d'inquiétude.

— Quoi ? Qu'est-ce qu'il y a ? s'enquit-il.

Ermeline hésita encore un moment puis le toisa, une expression d'incompréhension sur le visage.

— C'est insensé. Tu as plusieurs lignes de vie qui s'entrecoupent. Cinq... Peut-être plus. Comme si tu étais plus d'une personne à la fois. Tu as... plusieurs noms, mais un seul est vraiment le tien... Tu as... plusieurs destinées, mais une seule est complète. Je n'ai jamais rien vu de tel.

Ermeline regarda Manaïl avec un mélange de méfiance et de crainte. Elle laissa tomber la main droite du garçon. Sans prévenir, elle empoigna la gauche et l'ouvrit avant qu'il ne puisse réagir. Elle eut un mouvement de recul lorsqu'elle aperçut les membranes de peau qui liaient les doigts. Elle les tâta, plus intriguée

115

qu'effrayée, et leva vers Manaïl un regard interdit.

— Quelle étrange senestre[1]... Mais quelle sorte de créature es-tu donc ? demanda-t-elle en levant vers lui un regard pénétrant et suspicieux.

Puis elle reporta son attention sur les lignes de la main. De nouveau, elle en suivit le tracé avec son index. Tout à coup, elle parut presque en transe.

— Tu cherches quelque chose, dit-elle d'une voix lointaine et saccadée, comme si ses informations lui provenaient d'un autre monde. Quelque chose de très important. De précieux.... Quelqu'un d'autre cherche aussi. On te veut du mal. Beaucoup de mal. Ici, à Paris.

Elle inclina la main de Manaïl vers le soleil pour mieux la voir. L'étoile de David, tracée là par Hanokh le magicien, devint plus apparente. Les sourcils froncés par la concentration, Ermeline toucha la marque du bout des doigts. Subitement, elle reprit la main droite du garçon, la retourna paume vers le sol, saisit les doigts et se mit à regarder intensément la bague. Elle laissa échapper un cri de surprise et recula d'un pas, le visage blême.

---

1. Main gauche.

— Cette bague… dit-elle d'une voix étouffée. Où l'as-tu trouvée ?

— Toi ! interrompit la voix de Jehan près d'eux.

Manaïl se retourna. Stupéfait, il aperçut le prêtre, le visage pourpre de colère, qui brandissait son crucifix de bois en direction d'Ermeline.

— Sale petite impie ! cria-t-il. Encharmeuse ! Suppôt de Satan ! Brandon d'enfer ! Le Diable, ton maître, te protège donc même de la contagion ? Laisse ce garçon tranquille et ne lui jette pas le guignon[1] ! Retourne avec les gitans ! Ta seule présence souille cette église, sorcière ! Sois maudite pour l'éternité ! Tu n'es qu'une…

Une violente toux mit fin à la tirade du jeune abbé, qui se plia en deux. Un sourire arrogant éclaira le visage d'Ermeline.

— Alors, prêtre ? cracha-t-elle en réponse à l'attaque inattendue. Tu ramasses encore des cadavres ? On dirait bien que ton Dieu tout-puissant ne protège guère Paris malgré vos belles prières, à toi et à tes semblables. Cornebouc ! Te voilà enfin malade. Peut-être que tu vas trouver ton paradis plus vite que tu ne le croyais ! Au moins, tu vas cesser de tourmenter tous ceux qui n'ont pas le même

---

1. Mauvais œil.

entendement que toi! Tu peux bien trépasser! Ce ne sera jamais assez tôt pour moi!

Sans rien ajouter, elle tourna les talons et s'enfuit, laissant Manaïl, pantois, la main encore tendue, sur le parvis de l'église Saint-Séverin. Le prêtre se retourna vers lui, le souffle court et le visage sévère.

— La fille et la Sarrasine, sa mère, ne sont guère plus recommandables l'une que l'autre, dit-il avec un dégoût non dissimulé, en s'essuyant la bouche avec sa manche. Ce sont de véritables vipères qui rejettent la vraie foi. Des païennes qui adorent des divinités anciennes. Un jour, elles finiront sur le bûcher comme les hérétiques qu'elles sont. Et si Dieu a le moindre amour pour moi, je serai tout à côté, à les regarder rôtir en souriant. Si j'étais à ta place, je me tiendrais loin de cette godinette[1]. Elle t'incitera aux péchés de chair et d'impiété. Elle entraînera ton âme vers la damnation. Allez, viens. J'ai encore du travail.

Jehan et Manaïl s'engagèrent dans les rues de la cité. L'Élu était à la fois excité et angoissé. Les paroles d'Ermeline, troublée par ce qu'elle avait lu dans ses mains, résonnaient encore dans sa tête. Après l'attaque

---

1. Jeune dépravée.

dont il avait été l'objet dans la maison remplie de cadavres, elles lui confirmaient que la chasse était ouverte. Les Nergalii étaient sur ses traces...

GIRAUDE

Ermeline fulminait. Après avoir quitté en trombe l'église Saint-Séverin sous le regard ahuri de Martin Deville, elle finit par s'installer près de la porte Saint-Jacques, aux limites de la ville. Là, au moins, ce prêtre irritant ne risquait pas de la retrouver pour lui refaire la morale et lui rappeler que le seul vrai dieu était celui qu'il prêchait. Elle méprisait profondément cet illuminé qui brandissait avec une intolérance fervente son crucifix à la moindre occasion comme s'il s'agissait de la seule vérité possible. Il vouait à la damnation éternelle et à la géhenne quiconque n'était pas d'accord avec lui. Elle ne croyait pas à son dieu de peur et de culpabilité. Sa mère non plus. Et le prêtre exalté ne le savait que trop, ce qui ne facilitait pas leur vie.

Ermeline avait espéré attraper au passage quelques clients, quitte à risquer la contagion, mais elle avait été déçue. Paris était déserte. De toute façon, même s'il y avait eu du monde, elle aurait du mal à se concentrer. Depuis qu'elle avait vu les lignes dans la main de ce Martin Deville, et surtout la bague qu'il portait, la sensation qui l'avait envahie ne l'avait pas complètement quittée. Dans son esprit, des scènes étranges s'étaient succédé. Des lieux inconnus aux bâtiments immenses éclairés par un soleil de plomb. Du sable à perte de vue, des arbres et de la végétation exotiques. Des hommes à la peau foncée, vêtus de tuniques. Des langues qu'elle ne comprenait pas. Des temples bleus dans une ville de brique brune. La seule image qui lui avait été vaguement familière était celle de templiers en armes, qu'elle avait reconnus grâce à la grande croix rouge sur leur manteau blanc. Mais les chevaliers du Temple n'existaient plus depuis longtemps déjà.

Assise sur le sol, le dos contre la muraille, la gitane songeait à l'étrange marque blanche au creux de la main gauche du garçon — un symbole juif qu'elle avait déjà vu gravé sur certains édifices. Il ne s'agissait pas d'un tatouage. On aurait dit que la marque était incrustée dans sa peau. Il y avait aussi les étranges membranes entre ses doigts, qui

donnaient à sa main un air de patte de crapaud. Elle en avait eu un peu peur.

Une voix autoritaire retentit mais, perdue
dans ses pensées, elle ne l'entendit pas.

— Ho!

Un pied botté lui poussa légèrement la
cuisse.

— Eh! La petite Sarrasine! Je te parle! Tu
es sourde ou quoi?

Ermeline sursauta. Près d'elle, un sergent
se tenait, la main sur le pommeau de son
épée. La barbe longue, les cheveux gras, les
yeux cernés de fatigue, les vêtements sales, il
la regardait, l'air las.

— Allez! Ouste! s'écria-t-il. Par ordre de
Sa Majesté Philippe VI, il est interdit de flâner
près des portes de la ville. Et ne fais pas l'innocente, gitane. Ce n'est pas la première fois que
je te le dis.

On ne discutait pas les ordres d'un sergent, surtout en temps de peste. Le roi avait
ordonné de fermer les portes de Paris et
d'empêcher quiconque d'en sortir ou d'y entrer
afin de réduire la contagion dans le reste du
royaume. Ermeline n'ignorait pas que ceux qui
désobéissaient étaient abattus sur-le-champ
par les soldats.

— Ne prends pas le mors aux dents,
ronchonna-t-elle en se levant. Tu vas finir

par avoir la danse de Saint-Guy[1] et l'abbé Jehan va croire que tu es possédé du démon ! Tu ne voudrais quand même pas qu'il coure après toi avec son crucifix pour t'exorciser ? Ou qu'il te dénonce à l'Inquisition ? On dit que le bûcher n'a rien d'agréable… Et comme même la chiure finit par brûler, tu n'es pas en sécurité !

Le sergent éclata de rire.

— Non ! Je suis comme toi, moi : je me tiens loin des curés. Ils interdisent tout et nous font regretter le reste. Mais je m'arrange pour pratiquer ma religion. Tu devrais faire comme moi au lieu d'attirer l'attention. Allez, circule, petite, déclara-t-il.

— Tu veux que je te prédise ton avenir avant de partir ? Pour toi, ça ne coûtera qu'un denier.

— Moi ? Me faire dire la bonne aventure par une gitane ? Ha ! Tu vas en profiter pour me faire les poches, oui, bougresse ! rétorqua le sergent en riant de bon cœur. Allez ! Du vent ! Trouve-toi un autre coquart[2] à escroquer !

— Tant pis pour toi, cornebouc ! rétorqua Ermeline en s'éloignant. Tu aurais peut-être

---

1. Maladie neurologique qui provoque des gestes involontaires rappelant une danse. On croyait parfois que les malades étaient possédés du démon.
2. Nigaud, dupe.

pu être très riche. Ou le charmeur de ces damoiselles! Qui sait?

— C'est ça! dit le soldat en s'esclaffant.

Derrière Ermeline, il riait encore quand il retourna monter la garde. La gitane n'était pas vraiment contrariée d'avoir été ainsi chassée. Elle aimait bien cet homme qui la traitait toujours correctement et, avec ces rues vides, elle n'allait pas perdre une fortune. Même dans des temps plus heureux, les gens se méfiaient d'elle. Personne ne faisait confiance aux gitans. On les considérait, avec raison, comme des trousse-goussets qu'il était sage d'éviter pour ne pas être volé. Les passants qui acceptaient de lui donner une pièce restaient toujours sur leurs gardes, mais la plupart du temps Ermeline parvenait à leur dérober leurs écus. Il suffisait de bien observer leurs réactions, comme sa mère le lui avait enseigné, et de piquer leur curiosité. Elle leur prédisait le grand amour, la fortune ou une terrible calamité et ils finissaient immanquablement par baisser leur garde. Ermeline était rapide comme l'éclair. Elle pouvait s'emparer d'une bourse pleine d'un seul geste vif, sans même faire tinter les pièces, et la mettre dans sa jupe sans être vue. Les victimes repartaient, heureuses ou préoccupées, et s'apercevaient trop tard du larcin. Ce n'était pas qu'Ermeline était incapable de lire l'avenir dans les lignes de la main, bien au contraire. Elle possédait un réel don de voyance. Mais il fallait bien gagner sa vie.

La gitane reprit la rue Saint-Jacques, en direction de la maison partiellement incendiée où sa mère et elle avaient passé les dernières nuits. Elle s'attarda un moment pour admirer la cathédrale Notre-Dame. Sa mère, Giraude, avait toujours eu pour l'édifice à la fois massif et gracieux un intérêt qui l'intriguait. Elle traversa sur la rive droite de la Seine et remonta la rue Saint-Martin jusqu'à sa destination.

Tout bien considéré, la maison n'était pas en trop mauvais état. La moitié du toit et un des murs avaient brûlé, mais le reste tenait encore debout. Heureusement, grâce à l'eau de la fontaine publique toute proche, l'incendie avait été éteint avant de se répandre aux bâtiments environnants. Tant qu'il ne pleuvait pas trop, l'endroit était plus confortable que le dessous d'un pont, où il leur arrivait souvent de dormir.

Ermeline passa le seuil dénué de porte et entra. Giraude était assise près d'un feu allumé au beau milieu de ce qui avait été jadis la pièce principale de la maison. Au-dessus des flammes, elle faisait cuire lentement un porc embroché. Elle se retourna en entendant des pas et sourit en apercevant sa fille.

— Alors ? Tu as réussi à gagner quelques deniers ? demanda-t-elle.

— Non, rien du tout, soupira Ermeline. On jurerait qu'il n'y a plus personne dans Paris à part les soldats et les prêtres. Surtout l'abbé Malestroit... Ce chapon maubec[1] me rendra folle.

— Ce n'est pas grave, ma chérie, répondit Giraude. Comme tu vois, nous mangerons à notre faim pour quelques jours. C'est un des rares avantages de la peste : les animaux errent dans les rues et leurs propriétaires sont souvent morts. Je n'ai eu qu'à me servir. Ce soir, ce sera du cochon à satiété !

Ermeline vint s'asseoir près de la Sarrasine.

— Mère ? Il m'est arrivé quelque chose de fort estrainge[2] aujourd'hui.

— Ah, oui ? Raconte-moi, ma belle jovente[3].

Ermeline narra dans les moindres détails sa rencontre avec Martin Deville près de l'église Saint-Séverin. Pensive, sa mère l'écouta en faisant tourner distraitement l'animal sur la broche, se contentant de demander quelques précisions lorsqu'elles semblaient nécessaires.

---

1. Lâche à mauvaise langue.
2. Étrange.
3. Jeune fille.

— Tu as vraiment aperçu plusieurs vies dans sa main ? s'enquit-elle lorsque Ermeline eut terminé.

— Oui. Je sais que ça n'a aucun sens, mais c'est exactement ce que j'ai vu.

— Et il avait la main gauche palmée ? Tu en es sûre ?

— Ça oui ! J'en ai même eu un peu peur.

Giraude lui tendit la bague qu'elle portait au majeur de la main droite.

— Regarde bien ma bague. Es-tu absolument certaine qu'il s'agissait de la même ?

— Oui. Elle était identique.

Giraude se leva. Elle se mit à faire les cent pas parmi les débris de la maison.

— *L'Élu se lèvera, rassemblera le talisman et le détruira*, chuchota-t-elle pour elle-même. *Fils d'Uanna, il sera mi-homme, mi-poisson. Fils d'Ishtar, il reniera sa mère. Fils d'un homme, d'une femme et d'un Mage, il sera sans parents. Fils de la Lumière, il portera la marque des Ténèbres. Fils du Bien, il combattra le Mal par le Mal.*

Tout en réfléchissant, Giraude se remémora la sensation inhabituelle qu'elle avait ressentie quelques semaines auparavant. Celle-là même que sa mère, Malvina, et sa grand-mère, Abidda, lui avaient souvent décrite et qui signalait que le temps avait été altéré. Ce garçon avait la marque d'Uanna et il possédait la bague des Mages. Il n'y avait qu'une explication possible.

— Par Ishtar... murmura la gitane. Je n'avais donc pas rêvé. L'Élu est ici, à Paris. Il a besoin de mon aide.

Elle se retourna vers sa fille.

— Saurais-tu reconnaître ce garçon?

— Bien entendu, dit-elle en songeant avec émoi à ses grands yeux noirs et à son regard profond et sérieux. Je n'oublierai jamais son visage. Il était... fort biau[1] et bien fait.

— Alors, conduis-moi à lui.

— Il n'est sans doute pas loin de la mau-créature[2] qui se fait passer pour un homme de Dieu. Jehan Malestroit... cracha-t-elle avec dédain. Il habite près de Notre-Dame.

— Viens. Il n'y a pas de temps à perdre.

Giraude se leva. Perplexe, Ermeline jeta un coup d'œil sur le feu.

— Et le cochon?

— Il servira à quelqu'un d'autre. Allez, viens. J'ai des choses importantes à te confier.

Ensemble, les deux gitanes quittèrent la maison en ruine et s'engagèrent d'un pas rapide dans les rues de Paris. En chemin, Giraude révéla à sa fille l'histoire de sa grand-mère, Abidda, et du grave secret que les femmes de sa lignée portaient comme une croix.

---

1. Beau.
2. Créature malfaisante.

LE FILS D'UANNA

Ermeline et Giraude se tapirent le reste de la journée dans un coin sombre, près de la cathédrale Notre-Dame, à attendre Manaïl. Le soleil était tombé et la nuit approchait. Plus novembre avançait et plus les soirées étaient froides. Enveloppées dans leurs châles, elles commençaient à désespérer lorsqu'elles finirent par l'apercevoir qui revenait, fourbu, en compagnie du prêtre. L'homme et le garçon passèrent tout près d'elles sans les remarquer.

— Tu es certaine que c'est lui ? chuchota Giraude à sa fille pour la troisième fois.

Fascinée, la Sarrasine ne quittait pas des yeux le garçon au teint foncé et aux cheveux sombres et courts. Ce n'était pas ainsi qu'elle avait imaginé l'Élu. Il paraissait bien jeune et inexpérimenté, mais qui était-elle pour juger des voies d'Ishtar ? Son travail était de l'aider, qui qu'il fût.

— Assurément, murmura Ermeline sans pouvoir détacher son regard du garçon. As-tu vu sa bague et sa senestre ?

Giraude hocha affirmativement la tête. Elle avait peine à le croire. Le fils d'Uanna... Mi-homme, mi-poisson... La bague paraissait identique à celle qu'elle portait elle-même. Aucun autre bijou n'arborait une telle pierre, noire comme la nuit, qui semblait boire la lumière au lieu de la refléter. Un frémissement d'émotion lui parcourut le corps. L'Élu d'Ishtar était passé tout près d'elle...

Giraude ne savait des Mages d'Ishtar et de leur mission originelle que ce que sa mère lui avait raconté. Elle connaissait par cœur la prophétie des Anciens, qu'elle avait apprise comme sa mère l'avait exigé. Sa bague, elle la tenait de sa mère, Malvina, qui l'avait elle-même reçue de sa mère, Abidda, venue de très loin, voilà longtemps.

Elle regardait fixement le garçon au teint basané qui venait de quitter le prêtre et qui entrait dans la loge abandonnée. Il lui rappelait sa grand-mère Abidda. Elle sentit un profond soulagement l'envahir. Elle n'aurait pas à apprendre la prophétie à Ermeline, ni à lui léguer la bague, ni à transférer sur ses épaules le lourd fardeau du message. Pardessus tout, sa chère petite serait protégée des ennemis qui cherchaient le secret que seules

les Sarrasines détenaient. La mission s'arrêterait avec elle.

La mère et la fille se tinrent discrètement à l'écart des regards et attendirent que la nuit finisse de s'installer.

✦

De retour dans la cellule qu'il occupait au cloître, Jehan Malestroit se sentait malade et n'arrivait pas à calmer ses frissons entrecoupés de bouffées de chaleur au cours desquelles il avait l'impression que sa chair allait s'enflammer. Depuis quelques heures, il toussait presque sans arrêt et sa gorge était en feu. Il avait tenté d'avaler de l'eau plus tôt et en avait été incapable. Des sueurs froides lui coulaient sur le front et les joues, mouillant ses cheveux.

Malgré l'immense fatigue qui habitait tous les os de son corps, il ne s'était pas autorisé à dormir immédiatement. Il devait d'abord régler des comptes avec sa chair, la mortifier pour en chasser les sombres pensées qui le troublaient. Une profonde amertume l'envahissait à la pensée du ministère qu'il exerçait. Il avait voulu purifier le monde de l'impiété qui le pourrissait, transmettre aux fidèles sa ferveur. Au lieu de cela, sa vie était devenue une succession de corps putréfiés et de regards vitreux. Lui qui brûlait de propager la parole de Dieu aux vivants, il perdait son temps et son talent auprès des mourants. Et lorsque Dieu, dans son infinie magnanimité, daignait enfin lui envoyer un signe pour lui indiquer qu'Il l'approuvait, comme Il paraissait l'avoir fait en ramenant miraculeusement du seuil de la mort cette femme et ses trois enfants, il avait l'arrogance de douter. Malgré tous ses efforts, sa foi était bien faible... Mais comment distinguer l'œuvre de Dieu tout-puissant de celle du Malin ? Le Diable avait-il voulu l'entraîner dans le péché d'orgueil en lui laissant croire que le pouvoir de Dieu s'exprimait par lui, un vil pécheur ? Lui avait-il envoyé Martin Deville pour en être témoin et le confirmer dans son illusion ? Jehan avait beau prier avec toute la ferveur dont il était capable, aucune réponse ne lui venait. Il restait seul avec son angoisse.

À ces pensées, il se sentait rempli de colère, de désespoir et de honte. De grosses larmes coulèrent sur ses joues creuses et il se mordit les lèvres pour retenir les sanglots de remords qui lui gonflaient la gorge.

Il prit une grande inspiration et frappa de nouveau de toutes ses forces son dos dénudé avec le martinet. Il retint un cri de douleur. Il méritait d'être puni. Il frappa encore et sentit le sang chaud couler entre ses omoplates.

Lorsqu'il sentit son âme un peu calmée, il rajusta le cilice sur sa cuisse, remit sa bure et s'étendit sur son lit, enroulé dans son unique couverture de laine qui ne l'empêchait pas de trembler. Pendant longtemps, la brûlure de son dos et la fièvre le gardèrent éveillé. Il en profita pour prier avec ferveur.

✦

Manaïl était de retour dans le temple de Nergal. Le sol était jonché de cadavres de Nergalii. Leur dieu abject ne leur était pas venu en aide. Dans sa main droite, il sentait le poids rassurant de l'épée templière. Il la regarda. Elle était immaculée. Il n'en avait pas eu besoin. La peste avait fait le travail pour lui. Tous les Nergalii avaient d'énormes bubons de chaque côté du cou, dont plusieurs avaient éclaté. La puanteur était indescriptible.

Le garçon s'approcha de l'autel. Le fragment du talisman de Nergal s'y trouvait. Le grand prêtre avait essayé de le déposer dans le réceptacle avant de mourir, mais il avait échoué. Il gisait sur le sol, les cheveux en broussaille et le regard fixe. Manaïl saisit le fragment avec sa main gauche, comme le lui avait enseigné Hanokh, et le ramena vers sa poitrine. Le pentagramme inversé que

Noroboam l'Araméen y avait tracé avec son couteau s'ouvrit de lui-même. L'Élu laissa tomber le fragment dans la blessure béante mais indolore. Les deux lèvres de peau se refermèrent sur le précieux objet.

— Tu n'y arriveras pas, dit une voix derrière lui.

Manaïl se retourna vivement et brandit son épée, prêt à se défendre. Arianath, jeune et belle, se tenait debout parmi les cadavres. Le regard coquin, un sourire enjôleur sur les lèvres, elle se dirigea lentement vers lui. Tout dans son attitude n'était que séduction malfaisante. Une étrange métamorphose l'affecta à mesure qu'elle s'approchait. La peau de son visage se rida et devint flasque, puis se couvrit d'affreuses cicatrices violacées. Son œil droit fut enveloppé d'un film blanchâtre qui en cacha la pupille. Ses beaux cheveux d'un noir d'ébène blanchirent. Ses mains se déformèrent et son dos se voûta. Lorsqu'elle parvint à Manaïl en claudiquant, la vierge de Babylone était devenue la furie de Jérusalem.

De gros bubons violacés gonflèrent de chaque côté de son cou et éclatèrent dans un bruit écœurant. Un pus jaunâtre à l'odeur puissante s'en écoula. Arianath se blottit contre Manaïl. Dégoûté, il tenta de la repousser mais en vain. Son emprise était ferme

comme le roc. Il sentit bientôt le pus chaud
mouiller son torse, puis remonter vers sa
bouche, ses oreilles, ses narines et ses yeux.
Une indescriptible nausée l'envahit.

— Tu cherches pour rien, Élu, minauda-
t-elle dans son oreille. Le fragment est bien
caché. La peste aura raison de toi avant que
tu le trouves.

✦

Lorsqu'il s'éveilla brusquement, étendu
sur son banc dans la loge sombre, le garçon
était entortillé dans sa couverture et couvert
de sueur. L'arrière-goût amer de la peur remplissait encore sa bouche. Il dut boire plusieurs gorgées d'eau pour le chasser et se
calmer. Dans le brasero, il ne restait que des
braises rouges dont les éclats dansaient sur la
toile.

Tout à coup, un craquement sec le fit sursauter. Il bondit sur ses pieds, saisit son poignard et localisa sans difficulté une silhouette
qui se tenait près de lui dans la pénombre. Il
attrapa un poignet délicat, tordit un bras et le
ramena derrière le dos de l'intrus. De l'autre
main, il appuya la lame contre la gorge de
l'intrus. Un cri de surprise retentit dans la
loge abandonnée.

— Aïe!

Manaïl s'immobilisa. Il connaissait cette voix.

— Cornebouc! Tu me fais mal, coquebert[1]! C'est moi, Ermeline, la diseuse de bonne aventure. Lâche-moi! À force de dégainer ce canivet à la moindre occasion, tu vas finir par occire quelqu'un!

Ahuri, Manaïl relâcha la gitane, qui s'éloigna de quelques pas et se retourna en se frottant le poignet. Il prit la chandelle que lui avait laissée Jehan, l'alluma dans les braises et la posa sur le banc. Une faible lumière remplit la loge et révéla un œil vert et un autre jaune, qui brillaient tous deux d'indignation.

— Que fais-tu ici? demanda-t-il avec impatience. J'aurais pu te tuer.

— Quelqu'un veut te parler. Je l'ai conduit jusqu'à toi.

— Qui donc?

Une femme de haute taille au teint foncé, aux cheveux noirs et longs, au port altier, entra dans la loge abandonnée et se dirigea vers lui. Elle vrilla ses yeux profonds dans ceux du garçon.

— Moi, affirma-t-elle d'une voix sereine.

— Voici ma mère, Giraude, dit Ermeline. Tout le monde l'appelle la Sarrasine. Je lui ai

---

1. Niais.

parlé de toi et de ce que j'avais vu dans les lignes de tes mains.

— J'ai un message pour toi, Élu, coupa Giraude.

L'attention de Manaïl fut aussitôt éveillée. « Élu ». Cette femme l'avait appelé « Élu ».

— Montre-moi ta bague, ordonna-t-elle.

Sans hésiter, le garçon leva la main droite vers Giraude. La Sarrasine l'empoigna et retourna la bague dans tous les sens, l'air critique. Apparemment satisfaite, elle leva sa propre main droite et exhiba celle qu'elle portait elle-même. Manaïl sentit un immense soulagement l'envahir. Les deux bijoux étaient identiques. Cette femme faisait partie des Mages d'Ishtar. Tout à coup, un fol espoir monta en lui. Sa quête dans ce *kan* allait peut-être s'achever sans coup férir. Pourrait-il simplement récupérer le fragment, plonger dans la Seine et retrouver la porte du temple du Temps ? Non... Ce serait bien trop simple... Mais au moins, il y avait un progrès.

Giraude attira Manaïl vers le brasero, s'accroupit et, de la tête, lui fit signe d'en faire autant. Ensemble, ils placèrent leur bague au-dessus des braises encore chaudes et les tinrent là pendant quelques instants. Puis il tendirent la main l'un vers l'autre. Sur chaque joyau scintillait un pentagramme d'un bleu glacial au centre duquel se tenait une forme humaine orangée, bras et jambes tendus.

Manaïl et Giraude se relevèrent et se firent face, solennels. Pendant un long moment, aucun ne dit mot.

— Cette bague est celle d'Abidda, disciple de maître Naska-ât. De qui tiens-tu la tienne ? demanda la Sarrasine.

— De mon maître, Ashurat, déclara Manaïl d'une voix étranglée.

— Le nom d'Enguerrand de Montségur t'est-il familier ? l'interrogea Giraude.

À la mention du commandeur, Manaïl fut envahi par une grande joie. Le frère Enguerrand réapparaissait, comme l'avait annoncé Ishtar.

— Oui, répondit-il. Je le connais.

Giraude prit place sur un des bancs et fit signe à Manaïl de la rejoindre.

— J'ai un message à te transmettre, annonça-t-elle. Mais auparavant, j'ai une histoire à te raconter.

Le dos droit comme une reine, les mains jointes sur les cuisses, Giraude ferma les yeux un instant et inspira profondément pour organiser ses pensées. Assis par terre devant elle, Manaïl et Ermeline attendaient. Dans la lumière de la chandelle, elle les regarda et commença son récit.

— Tout a débuté en l'an de Dieu 1245, dit-elle. Le frère Enguerrand de Montségur était revenu de Jérusalem plusieurs mois auparavant. La légende dit qu'il en avait ramené un trésor fabuleux qui était censé faire des Templiers l'ordre le plus puissant de la terre. Mais Ishtar en avait décidé autrement...

LA VIERGE, LE TEMPLIER ET LA MAGESSE

Paris, en l'an de Dieu 1245

Dans sa cellule de la templerie de Paris, Enguerrand de Montségur, jusqu'à récemment commandeur de la cité de Jérusalem, était agenouillé. À sa droite, une chandelle était allumée sur la petite table de chevet qui, avec un banc et le lit, formaient tout l'ameublement de la pièce.

Depuis son retour d'Outremer[1], il priait plusieurs fois par jour avec un abandon qui frisait le désespoir. La pierre dure et froide lui faisait mal aux genoux. Les coudes appuyés sur son lit étroit, les mains jointes sur un chapelet de bois, les yeux fermés, il en était à la dernière dizaine du chapelet.

— *Credo in unum Deum, Patrem omnipotentem, factorem caeli et terrae, visibilium*

---

1. Nom donné à l'époque aux États latins d'Orient.

OMNIUM ET INVISIBILIUM[1]..., récita-t-il avec conviction.

Tandis qu'il priait, une partie de son esprit implorait si fort le secours du Christ et de sa mère la Vierge Marie que ses mains tremblaient, que ses jointures en devenaient blanches et que son visage, buriné et ridé par le grand air et le soleil, se crispait. Seules ses lèvres, perdues dans une barbe épaisse qui avait beaucoup blanchi ces derniers temps, étaient animées.

Depuis son retour triomphal de Terre sainte, l'année précédente, son existence lui semblait dénuée de sens. Toute sa vie d'homme, depuis ses douze ans, Enguerrand de Montségur l'avait passée sur des champs de bataille ou dans une templerie. Jamais il n'avait eu le temps de s'interroger. Il avait toujours laissé les joies de la vie aux autres, les poètes, les chantres, les troubadours dont c'était le rôle. Lui, sa raison d'être avait été claire : défendre la chrétienté et l'ordre des Templiers avec sa dernière étincelle de vie s'il le fallait. Mais pour la première fois, il se sentait égaré.

Guillaume de Sonnac, nouveau grand Maître de l'ordre depuis la mort en prison

---

1. En latin : Je crois en un seul Dieu, le Père tout-puissant, créateur du ciel et de la terre, de l'univers visible et invisible...

d'Armand de Périgord aux mains des musulmans, près de Gaza, l'avait mandé peu après son arrivée pour lui offrir le commandement de son choix. Le frère Enguerrand en avait été honoré, mais quelque chose en lui l'avait poussé à refuser avec tout le respect d'usage. Un nouveau poste, si prestigieux fût-il, ne comblerait pas le vide indéfinissable qui occupait chaque jour plus de place dans son âme, comme si, malgré ses grands succès, quelque chose autour de lui demeurait inachevé.

— *Pater noster, qui es in caelis, sanctificetur nomen tuum*; *adveniat regnum tuum*; *fiat voluntas tua sicut in caelo et in terra…* psalmodia-t-il.

Une image lui revenait sans cesse en tête : celle du jeune templier qui était venu à lui alors qu'il attendait l'autorisation d'entrer dans Jérusalem. Il ne le connaissait pas et avait présumé qu'il s'agissait d'un des membres de la templerie, venu à sa rencontre. Pourtant, une fois à l'intérieur des murs, il n'avait trouvé personne qui le connût.

— Que veux-tu, frère ? lui avait-il demandé en le voyant.

— Vous sauver la vie, commandeur, avait répondu l'inconnu avec assurance.

Puis il lui avait remis une bague en le prévenant de l'existence d'un mécanisme situé dans la chambre du trésor de Salomon. Sur ses conseils, il s'était appliqué à chercher un petit cercle gravé sur la pierre et y avait inséré la bague au lieu de briser la dalle de pierre qui avait été découverte. La voûte secrète s'était alors ouverte, dévoilant toutes ses richesses. Un examen ultérieur avait révélé que, si la dalle avait été fracassée, toute la structure ancienne se serait écroulée sur lui. Il y aurait perdu la vie et sa mission aurait échoué. Le trésor de Salomon serait resté enfoui à jamais, les Tables de la Loi aussi. Grâce à ce garçon, Enguerrand de Montségur avait eu la vie sauve.

Mais qui était-il ? D'où était-il venu ? Comment avait-il eu connaissance des dangers qui allaient bientôt menacer le commandeur ? Pourquoi l'en avait-il prévenu ? Était-il l'émissaire de quelqu'un ? En agissant ainsi, désirait-on s'assurer que le trésor de Salomon finisse entre les mains de l'ordre ? Si oui, pourquoi toute cette mise en scène ? Et d'où provenait l'étrange bague ? Jamais Enguerrand n'avait vu une pareille pierre, si noire qu'elle semblait absorber la lumière au lieu de la refléter. Quelle était la nature du mécanisme qui lui avait permis d'ouvrir la voûte ? Ces questions sans réponse étaient en passe de faire perdre sa raison au templier.

— *Ave, Maria gratia plena, Dominus tecum, benedícta tu in muliéribus, et*

BENEDÍCTUS FRUCTUS VENTRIS TUI, JESUS. SANCTA MARIA, MATER DEI, ORA PRO NOBIS PECCATÓRIBUS, NUNC ET IN HORA MORTIS NOS-TRÆ. AMEN[1], conclut-il.

Son rosaire terminé, le frère Enguerrand baisa trois fois le crucifix de son chapelet et se signa. Malgré ses dévotions ferventes, il se sentait toujours vide. Une froide terreur lui serra le cœur. Avait-il perdu la foi ? Ce garçon était-il un démon ? L'avait-il entraîné sans qu'il le sache sur le chemin de la perdition ?

Il ouvrait les yeux lorsqu'un coup de vent chaud balaya la cellule. La flamme de la chandelle chancela puis s'éteignit. Une lumière éclatante et plus pure que le soleil de la Terre sainte emplit la pièce. Alarmé, le frère Enguerrand se leva d'un trait et pivota sur lui-même, prêt à se défendre, la main sur le manche de l'épée qui ne le quittait jamais. Ce qu'il vit le paralysa de frayeur et de crainte respectueuse. Le souffle coupé, il se laissa plutôt tomber sur les genoux et osa à peine relever les yeux.

---

1. En latin : Je vous salue, Marie pleine de grâce ; le Seigneur est avec vous. Vous êtes bénie entre toutes les femmes et Jésus, le fruit de vos entrailles, est béni. Sainte Marie, Mère de Dieu, priez pour nous pécheurs, maintenant et à l'heure de notre mort. Amen.

Devant lui se tenait la Vierge Marie dans toute Sa divine splendeur. Auréolée de lumière, vêtue d'une longue robe blanche immaculée et d'un manteau d'un bleu azur, elle était d'une beauté et d'une majesté indicibles. Ses longs cheveux bruns étaient coiffés d'une couronne d'or sertie de joyaux multicolores et scintillants.

La Vierge ouvrit les mains, paumes vers le haut, et sourit.

— Enguerrand de Montségur, dit-elle de la voix la plus douce et tendre que le commandeur eût jamais entendue, j'ai besoin de toi.

— Sainte Marie… Mère de Dieu… bredouilla le commandeur en se signant frénétiquement d'un main tremblante. De… De moi ? Je ne suis pas digne de…

— Le garçon dont le souvenir te torture est l'Élu, coupa la Vierge. Il a choisi de sauver ta vie au risque de la sienne et de sa quête. En retour, tu dois lui apporter ton aide.

— Votre volonté sera faite, sainte mère de Dieu, dit le commandeur d'une voix étouffée par la peur et l'émotion, la tête inclinée. Que… Que dois-je faire ?

— Le temps est compté, mon fils, répliqua la Vierge. Bientôt, une terrible tempête se lèvera et détruira l'ordre auquel tu appartiens. Il n'en restera que des souvenirs ignominieux.

Tu dois préparer dès à présent l'avènement de l'Élu.

Le frère Enguerrand eut l'impression d'avoir reçu un coup en plein front. Les puissants Templiers allaient disparaître ? Malgré la possession des Tables de la Loi, preuve indubitable que la seule vraie foi était celle qu'ils défendaient ? Malgré leur immense richesse ? C'était impossible… Mais qui était-il pour douter de la parole de la mère de Dieu ?

— La venue de l'Élu est annoncée par une prophétie très ancienne qui devra désormais te guider comme elle le guide, lui: *L'Élu se lèvera, rassemblera le talisman et le détruira. Fils d'Uanna, il sera mi-homme, mi-poisson. Fils d'Ishtar, il reniera sa mère. Fils d'un homme, d'une femme et d'un Mage, il sera sans parents. Fils de la Lumière, il portera la marque des Ténèbres. Fils du Bien, il combattra le Mal par le Mal.*

La Vierge tendit l'index vers le sol et deux symboles de feu y apparurent aussitôt.

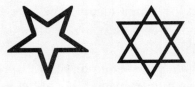

— Il porte ces deux marques, qui le distinguent d'entre tous et que tu reconnaîtras sans faute, déclara-t-elle. La première sur sa poitrine, la seconde dans sa main gauche, dont les doigts sont palmés.

Les symboles se consumèrent et disparurent.

— Dans plusieurs années, tu croiseras à Paris une gitane solitaire du nom d'Abidda, qui vivra sous les ponts, et à Londres, un de tes frères, un bâtisseur de temples, qui érigera une église, poursuivit la Vierge. Chacun portera une bague identique à celle que t'a remise l'Élu. Chacun sera poursuivi par de terribles ennemis. Viens-leur en aide afin que soient préservés les objets qu'ils conservent pour lui. D'ici là, prépare-toi consciencieusement à la mission que je te donne aujourd'hui.

Trop impressionné pour parler, le commandeur se contenta de hocher mécaniquement la tête.

— Il existe aussi, aux confins du monde, une contrée connue depuis des millénaires mais maintenant oubliée et qui me sera un jour consacrée. Tu en découvriras le secret parmi les trésors que tu as rapportés de la Terre sainte. Dans cet endroit, au cœur d'une montagne, se trouve un temple dévolu à l'Élu et à lui seul. Retrouve cet endroit et assure sa protection car, un jour, il devra s'y réfugier.

Le halo de lumière s'estompa.

— Va, Enguerrand de Montségur, et accomplis ce que j'exige de toi.

La Vierge disparut. Le commandeur était décontenancé. Il n'était pas certain d'avoir compris quoi que ce soit mais, pour la première fois en un an, au creux de son âme, le terrible vide était comblé. Il avait une nouvelle mission. Tout à coup, sa réussite Outremer lui apparut comme ce qu'elle était vraiment : une simple préparation à la tâche que Dieu lui réservait.

✦

Paris, en l'an de Dieu 1273

Lorsqu'elle avait quitté Éridou, laissant derrière elle maître Naska-ât, Abidda était jeune et ignorait tant de choses. Elle s'était sentie vulnérable. Puis, peu à peu, elle avait apprivoisé ce *kan*. En restant discrète, elle évitait de devoir trop en révéler sur elle-même. Avec le temps, les Parisiens avaient fini par ne plus remarquer sa présence. Sa chevelure d'ébène et son teint sombre, qui rappelaient ceux des musulmans de la Terre sainte, lui avaient valu le surnom de « *Sarrasine* ».

Seule dans ce *kan*, Abidda veillait sur le fragment du talisman de Nergal. Elle commençait à envisager la formation d'un apprenti, mais voyait mal comment elle y parviendrait tout en restant à l'écart. Tôt ou tard, elle devrait se mêler à la population et le risque d'être remarquée s'en trouverait accru.

Heureusement, Ishtar veillait. Elle avait placé sur son chemin l'allié le plus improbable qui fût : un vieillard tremblant et fragile dont la vie ne semblait tenir qu'à un fil. La Magesse le connaissait de vue. On racontait que, jadis, le commandeur Enguerrand de Montségur avait été un redoutable guerrier. Un colosse aux larges épaules, grand et fort, à la voix puissante. Il avait combattu Outremer et avait commandé les Templiers de Jérusalem. Après son retour à Paris, l'homme énergique et déterminé qu'il avait été était devenu un être taciturne, perdu dans ses pensées, dont le dos s'était peu à peu voûté sous le poids de la mission dont il avait hérité. Seuls ses yeux trahissaient encore la ferveur qui brûlait en lui.

Il avait surgi un soir, alors qu'elle allait s'endormir sous un pont.

— Abidda ? avait émis une voix voilée par l'âge.

Abidda. Même dans cette langue différente de la sienne, la sonorité de son nom l'avait émue. Personne ne l'avait prononcé depuis qu'elle avait quitté Éridou avec le fragment.

— Qui... Qui es-tu ? avait-elle demandé, sonnée.

Le vieillard avait haussé les épaules.

— Je ne suis qu'un humble serviteur de la Vierge, déclara-t-il. Voilà longtemps, elle m'a indiqué que je te trouverais sous un pont.

Il s'était examiné avec autodérision.

— Il m'a fallu quelques années de plus que je ne l'aurais cru... Tu sais être discrète, comme l'exige ta charge. J'ai visité tous les ponts de Paris pour te retrouver ! Et plus d'une fois !

— Que me veux-tu ?

— T'aider à préserver l'objet que tu protèges pour qu'il parvienne à l'Élu, avait-il répondu.

Personne ne pouvait être au courant de son secret, sauf un Mage ou un Nergali... Méfiante, Abidda toisa le commandeur.

— Prouve-moi ce que tu dis, avait-elle ordonné.

Sans broncher, le vieil homme avait tendu la main droite, sur laquelle se trouvait une bague identique à celle d'Abidda. La bague des Mages d'Ishtar.

Convaincue, Abidda avait écouté le vieillard. Il lui avait déclaré avoir rencontré l'Élu d'Ishtar à Jérusalem, presque trente ans auparavant et avoir reçu la bague de ses mains. Les yeux brillants de ferveur, il lui avait affirmé que la Vierge Marie lui était apparue, qu'elle l'avait mis sur sa piste et l'avait chargé de l'aider à mettre en sécurité l'objet sur lequel elle veillait.

Par la suite, le templier et la Magesse s'étaient revus souvent et avaient établi un plan pour assurer la sécurité du fragment. Le vieil homme avait mis à profit l'incomparable génie des membres de son ordre et imaginé un stratagème grâce auquel seul l'Élu pourrait jamais avoir accès au fragment, et uniquement dans certaines conditions. À mesure que leur amitié fleurissait, le commandeur s'ouvrait à elle. Avec une patience étonnante pour un homme de son caractère, il lui enseigna à lire et à écrire le françois[1] et le latin.

Maintenant, après de longs mois de planification méticuleuse, Abidda mettait la touche finale au mécanisme que son compagnon avait conçu.

Le vieux guerrier s'occuperait aussi de laisser un message à l'Élu. Abidda, quant à elle, s'assurerait que quelqu'un attendrait l'Élu aussi longtemps qu'il le faudrait. Sa prochaine mission serait d'engendrer un enfant qui continuerait à veiller et à attendre, puis son enfant après lui, et ainsi de suite, jusqu'à la fin des temps si nécessaire.

✦

---

1. Français.

Paris, en l'an de Dieu 1277

Au loin, Abidda regardait les templiers mettre leur vieux frère en terre. Comme le voulait la tradition, Enguerrand serait enterré vêtu de sa cotte de mailles, de son manteau et de son heaume, la tête vers Jérusalem, les mains le long du corps, son épée sur le torse. Le vieil homme avait bien gagné son repos et, quel que soit son dieu, il serait reçu aux cieux à bras ouverts, Abidda en avait la certitude. Par sa mort, l'Élu saurait retrouver ce qu'il cherchait lorsqu'il se présenterait un jour dans Paris.

Abidda caressa son gros ventre rebondi et sourit. C'était une fille, elle en était certaine. Le père, un inconnu, avait depuis longtemps disparu sans demander son reste et c'était bien ainsi. Cette enfant, elle l'élèverait seule. Elle lui apprendrait à lire et à écrire pour mieux accomplir sa mission. Elle la forcerait à connaître la Bible pour amadouer les prêtres. Au besoin, elle lui transmettrait aussi le secret du fragment. Mais seulement si cela était nécessaire. Peut-être l'Élu viendrait-il de son vivant ?

Elle jeta un dernier coup d'œil sur la sépulture du commandeur. Tout était en place. Satisfaite, elle s'éloigna sans être vue.

LE MESSAGE

Lorsque Giraude eut terminé son récit, elle toisa Manaïl d'un air entendu.

— Dois-je te dire qui requérait vraiment l'aide du commandeur? demanda-t-elle.

L'Élu sourit et hocha la tête.

— Ishtar... dit-il, la voix pleine de respect. La Vierge est son incarnation dans ce *kan*.

Manaïl était fébrile. Le récit de Giraude représentait la piste qu'il cherchait.

— Alors, le frère Enguerrand a retrouvé le fragment? la pressa-t-il. Où est-il?

Giraude regarda longuement Manaïl sans dire un mot.

— Je l'ignore, admit-elle enfin.

— Vous ignorez où se trouve le fragment? demanda Manaïl, étonné.

— Avant sa mort, le commandeur a laissé pour toi un message dans le cimetière des Templiers, l'informa-t-elle. Sa tombe te révélera l'emplacement de ce que tu cherches. Elle te dirigera vers quelque chose de très précieux, Élu. Ma grand-mère, Abidda, savait de quoi il s'agissait, mais elle ne l'a jamais révélé à ma mère, pour la protéger et pour préserver le secret.

Elle se leva pour prendre congé. Ermeline l'imita.

— Je t'ai livré le message dont j'ai hérité de ma mère, comme elle en avait hérité de la sienne. Ma tâche est achevée et la tienne débute.

Elle fit signe de la tête à sa fille et sortit sans rien ajouter. Ermeline se retourna vers le garçon et, hésitante, lui adressa un sourire timide.

— Bonne chance, chuchota-t-elle en tortillant sa robe. Sois prudent. J'espère que nous nous reverrons.

— Moi aussi, dit Manaïl. Et merci.

La fille et la mère disparurent sans bruit dans la nuit. Manaïl se laissa tomber sur le banc et souffla ce qu'il restait encore de chandelle, un peu abasourdi mais envahi par un grand soulagement. Il avait pris le risque de retourner dans le *kan* de Jérusalem pour sauver la vie du frère Enguerrand et voilà qu'il en récoltait une récompense inespérée. Le commandeur avait survécu. Les décombres du temple de Salomon ne l'avaient jamais enseveli. Il était revenu de Jérusalem, sans doute avec le trésor de Salomon. Il avait fini ses jours ici, à Paris.

Le commandeur n'avait jamais fait la connaissance de Maurin de l'Isle, son écuyer. Tout ce qui avait suivi sa rencontre avec Manaïl ne s'était jamais produit. Pour lui, le templier qui lui avait présenté une bague était un inconnu. Mais Ishtar s'était assurée qu'il collaborerait malgré tout à la quête. Elle lui était apparue sous les traits de la Vierge, son incarnation dans ce *kan*, et lui avait confié une mission. Il avait caché le fragment avec l'aide d'Abidda, Magesse d'Ishtar, et lui avait laissé un message. Sur sa tombe.

Manaïl eut un pincement au cœur en songeant que le frère Enguerrand, cette force de la nature, était mort. Il brûlait d'impatience de se lancer à la recherche de la sépulture, mais il était encore trop tôt et il ignorait où se trouvait le cimetière des Templiers.

LE PRIX DU SACERDOCE

Les premiers rayons du soleil étaient encore loin de percer le ciel lorsque Manaïl se leva, plein d'espoir. Si tout allait bien, il pouvait espérer quitter ce *kan* d'ici peu avec le troisième fragment. Il ne lui en resterait alors que deux à retrouver. S'il haïssait la mission dont Ishtar l'avait investi, il en saisissait aussi l'importance. S'il échouait, plus rien ne serait pareil. Le Nouvel Ordre ne serait que misère et malheur pour tous, sauf pour les Nergalii. Une fois de plus, il s'interrogea sur la pertinence de placer un poids semblable sur les frêles épaules d'un garçon de son âge. Mais la déesse savait ce qu'elle faisait et sa confiance lui donnait courage.

Alerte malgré l'heure matinale, il enflamma une brindille dans les braises du brasero et alluma la chandelle dans sa lampe de fer. Il enfila ses chausses, glissa son poignard dans sa ceinture, passa son pourpoint et grignota distraitement un bout de pain sec qui lui restait de ce que Jehan lui avait donné la veille. Lorsqu'il eut terminé, il se mit à faire les cent pas dans la loge puis, incapable d'attendre plus longtemps sans rien faire, décida de sortir. Il flâna un peu dans la cour de la cathédrale en admirant à loisir le merveilleux édifice. D'ici une demi-heure, le soleil levant allait éclairer Notre-Dame d'une lumière rasante qui en ferait ressortir les moindres reliefs, les plus petits détails. Les statues de personnages qui lui étaient inconnus, de la Sainte Vierge, qu'il connaissait sous le nom d'Ishtar, et de ce Jésus dont tout le monde parlait sans arrêt depuis Jérusalem, paraîtraient encore plus finement ciselées dans les rayons matinaux. Les flèches, les tours, les colonnes, les ogives, tout semblerait encore plus grandiose qu'à l'habitude. Dans leurs hauteurs, les gargouilles, elles, dégageraient leur malveillance coutumière, augmentée par les dernières ombres de la nuit.

Manaïl musarda ainsi pendant de longues minutes. Pour la centième fois, il se dit qu'il devrait absolument voir l'intérieur de la cathédrale avant de quitter ce *kan*. Il laissa son esprit vagabonder, imaginant ce que serait le reste de sa vie s'il arrivait à détruire le talisman de Nergal. Il se sentait étrangement attiré par Ermeline, la jolie gitane aux yeux si particuliers, au sourire si attachant.

✦

Ermeline se laissa choir sur le sol près de la muraille de Paris, contre laquelle elle s'appuya. Elle ferma les yeux, se frotta le visage et bâilla. Elle détestait l'aube, elle qui, chaque fois qu'elle n'avait pas à aller mendier sa pitance ou dérober quelques pièces, refusait d'ouvrir l'œil avant le milieu de l'avant-midi.

Ce matin, les choses étaient différentes. Durant la nuit, son arrière-grand-mère Abidda lui était apparue en songe. Les cheveux longs, la peau sombre, les yeux noirs d'une profondeur insondable, elle dégageait une grande noblesse d'âme et était encore plus impressionnante que son arrière-petite-fille l'avait imaginée. En fait, elle lui avait rappelé Giraude. Et elle-même, aussi, à l'exception de son œil vert, qu'elle avait sans doute hérité du soldat de passage qui avait engrossé sa mère avant de disparaître dans la nature.

— *Ishtar t'a réservé un rôle dans la quête de l'Élu*, lui avait dévoilé d'une voix sereine son aïeule défunte. *Tu devras l'accompagner vers son destin. À ses côtés, tu verras des choses merveilleuses et tu affronteras de grands périls. Sois prête à lui venir en aide dès aujourd'hui et ne le quitte plus. Aide-le à apprivoiser le Mal qu'il porte en lui et à maîtriser ses pouvoirs.*

Abidda lui avait ensuite indiqué l'endroit où elle devrait attendre le garçon.

Ermeline s'était réveillée avant le soleil, le visage de son aïeule gravé dans sa mémoire. Elle s'était habillée, avait mangé un reste de pigeon rôti la veille et avait quitté la maison en ruine en expliquant vaguement à sa mère qu'elle avait le pressentiment qu'elle gagnerait beaucoup d'argent aujourd'hui. Elle était partie avant que Giraude, interdite, n'ait le temps de lui poser des questions. Une part d'elle était inquiète. L'autre était heureuse de revoir ce garçon intrigant.

La gitane croisa les jambes et étala sa jupe sur le sol autour d'elle. Puis elle serra son châle de laine contre ses épaules et s'en couvrit la tête en frissonnant. Paris était si froide à l'aube. Compte tenu de ce qu'elle savait désormais, elle dut admettre que l'anxiété qu'elle éprouvait à l'idée de passer quelques heures avec Martin Deville n'était pas attribuable au seul fait qu'elle le trouvait fort attirant et mystérieux. Par chance, elle n'aurait pas longtemps à attendre. Si Abidda avait dit vrai.

✦

Manaïl flânait depuis un bon moment dans la cour de Notre-Dame et commençait à s'inquiéter. Le soleil était sur le point de se lever. Jamais auparavant Jehan Malestroit n'avait tant tardé. Il était d'une parfaite ponctualité et arrivait généralement alors que Manaïl venait à peine de terminer un déjeuner composé des restes de la veille. Il le tirait de la loge, impatient de commencer une autre journée de sacerdoce et de sacrifice. Cet homme était le plus déterminé, le plus zélé qu'il eût jamais rencontré. Parfois, la ferveur qui brillait dans ses yeux semblait frôler la déraison. Sans la moindre hésitation, il mettait sa vie en danger auprès des pestiférés, comme s'il devait payer un lourd tribut pour quelque faute commise jadis. Et voilà qu'aujourd'hui, il était très en retard.

Un mauvais pressentiment serra le cœur de Manaïl. La veille, Jehan avait vomi à plusieurs reprises et était très pâle lorsqu'ils s'étaient quittés. Était-il malade? À force de braver le sort, avait-il finalement attrapé la peste? Si oui, les choses se compliqueraient pour Manaïl, qui avait compté sur la connaissance que le prêtre avait des moindres recoins de la ville pour trouver la templerie de Paris où la Sarrasine lui avait dit de se rendre.

Inquiet et impatient, Manaïl se décida. D'un pas déterminé, il empoigna sa lampe allumée, traversa la cour de la cathédrale et se dirigea vers le cloître. Quelqu'un saurait bien où était l'abbé Jehan.

Une fois sur place, il avisa un prêtre, le capuchon de sa bure remonté sur la tête, qui marchait lentement dans les dernières minutes de la nuit en égrenant son chapelet d'une main déformée et en marmonnant des prières. De l'autre main, il tenait un bâton sur lequel il s'appuyait en tremblant un peu.

— Pardon, mon père, dit Manaïl.

Le prêtre se retourna, rabattit son capuchon et posa sur l'intrus des yeux écarquillés et recouverts d'une membrane opaque dans la lumière de la lampe. Manaïl comprit que le vieillard était aveugle.

— Qui es-tu ? demanda-t-il d'une voix chevrotante.

— Je m'appelle Martin Deville. Je cherche l'abbé Jehan Malestroit.

Le vieillard s'approcha, l'air perplexe, et sans prévenir, se mit à tâter le visage de Manaïl avec les doigts de sa main libre. Le garçon se retint pour ne pas reculer.

— Tu es encore presque un damelot[1]... grommela-t-il avec une moue dubitative.

---

1. Jeune garçon.

Presque pas de poil au menton... Martin Deville... Dis-moi, tu ne serais pas ce garçon que l'abbé Jehan a repêché dans la Seine ?

— Oui, c'est moi. Depuis, je l'accompagne dans son travail, mais ce matin, il ne s'est pas présenté.

— Eh bien, ta tâche vient de cesser, murmura le vieux prêtre.

— Pourquoi ? Quelque chose ne va pas ? s'enquit Manaïl, de nouveau assailli par son sombre pressentiment.

L'aveugle renâcla et sourit tristement.

— Oh, tu sais, je ne suis plus bon à grand-chose. On ne me dit plus rien depuis long-temps, à moi, ronchonna-t-il avec amertume. Mais même si je n'y vois plus, j'ai encore l'oreille fine. Ce matin, au déjeuner, j'ai entendu que Jehan était malade. La mort noire l'a finalement rattrapé, le pauvre. Il est confiné à sa cellule.

À l'annonce de cette nouvelle, le garçon sentit un frisson lui parcourir le dos.

— Il... Il va mourir ? demanda-t-il d'une voix étranglée.

— Sans doute... Tôt ou tard, répondit le prêtre en haussant les épaules. Comme tous les autres. Mais au moins, il sera enterré convenablement, lui. Le chapitre de Notre-Dame y veillera.

Le vieillard réfléchit un instant.

— Si c'est un prêtre que tu cherches, je peux peut-être t'aider, proposa-t-il. Je sais encore entendre une confession et donner l'absolution.

— Je voulais juste voir l'abbé Jehan.

— Pauvre abbé, soupira le vieillard avec tristesse. Quel dommage… Il est un peu notre fils, à nous tous… Depuis le jour où on l'a trouvé, tout enfançon, sur le parvis de la cathédrale, chacun d'entre nous l'a élevé. Et maintenant… Moi, je suis si vieux et inutile… Pourquoi donc Dieu ne vient-Il pas me chercher au lieu de rappeler auprès de Lui un jeune prêtre si méritant ? Les pestiférés ont besoin de lui.

Le vieillard tendit vers le garçon un index et un majeur perclus d'arthrite et le bénit.

— *In nomine Patri et Filii et Spiritus Sancti*. Va en paix, mon enfant. Que Dieu te protège des calamités de notre temps.

— *Amen*, répondit Manaïl en se signant, comme il avait appris à le faire chez les templiers de Jérusalem.

Le vieux prêtre lui tourna le dos et commença à s'éloigner en claudiquant.

— Monsieur l'abbé ? l'interpella Manaïl.

L'homme se retourna et porta son regard vide dans sa direction.

— Où est la cellule de l'abbé Jehan ?

— Dans la première maison sur la droite, l'informa le vieillard. Mais tu perds ton temps : personne n'a le droit de le visiter.

— Je sais mais je voudrais lui écrire un mot pour lui dire que je prierai pour son prompt rétablissement, mentit-il en sachant fort bien qu'il ignorait tout de l'écriture de ce *kan*. Peut-être pourra-t-on le lui transmettre ?

— Tu peux toujours essayer, dit le vieil abbé avant de reprendre son chemin et son chapelet. Si quelqu'un a encore le courage de l'approcher, ta lettre le trouvera. Mort ou vivant. Mais à ta place, je n'entretiendrais pas trop d'espoir. Le courage diminue étrangement au contact de la peste, même chez les hommes de Dieu, mon fils.

Manaïl attendit que l'aveugle ait disparu derrière un édifice et se mit en marche en direction de l'immeuble qui lui avait été désigné. L'air de rien, il en fit le tour et s'arrêta à l'arrière. Il s'assit, éteignit sa lampe et attendit.

LE MIRACULÉ

Le soleil entreprit son ascension quotidienne dans le firmament. Quelques heures s'écoulèrent pendant lesquelles Manaïl, assis contre le mur de pierre derrière l'édifice, patienta, à l'affût de l'occasion qu'il espérait. Les religieux du cloître vaquaient à leurs occupations et il parvint sans trop de difficulté à les observer sans être remarqué. Leurs activités lui rappelaient beaucoup celles des templiers de Jérusalem. Enfin, tierce[1] arriva et ils se rendirent tous vers la cathédrale pour y entendre la messe.

Manaïl en profita aussitôt pour se diriger vers l'entrée du bâtiment où se trouvait la cellule de Jehan. Il s'arrêta net lorsqu'il aperçut un portier. L'homme était profondément endormi sur un banc, ronflant comme un sonneur. Les cheveux en broussaille, les vêtements

---

1. Huit heures trente du matin.

usés et une barbe de plusieurs jours aux joues, il dégageait une odeur d'eau-de-vie. Il ne broncha pas lorsque le garçon testa la poignée de fer forgé. Elle n'était pas verrouillée. Après un dernier coup d'œil rapide aux environs, il entra.

À l'intérieur, tout était calme. Devant Manaïl s'étendait un couloir sombre dont les deux côtés étaient percés de portes closes. Il fit quelques pas et entrouvrit les premières sur sa droite, puis sur sa gauche. Comme prévu, toutes les pièces du rez-de-chaussée — des cellules semblables à celles des templiers — étaient vides, leurs occupants se trouvant dans la cathédrale.

Arrivé à l'extrémité du couloir, il gravit un escalier en pierre jusqu'à l'étage. Il entreprit le même manège qu'au rez-de-chaussée et commença à entrebâiller les portes des cellules pour en examiner l'intérieur lorsqu'une toux rauque et creuse l'arrêta net. Celle-ci provenait de quelque part devant lui. Il avança sur la pointe des pieds en tendant l'oreille. La toux retentit de nouveau dans le silence, tout près de lui sur sa droite. Il s'arrêta et poussa doucement la porte.

Emmitouflé dans une couverture, Jehan était allongé sur le petit lit étroit de sa cellule. Son visage était encore plus pâle qu'à l'habitude ; aussi pâle, en fait, que celui de tous les cadavres de pestiférés que Manaïl avait vus dans ce *kan*. Il ruisselait de sueur. Les paupières closes du prêtre étaient aussi violettes que les vilains cernes qui s'étaient creusés depuis la veille. Sa respiration sifflante n'était plus qu'un râle.

Manaïl referma. Au son du déclic de la serrure, Jehan ouvrit brusquement les yeux et riva sur lui un regard vitreux.

— Tu ne dois pas être ici, Martin, lui reprocha-t-il d'une voix faible. Dieu me punit pour mes péchés...

Le jeune abbé se redressa avec difficulté sur sa couche et, délirant, tendit l'index vers Manaïl, désignant quelque chose que lui seul voyait. Ses lèvres se mirent à trembler.

— Le Diable! s'écria-t-il. Il est là! Il m'attend pour m'emmener en enfer!

Il retomba sur son lit, haletant, et se prit la tête à deux mains.

— Ah... Pourquoi ai-je tant péché? gémit-il. Seigneur, *MISERERE MEI ET EXAUDI ORATIO-NEM MEAM*[1]...

Jehan se recoucha et sa respiration devint plus régulière. Il ferma les yeux.

Manaïl s'approcha sur la pointe des pieds, s'assit sur le bord du lit et posa sa lampe

---

1. En latin: Aie pitié de moi, écoute ma prière. Psaumes 4,2.

éteinte sur la petite table de chevet. Avec délicatesse, il écarta un peu la couverture qui remontait jusque sous le menton de l'abbé. Ses pires craintes furent aussitôt confirmées. De chaque côté de son cou, de grosses bosses violacées, semblables à celles qu'il avait vues sur Clothilde LeMoyne et ses enfants, étaient visibles.

Jehan ouvrit de nouveau les yeux. Il posa sur le garçon un regard affaibli mais redevenu lucide.

— Martin… Ne me touche pas, murmura-t-il. Tu veux mourir, toi aussi ? Dieu t'a sauvé des eaux… Il te veut en vie… Va-t'en d'ici.

L'abbé se mit à tousser et se recroquevilla sur le côté. Du sang vermeil apparut à la commissure de ses lèvres. Ses yeux s'exorbitèrent et son corps s'arqua.

— *PATER…, IN MANUS… TUAS COMMENDO… SPIRITUM… MEUM*[1], bredouilla-t-il.

Une faible respiration s'échappa de sa poitrine. Son visage se détendit et sa tête obliqua doucement vers Manaïl. Son regard était d'une fixité déconcertante.

Le garçon fut d'abord incapable de la moindre réaction. Secouant sa torpeur, il posa la main sur la poitrine de Jehan. Le cœur de

---

1. En latin : Père, entre tes mains je remets mon esprit.

l'abbé ne battait plus. Il approcha l'oreille de la bouche entrouverte. Aucun souffle n'en sortait. Jehan Malestroit, qui l'avait repêché de la Seine alors qu'il allait s'y noyer, était mort, victime de la maladie dont il travaillait si fort à soulager les autres.

L'Élu n'hésita pas. Il devait la vie à cet homme et avait le pouvoir de la lui rendre. À travers la mystérieuse marque du magicien de Jérusalem se manifestait une force qu'il ne comprenait pas, mais qui pouvait servir le Bien. Et la prophétie des Anciens n'affirmait-elle pas qu'il était le fils du Bien ? Une chose était certaine : cet homme était bon. Il consacrait son existence au bien-être des autres. Il méritait tout autant son aide que Clothilde LeMoyne et ses trois enfants.

— Ishtar, aide-moi, implora-t-il à voix basse.

Avec sang-froid, il mit sa main gauche ouverte sur le front du prêtre et sentit aussitôt la sensation de chaleur désormais familière qui émanait de la marque de YHWH. Il ferma les yeux et se concentra, visualisant l'énergie concentrée dans sa main qui pénétrait le corps de Jehan et le remplissait peu à peu comme une source le fait d'une cruche. Dans son esprit, il imaginait la silhouette du prêtre enveloppée d'un halo lumière de plus en plus brillant et animé de pulsations riches de vie. Parallèlement, son corps à lui devenait sombre, vide. Après un temps indéfini, Manaïl sentit que le mystérieux pouvoir avait atteint ses limites. Il retira sa main et s'appuya un moment sur le lit, le temps de refaire ses forces. Puis il regarda le prêtre et se sentit envahi par le soulagement. Il était vivant.

Jehan était toujours allongé dans son lit détrempé de sueur, mais il respirait faiblement. Bien qu'il fût encore pâle, les cernes sous ses yeux avaient disparu et ses joues avaient repris un peu de couleur. Il ouvrit la bouche et tenta de parler, mais le garçon l'arrêta.

— Tout ira bien, maintenant, le rassura-t-il. Reposez-vous. Dans peu de temps, vous reprendrez vos rondes dans Paris.

Sans rien ajouter, Manaïl ramassa sa lampe et quitta la cellule.

Les yeux mi-clos, Jehan le regarda sortir, perplexe.

LA COMPLICE

Après avoir quitté la cellule de l'abbé Jehan, Manaïl chercha le lardier du cloître et le trouva sans difficulté. Il y prit une miche de pain, un fromage et un bout de lard qu'il mit sous sa chemise. Son intervention auprès du prêtre n'avait pris que quelques minutes et, lorsqu'il sortit du bâtiment, les autres revenaient de la messe. Faisant de son mieux pour passer inaperçu, il s'éloigna en évitant les regards.

Il s'arrêta à la loge déserte pour y déposer une partie de son butin, sauf un morceau de pain et une tranche de fromage qu'il mangea en route vers le pont aux Changeurs, où l'activité quotidienne s'amorçait déjà. Quelque part dans l'immensité de Paris se trouvait une templerie et il devrait se débrouiller seul pour la trouver. Il s'engagea sur le pont et hâta le pas sans prêter attention aux changeurs qui l'interpellaient.

Une fois sur la rive nord de la Seine, Manaïl poursuivit sa route vers la rue Saint-Denis. Il aurait voulu pouvoir arrêter des passants et leur demander le chemin vers la templerie mais, comme toujours, les rues étaient désertes. Il ne croisa que quelques cadavres. Heureusement, avec l'automne et le froid, l'épidémie semblait donner des signes d'essoufflement. Car si elle continuait à ce rythme, Paris ne serait bientôt plus habitée que par des rats, des chiens et des chats.

Le garçon marcha à la recherche d'un bâtiment aux allures templières. Mais le seul qu'il avait jamais vu était la templerie de Jérusalem et rien ne garantissait que celle de Paris lui ressemblait. Il emprunta la rue Saint-Denis jusqu'à la porte fortifiée d'une haute muraille en pierre qui la bloquait. Devant, un soldat en armes montait la garde. Un peu plus loin, appuyée contre la structure, une femme, la tête et les épaules enveloppées dans un châle, était assise par terre, endormie. Ou peut-être était-elle morte sans que personne ramasse son corps, comme tant d'autres.

— On ne passe pas ! s'écria le garde. Par ordre de Sa Majesté Philippe VI, roi de France ! Allez ! Rentre chez toi !

— Je cherche la templerie de Paris. Vous savez où elle se trouve ?

— De l'autre côté, répondit le garde en indiquant la muraille d'un geste vague. Mais on ne passe pas.

La templerie existait donc. Manaïl en fut encouragé.

— Vous devez me laisser passer, plaida-t-il. C'est vraiment très important.

Le soldat s'esclaffa.

— Peu me chaut ! C'est ce qu'ils disent tous ! Ces jours-ci, toute la menuaille[1] a une raison urgente de quitter la ville ! Tudieu ! Comme si la peste n'existait que de ce côté-ci de la muraille !

Le garde posa une main menaçante sur la poignée de l'épée qu'il avait à la ceinture et fit un pas vers Manaïl.

— Les ordres du roi sont formels : personne n'entre ni ne sort. Alors, tu restes quiet[2], compris ?

Au même moment, un groupe de pénitents sortit d'une rue voisine. Ils étaient presque les seuls à ne pas craindre la maladie et à arpenter régulièrement les rues. Torse et pieds nus, en haillons, ils se fouettaient eux-mêmes le dos avec un martinet en implorant à l'unisson le pardon de leur dieu. Les chairs ensanglantées, le visage crispé de douleur, la chevelure

1. Populace.
2. Tranquille.

imbibée de sueur, ils avançaient en titubant et en gémissant. Leurs prières n'étaient qu'un mince filet de voix. Le garde leva les yeux au ciel, exaspéré.

— Ces satanés flagellants... grogna-t-il. Ils plaisent peut-être à Dieu en se cinglant ainsi, mais moi, ils me rendront complètement fou.

Il dégaina son épée d'un geste brusque et se dirigea vers les nouveaux venus. Sans préavis, il les chassa en les frappant avec le plat de sa lame.

— Ouste! hurlait-il, le visage cramoisi de colère. Combien de fois faut-il vous le répéter, à la fin? Allez vous mutiler ailleurs, bande de sots! Sinon, je vous mets mon pied au croupion!

Dans un état second, les flagellants s'éloignèrent sans faire le moindre cas des coups et des invectives du garde. Ils semblaient accueillir avec bonheur la douleur et le mauvais traitement qu'on leur faisait subir. Lorsqu'ils eurent disparu dans une ruelle transversale, le garde se retourna vers Manaïl, l'œil sombre et l'épée toujours à la main.

— Quant à toi, je ne suis pas d'humeur ce matin. Alors, fais demi-tour ou...

— Tu veux que je te prédise ton avenir? intervint quelqu'un non loin de là. Pour un denier, je lirai dans les lignes de ta main.

Manaïl sentit son cœur sauter un battement et, d'un seul coup, sa journée s'illumina. Il aurait reconnu cette voix un peu espiègle entre mille. Il tourna la tête et découvrit Ermeline, un châle sur les épaules et un sourire radieux sur le visage. Elle lui fit un clin d'œil discret et reprit :

— Allons, insista-t-elle auprès du garde. Un simple denier pour connaître les plaisements[1] que le futur te réserve. Ce n'est pas cher payé.

Le soldat se mit la main sur le front et secoua la tête.

— Par la sainte couronne d'épines de Notre-Seigneur Jésus-Christ…. La petite Sarrasine, maintenant… Quel péché ai-je bien pu commettre pour que Dieu m'inflige ainsi toutes les calamités de Paris dans une même journée ? Combien de fois dois-je te dire non ? Je ne me laisserai pas engigner[2] par une gitane. Toi et le galopin, faites demi-tour et partez, vous m'entendez ?

Ermeline mit la main dans le col de sa chemise et fouilla à l'intérieur. À la vue du geste, une lueur de concupiscence apparut dans les yeux du garde.

— Écoute, plaida-t-il avec un regret mal dissimulé, tu es fort jolie mais ce n'est pas en

---

1. Plaisirs.
2. Tromper.

jouant à la donzelle[1] que tu obtiendras passage. J'ai mes ordres.

Il s'avança pour la saisir par le bras et la chasser. Ermeline sortit de son corsage un médaillon qui n'était en fait qu'une pièce de monnaie percée et suspendue sur un lacet de cuir. Elle le passa par-dessus sa tête et tendit le bras en direction du garde en le faisant osciller de gauche à droite. Dans la lumière du soleil, le médaillon scintillait.

— Regarde le joli pentacol[2], soldat, minauda-t-elle calmement. Il est beau, n'est-ce pas ?

Le garde ralentit le pas puis s'immobilisa, le regard rivé sur le médaillon.

— Il se balance, va d'un côté à l'autre tout doucement, poursuivit Ermeline sur un ton presque soporifique. Et il brille… Regarde comme il brille…

Le regard fixe, le soldat laissa choir son épée sur le sol.

— Tu t'endors… lui ordonna la gitane. Tu te sens lourd. Très lourd…

Sous le regard stupéfait de l'Élu, le corps du soldat devint flasque et ses yeux se fermèrent lentement. Sa tête tomba sur son épaule et bientôt, des ronflements sonores remplirent le matin.

---

1. Fille de petite vertu.
2. Pendentif.

— Et voilà le travail! s'exclama Ermeline, triomphante, en se retournant vers Manaïl sans cesser de faire osciller le médaillon. Il dort comme un enfançon dans les bras de sa mère, le gros méchant soldat.

Manaïl se mit à bafouiller.

— Mais… Qu'as-tu fait là ? Comment savais-tu que ?… Comment tu as fait ça ?

— C'est un vieux truc de gitane que ma mère m'a appris. Tu veux franchir la muraille ou pas ? coupa Ermeline.

— Euh… Oui, mais…

— Alors, il vaut mieux se dépêcher. Cette grosse brute ne va pas dormir comme ça toute la journée. Je t'expliquerai ensuite.

La gitane reporta son attention vers le garde, qui était resté tout à fait immobile.

— Laisse-nous passer, somma-t-elle.

Le garde ouvrit les yeux et sourit béate-ment. Il se dirigea vers la porte, empoigna le gros loquet de métal à deux mains et le fit glis-ser vers la gauche. Les ferrures grincèrent et bientôt, la voie fut libre. Manaïl pénétra dans l'embrasure et Ermeline le suivit. Une fois de l'autre côté, elle se retourna vers le garde.

— Lorsque nous serons dehors, tu te réveil-leras. Quand je reviendrai, je dirai «Ishtar» trois fois. Tu m'ouvriras pour me faire entrer sans poser de questions. Tu as bien compris ?

Manaïl ne s'étonna guère en entendant la gitane utiliser ainsi le nom de la déesse. Après tout, elle était la fille de la Magesse et, pour le peu qu'il sût d'elle, peut-être même son apprentie.

— Oui... acquiesça le garde, le visage toujours éclairé par un sourire niais. Ishtar trois fois... J'ouvrirai la porte... Pas de questions...

La porte se referma dans un claquement sourd. Ermeline reporta son attention vers Manaïl en souriant.

— Bon. On va où maintenant? s'enquit-elle, l'air amusé.

— Mais qu'est-ce que tu faisais là? redemanda Manaïl, toujours abasourdi.

— Je t'attendais.

— Comment pouvais-tu savoir que je viendrais ici? Je l'ignorais moi-même.

— Abidda m'a prévenue.

Manaïl la regarda, ne sachant trop s'il devait la croire.

— Comment?...

— Elle m'est apparue en rêve et m'a ordonné de t'attendre rue Saint-Denis, près de la muraille. Il paraît que tu as besoin d'aide. C'est vrai?

— Un peu, oui... admit-il en songeant à la façon dont la gitane venait de leur faire franchir la muraille.

— Alors ? insista Ermeline.

Habitué aux phénomènes surnaturels qui avaient marqué sa vie récente, Manaïl cessa de poser des questions auxquelles il savait bien qu'il n'obtiendrait pas de réponse satisfaisante.

— Tu sais où est la templerie ?

— Suis-moi, dit Ermeline avec son plus beau sourire en pensant à l'histoire que sa mère lui avait racontée.

LA TEMPLERIE DE PARIS

De l'autre côté de la muraille, Paris était moins densément construite. Par endroits, les maisons étaient aussi entassées qu'à l'intérieur. Ailleurs, elles étaient rares et plusieurs paraissaient avoir été abandonnées par des propriétaires affolés qui avaient fui la contagion. Tout au plus pouvait-on apercevoir, çà et là, des gens en train de vaquer à leurs occupations.

Ermeline ralentit le pas, s'assura de ne pas être observée et bifurqua vers un potager laissé en friche derrière une demeure délabrée. Elle s'agenouilla, farfouilla dans les herbes longues et parvint à repérer quelques légumes qui y avaient poussé librement malgré le manque de soins et que personne n'avait récoltés. Elle arracha quelques carottes rabougries, des oignons qui ne valaient guère mieux et s'empara de deux ou trois choux à peine dignes de ce nom.

— Qu'est-ce qui te prend ? demanda Manaïl. Tu as faim ? Il me reste un peu de fromage.

— Aide-moi au lieu de dire des âneries, ordonna la gitane. Ramasse les légumes.

Perplexe, le garçon s'avança vers le potager puis s'assit sur ses talons. Ermeline étendit son châle sur le sol et il y déposa les oignons, les carottes et les choux. Elle en fit un baluchon qu'elle passa sur son épaule.

— Voilà, dit-elle, satisfaite. C'est peu, mais ça fera l'affaire. Les légumes sont rares. Maintenant, nous pouvons y aller.

— Mais qu'est-ce que tu veux faire avec tout ça ?

— Les vendre. Tu veux entrer dans la templerie, oui ou non ?

— Oui, mais...

— Alors, laisse-moi faire.

Ermeline et Manaïl marchèrent pendant un bon moment jusqu'au bout de la rue Saint-Denis puis tournèrent à droite dans une rue transversale. À l'extrémité s'élevait ce qui avait tout d'un petit village fortifié.

— Nous y sommes. C'est la templerie de Paris, déclara Ermeline en désignant l'endroit d'un geste de la main.

Derrière une muraille haute et massive s'élevaient le clocher d'une chapelle orné d'une croix de fer, le sommet de quelques tours carrées en pierre et le toit de plusieurs bâtiments. Manaïl reconnut immédiatement le style des constructions en pierres taillées qu'il avait vues à Jérusalem.

Le garçon et la gitane s'approchèrent. La templerie était protégée par une solide porte fortifiée devant laquelle deux moines-soldats montaient la garde. Manaïl s'arrêta net et empoigna l'avant-bras de sa compagne. Quelque chose le chicotait. Comme il se devait, les gardes se tenaient bien droits devant l'entrée, l'air sévère. Ils avaient l'épée au côté et portaient un manteau par-dessus une cotte de mailles, des gants de métal et un heaume. Mais leur manteau était noir comme la nuit et la croix qui y figurait était blanche. Au sommet des tours flottaient des étendards de la même couleur et arborant le même motif qui ne ressemblaient en rien au Baucéant qu'il avait si souvent aperçu à Jérusalem.

— Je t'ai demandé de me mener à la templerie... déclara-t-il, dépité. Ces hommes ne sont pas des templiers.

— Mais non. C'est normal. Nous sommes bien à la templerie. Mais l'ordre, lui, n'existe plus. Souviens-toi de ce que t'a raconté ma mère.

Manaïl se remémora l'avertissement formulé par la Vierge au commandeur et rapporté par Giraude : *Le temps est compté, mon fils. Bientôt, une terrible tempête se lèvera et détruira l'ordre auquel tu appartiens. Il n'en restera que des souvenirs ignominieux.* Les hommes fiers et courageux qu'il avait connus dans le *kan* de Jérusalem voilà quelques semaines à peine n'existaient plus…

— Depuis… combien de temps ? s'informat-il tristement.

— Je l'ignore, répondit la gitane. Longtemps. Avant la naissance de ma mère, assurément.

— Alors, qui sont ces soldats ?

— Des chevaliers de l'Hôpital de Saint-Jean-de-Jérusalem. Tout le monde appelle leur ordre les Hospitaliers. Lorsque celui du Temple a été aboli, ce sont eux qui ont hérité de toutes ses possessions. Mais en ce qui me concerne, ils restent des froqués[1]… Mieux vaut s'en méfier…

— Qu'est-il advenu des Templiers ?

Ermeline haussa les épaules.

— Selon ce que m'en a dit ma mère, plusieurs ont été torturés et en sont morts. La plupart se sont enfuis avant d'être arrêtés et sont disparus dans la nature. Les officiers et le grand Maître ont péri sur le bûcher.

— Mais que leur reprochait-on ? demanda Manaïl, stupéfait qu'on ait traité ainsi les valeureux Templiers.

----

1. Moines.

— Toutes sortes de fableries, répondit la gitane. On a dit qu'ils étaient en vérité des patarins[1] et des fot-en-cul[2]. On raconte que les nouveaux templiers devaient profaner la croix et embrasser une idole qui n'était autre que Satan. Enfin, c'est ce qu'affirmaient les prêtres... Mais ils colporteraient la pire des sornettes pour mieux terroriser leurs fidèles, ces grippeminauds[3]!

Manaïl n'écoutait plus. Il frissonna en se remémorant la cérémonie de son initiation, au cours de laquelle il avait dû baiser trois fois les lèvres de la tête humaine desséchée. La tête du prophète Jean le Baptiste, lui avait-on dit... L'espace d'un instant, l'horrible dégoût qu'il avait éprouvé lui remonta à la gorge.

L'attention d'un des gardes fut attirée par les deux flâneurs qui discutaient non loin de la porte. Il les examina d'un air méfiant, posa la main sur la poignée de son épée et les interpella.

— Eh! Vous autres! Que voulez-vous? Qui vous a laissés passer la muraille?

Manaïl se pencha à l'oreille d'Ermeline.

— Qu'est-ce que tu attends? Fais-lui le coup du médaillon, chuchota-t-il entre ses dents.

---

1. Hérétiques.
2. Sodomites.
3. Hypocrites.

— Mais non... répliqua la gitane. Tu vas voir.

Ermeline se planta devant le garde, se délesta de son baluchon de fortune, défit le nœud qui le retenait et en exhiba le contenu.

— Je vis déjà à l'extérieur de la muraille, mentit-elle sans sourciller. On me dit qu'avec la peste, vous achetez tout ce qu'on vous apporte. Je viens brader ces légumes.

L'homme les examina rapidement et parut en être content.

— Dieu seul sait combien de temps durera l'épidémie. On n'a jamais trop de réserves. Venez un peu plus près, tous les deux, ordonna-t-il.

Les deux jeunes gens obéirent.

— Relevez le menton et étirez le cou.

Intrigués, ils firent ce qu'on leur demandait. Le garde palpa soigneusement de ses mains gantées le cou de chacun. Puis il recula, l'air satisfait.

— Vous n'avez pas de bubons. Vous pouvez entrer. Vous trouverez le frère...

— Ça ira. Je suis déjà venue. Je connais le chemin, mentit de nouveau Ermeline.

Le garde fit un signe de la tête à son compagnon, qui entrouvrit la lourde porte. Ermeline referma son baluchon. Puis les deux visiteurs pénétrèrent dans la templerie.

Derrière eux, la porte se referma avec un bruit sourd.

— Voilà, dit fièrement Ermeline en replaçant son châle plein de légumes sur son épaule. Et maintenant ?

Admiratif, Manaïl secoua la tête en souriant.

— On cherche le cimetière, répondit-il.

I TEGO ARCANA TEMPLI[1]

Une fois dans la cour intérieure, le Babylonien et la gitane filèrent sans hésiter
droit devant eux. Il importait de donner l'impression qu'ils savaient où ils allaient. Si quelqu'un les interrogeait, ils pourraient toujours
dire qu'ils cherchaient le frère magasinier
pour vendre leurs légumes. Ils en avaient un
châle plein pour appuyer leur histoire. Mis à
part quelques hospitaliers qui leur adressèrent
un regard distrait, personne ne se préoccupa
des nouveaux venus admis par les gardes. La
plupart étaient affairés aux tâches quotidiennes que leur prescrivait leur règle.

Manaïl et Ermeline prirent sur leur gauche
et contournèrent un à un les édifices de la
templerie, en commençant par le couvent,
puis les charniers, les fermes, l'hôpital, une
haute tour de guet et, finalement, l'église

---

1. En latin : Je garde le secret du temple.

ronde semblable à celle de Jérusalem, que Manaïl reconnut aussitôt. Cette marche les mena de l'autre côté de l'enclos du temple.

— Le cimetière est forcément près d'ici, supposa le garçon. Les templiers ensevelissent toujours leurs morts à proximité de l'église.

Comme prévu, des rangées de pierres tombales apparurent derrière un muret à côté de l'église.

— Nous y sommes, annonça Manaïl.

— Alors ? s'enquit Ermeline. Que faisons-nous ?

— Tu sais lire ? demanda le garçon.

— Peuh ! Mais bien sûr ! s'offusqua la gitane en se raidissant. J'ai l'air sottarde[1], peut-être ? Sache, Martin Deville, que, depuis Abidda, toutes les femmes de ma lignée le savent. Le françois[2] et le latin !

— Ne te vexe pas, s'excusa Manaïl. Moi, je ne sais pas et j'ai besoin de ton aide.

— Ah… Voilà qui est mieux, gronda la gitane en décolérant. Que dois-je chercher ?

— Une pierre tombale au nom de « Enguerrand de Montségur ».

Ermeline survola le cimetière du regard. Il était rempli de pierres à demi enfoncées dans le sol et chacune portait un nom.

---

1. Niaise.
2. Français.

— Cornebouc... Ça va prendre un moment...
soupira-t-elle. Allez, viens.

Elle saisit la main du garçon et l'entraîna
dans le cimetière. Ils avancèrent d'un pas lent
entre les pierres tombales parfaitement ali-
gnées et séparées les unes des autres de deux
ou trois pieds[1]. Certaines étaient sculptées et
ouvragées, d'autres n'étaient qu'une plaque de
pierre sur laquelle on avait gravé un nom.
L'herbe poussait au hasard et enveloppait la
base de la plupart des monuments. Il régnait
dans le cimetière un calme presque irréel qui
rappelait à Manaïl celui du temple d'Ishtar.

Les sourcils froncés, Ermeline se concen-
trait pour lire une à une chaque pierre tombale en bougeant les lèvres en silence. Souvent,
elle suivait les lettres avec le doigt en hochant
la tête, visiblement frustrée.

— Tu es certaine de savoir lire ? demanda
l'Élu.

— Je te l'ai déjà dit, rétorqua sèchement la
gitane. Mais je ne lis pas souvent. Cesse un
peu de bavasser ! Je ne m'entends pas penser !

Ils déambulèrent ainsi entre les pierres
tombales hautes et minces, allant de gauche
à droite, s'arrêtant quelques instants devant
chacune pour repartir vers la suivante. Manaïl
commençait à désespérer et ne se sentait pas

---

1. Un pied vaut 0,32 mètre.

tranquille. Peut-être le prétendu message du frère Enguerrand n'était-il qu'un piège ?

— Voilà ! s'écria tout à coup Ermeline, emplie de fierté, en désignant une pierre placée à l'ombre du mur de l'église. C'est lui ! Enguerrand de Montségur !

Elle avait posé son châle plein de légumes sur le sol. Manaïl se pencha et examina de plus près un monument plus bas que les autres, de forme rectangulaire. Il plissa le nez en scrutant l'écriture qu'on y avait gravée.

— Tu es certaine que c'est lui ? dit-il.

— Oui. Regarde.

Elle s'agenouilla à ses côtés, plaça son index sur la première lettre et le promena sur les autres en lisant.

— Il y est écrit « Enguerrand de Montségur, ANNO DOMINI 1198-1277 ». C'est du latin. Ça signifie « An de Dieu ».

Manaïl resta silencieux un instant, songeur.

— Et en quel « an de Dieu » sommes-nous ? s'informa-t-il.

Ermeline leva un sourcil, l'air de croire que son compagnon était en train de perdre la tête.

— En 1348, voyons ! Mais d'où sors-tu, au juste ?

— Plutôt de quel *kan* je sors... grommela l'Élu.

— Quoi ?

— Rien… Je réfléchissais à haute voix.

L'Élu ne savait pas s'il était abasourdi ou soulagé. La dernière fois qu'il avait changé de *kan*, il avait découvert que presque deux mille ans séparaient les deux. Cette fois-ci, un siècle seulement s'était écoulé. Un siècle… Ce n'était pas beaucoup, mais il pouvait se produire tant de choses. En cent ans à peine, les puissants Templiers avaient disparu. Le frère Enguerrand, qu'il avait connu voilà quelques semaines, avait eu le temps de revenir de Terre sainte et de vivre trente-trois autres années. Maintenant, il gisait là, sous terre, depuis soixante et onze ans. Il frissonna à l'idée que la force de la nature qu'avait été le commandeur n'était plus qu'un tas d'ossements.

Saisi par une soudaine nostalgie, Manaïl s'agenouilla devant la pierre tombale, pencha la tête et se recueillit. Il avait souvent prié lors de son court séjour à Jérusalem et il en avait détesté chaque moment. La règle des Templiers n'était que dévotion et travail… Mais dans les circonstances, une prière à la mémoire du commandeur de la cité de Jérusalem lui paraissait appropriée. Il chuchota une patenôtre et, lorsqu'il eut terminé, se signa.

Manaïl releva la tête. Toujours à genoux, il scruta de plus près la pierre tombale. Elle était différente des autres. Dans le coin supérieur gauche, on avait sculpté une étoile de David identique à celle dans le creux de sa main gauche. Au cœur de l'étoile se trouvait la croix pattée des Templiers. Le monument était divisé en deux par une épée templière qui pointait vers le sol.

Dans le coin supérieur droit, deux pentagrammes des Mages d'Ishtar étaient entrelacés : deux formes humaines, chacune dans une étoile au milieu d'un cercle. Le visage de Manaïl s'éclaira d'un large sourire. Le frère Enguerrand avait placé là un symbole que seul l'Élu reconnaîtrait.

En haut et en bas du monument, des lignes de texte avaient été gravées.

— Il y a autre chose d'inscrit, fit-il remarquer à la gitane en touchant l'endroit du doigt. Qu'est-ce que ça dit ?

Ermeline fronça les sourcils, hésitante.

— *I tego arcana templi...*, dit-elle. « Je garde le secret du Temple. »

◆

Daimbert de Louvain observait le garçon et la jeune fille. Il les avait aperçus dans le cimetière alors qu'il se rendait à l'église pour y remplacer les cierges du chœur et s'était arrêté, frappé par la coïncidence. Le ténébreux message que le Tarot lui avait livré quelques jours auparavant lui était revenu en mémoire. Devant lui, deux jeunes inconnus se tenaient dans le cimetière, à l'ombre de l'église des frères hospitaliers... Un cimetière, un hôpital et une église... Était-ce un hasard ou avait-il devant lui le conducteur du chariot annoncé par les cartes et une des femmes qui lui prêtaient assistance ? Celui qui risquait de contrecarrer ses plans ?

Intrigué, il avait déposé près de la porte sa brassée de cierges et s'était tapi le long du mur. Craignant d'être aperçu, il avait ensuite avisé le toit de l'église ronde. Un escalier intérieur y menait. Prestement, il s'était précipité dans le lieu sacré, avait gravi les marches, était sorti sur le toit et s'était caché contre le muret de pierre qui l'encerclait. De là, la vue était imprenable et personne ne risquait de le surprendre.

Le vent rabattit son capuchon, découvrant son visage ravagé. Ses rares mèches de cheveux virevoltèrent. Il les écarta distraitement de son visage sans rien manquer de la curieuse scène qui se déroulait plus bas. Les deux visiteurs s'étaient arrêtés devant une pierre tombale et la fille lisait avec quelque difficulté ce qui y était gravé. Daimbert tendit l'oreille que l'acide avait épargnée pour saisir ce qu'elle disait.

✦

Un sombre nuage obscurcit les espoirs de l'Élu. À quel temple et à quel secret le commandeur faisait-il allusion ? Aux Templiers et à leurs richesses ? Au temple de Salomon ? Ou à un autre temple ? D'une façon ou d'une autre, pourquoi le frère Enguerrand affirmait-il garder un trésor ? Et qu'est-ce qu'un trésor avait à voir avec l'Élu et sa quête ? À moins, évidemment, que le commandeur n'ait voulu faire allusion au fragment… Mais comment aurait-il pu savoir ?… *Le frère Enguerrand te viendra en aide*, avait affirmé Ishtar. Mais il ne lui rendait pas la tâche facile…

— Que dit le reste ? demanda-t-il à Ermeline, impatient de connaître la suite et espérant y découvrir la voie vers le fragment.

La gitane se concentra. Ses lèvres faisaient des mouvements à peine perceptibles à mesure qu'elle peinait pour décoder le message.

— « Au crépuscule, saint Jean et Notre-Dame te révéleront le Bien et le Mal », récita-t-elle enfin. Tu y comprends quelque chose ?

Manaïl était perplexe et déçu. Il avait espéré mieux. Une route clairement tracée vers le fragment. Car il ne doutait pas que ce fût l'objet maudit que le commandeur désignait en parlant du Mal. Mais que signifiait le reste ? La Vierge ? Il s'agissait peut-être d'Ishtar, qui s'était manifestée à lui sous cette apparence à Jérusalem. Mais saint Jean ? Il ignorait tout de ce personnage. Quant au rôle du crépuscule dans tout cela et à ce que pouvait signifier le Bien, il était dans le néant complet.

— Pour le moment, pas grand-chose, soupira Manaïl, dépité.

✦

Les deux inconnus discutaient de ce qu'ils venaient de lire sur la pierre tombale. L'inscription semblait avoir beaucoup d'importance pour le garçon.

Daimbert tentait de suivre leur conversation, mais le vent qui balayait le toit de l'église lui en faisait perdre des bribes. Intrigué, il se pencha un peu plus vers l'avant pour entendre. Il s'appuya de tout son poids contre le muret plus que centenaire. Une lourde pierre taillée, affaiblie par les intempéries, se délogea soudain.

L'alchimiste se retint de toutes ses forces pour ne pas tomber. Horrifié, il regarda le bloc choir dans le vide en tournoyant sur lui-même. Il allait s'écraser sur le jeune homme.

✦

Ermeline tentait de son mieux d'encourager Manaïl.

— Tu sais, il y a longtemps que j'ai cessé d'essayer de comprendre les rats d'église et leurs paraboles, dit-elle. Ton frère Enguerrand avait beau être un templier, il était tout de même moine et moi, les moines et les prêtres, je…

La gitane s'interrompit. Son regard fut attiré vers le haut et son sourire radieux se transforma en rictus d'effroi.

— Attention ! hurla-t-elle

Manaïl leva les yeux. Il eut à peine le temps de lever les mains pour se protéger de la lourde pierre taillée qui se dirigeait vers lui.

La dernière chose qu'il entendit fut le cri de terreur de la gitane.

✦

Pris de panique, Daimbert quitta le toit en vitesse et s'enfuit avant qu'on l'aperçoive. Si l'on découvrait qu'il se trouvait au sommet de la tour au moment de l'accident, on lui demanderait des comptes.

Essoufflé, l'alchimiste parvint au pied de l'escalier, entrouvrit discrètement la porte, ramassa les cierges avec son bras valide et retourna à l'intérieur de l'église, dans l'anonymat de la pénombre.

24

DIEU EST PARTOUT

Manaïl réagit par pur instinct et mit les mains devant son visage. Il aperçut la pierre virevolter dans les airs, de plus en plus grosse à mesure qu'elle s'approchait de lui et d'Ermeline. Il en vit avec précision la surface rendue lisse par les maîtres maçons, puis les traces à peine visibles qu'avaient laissées les ciseaux frappés par les maillets de bois. Des morceaux de mortier étaient encore collés aux arêtes et refusaient de s'en détacher. Des grains de sable scintillaient dans la lumière du soleil matinal et avaient un effet quasi hypnotique.

La concentration de Manaïl atteignit son point le plus pur et il comprit que le mystérieux pouvoir que lui avait révélé Ashurat se manifestait une fois de plus. La pierre cessa sa course et s'immobilisa dans le vide, à quelques pouces[1] à peine au-dessus de lui et

---

1. Un pouce valait 2,7 centimètres.

d'Ermeline. Le temps était suspendu. Il poussa délicatement la gitane figée sur place pour qu'elle ne se trouve plus sur la trajectoire du bloc de pierre et elle tomba sur le côté, pétrifiée. Puis il s'écarta à son tour et relâcha l'emprise mentale qu'il exerçait sans comprendre comment. Le lourd projectile s'ébranla puis reprit peu à peu sa vitesse. Il s'écrasa au sol et s'y enfonça de plus d'un pied avec un bruit sourd. Tout à côté, Ermeline, allongée par terre, rouvrit les yeux et avisa l'objet massif tout près d'elle.

Manaïl et elle se regardèrent, pâles de terreur, convaincus qu'ils venaient d'éviter la mort de justesse.

— Cornebouc… Comment… Par quelle sorcellerie… balbutia la gitane en toisant le bloc de pierre qui allait l'anéantir et qui était maintenant à moitié enfoui dans le sol. Je croyais mon trépas arrivé…

Ils étaient encore ébranlés lorsqu'une voix aiguë et criarde retentit derrière eux. Un petit homme rondelet vêtu du manteau noir des Hospitaliers accourait vers eux en agitant des bras potelés dans tous les sens.

— Vous n'avez rien ? s'écria-t-il, essoufflé par sa course.

— Non, ça va, répondit Manaïl.

— Qu'est-il arrivé ?

— Nous venions vendre nos légumes et nous nous sommes foliés[1], expliqua la gitane avec l'aisance d'une menteuse éprouvée. Ce bloc a failli nous aplatir. Cornebouc ! Vos maçons sont de bien méchants[2] ouvriers !

L'homme essuya son front ruisselant de sueur avec la manche de son manteau.

— Je me présente : Amaury de Montbénac, prieur de l'ordre des Hospitaliers à Paris. Je suis profondément contrit. La pierre était sans doute mal fixée ou alors, les intempéries et le temps auront eu raison de son mortier.

— Je m'appelle Martin Deville. Et voici mon amie Ermeline. Il faut croire que nous avions la chance de notre côté.

— Ou la protection de Dieu, ajouta l'homme en levant un index sentencieux. *Deus est ubique*[3], mon fils, *Deus est ubique*. Il ne faut jamais l'oublier.

Sans que le prieur s'en aperçoive, Ermeline leva les yeux au ciel avec impatience.

D'autres hospitaliers arrivés d'un peu partout s'étaient massés autour d'eux. Le prieur en interpella un.

— Frère Lucien. Mène ces jeunes gens au frère magasinier et assure-toi qu'il paie ces

1. Perdus.
2. Mauvais.
3. En latin : Dieu est partout.

légumes deux fois leur valeur, ordonna-t-il. Ces pauvres enfants l'ont bien mérité.

Il se retourna vers Ermeline et Manaïl.

— Pour nous faire pardonner cet incident fâcheux, dit-il avec un sourire embarrassé.

Manaïl et Ermeline furent guidés par le frère Lucien qui insista pour porter lui-même le châle rempli de légumes volés. Bientôt, ils quittèrent la templerie avec en poche une bourse remplie de pièces.

L'ÉNIGME

Lorsqu'ils furent à quelque distance de la templerie, Ermeline insista gentiment pour que Manaïl accepte la moitié des écus, mais il refusa. Il n'en avait pas besoin alors qu'Ermeline, si. Il n'était pas de ce *kan* et, avec un peu de chance, il le quitterait bientôt s'il parvenait jamais à déchiffrer l'énigme que lui avait laissée le frère Enguerrand. La gitane s'était un peu entêtée devant ce refus, mais avait fini par s'avouer vaincue. Elle savait que sa mère serait ravie de la voir revenir ainsi enrichie, d'autant plus que ces pièces avaient été gagnées sans effort en vendant des légumes dérobés. Giraude et elle n'auraient pas à dire la bonne aventure pour un bon moment, chose précieuse en ces temps de peste.

— La tête que fera ma mère en voyant toute cette monnaie, ricana Ermeline, amusée, en faisant tinter les écus dans la petite bourse de cuir.

Elle toisa le garçon et se renfrogna tout à coup.

— Ce qui s'est produit au cimetière était... un prodige. Ce bloc de pierre... hésita-t-elle. J'aurais juré que... qu'il allait nous tomber dessus. Je le voyais s'approcher. Et ensuite... je n'ai souvenance de rien... Tu... Tu y comprends quelque chose ?

Manaïl haussa les épaules. Il aurait voulu pouvoir expliquer à la gitane ce qui s'était produit, mais il valait mieux lui en révéler le moins possible. Elle prendrait peur et s'enfuirait à toutes jambes. Il se retrouverait seul dans ce *kan*. Sans elle, il y serait perdu.

— La peur fait parfois voir de bien étranges choses... se contenta-t-il de répliquer.

— Tu as peut-être raison, dit la gitane, plus ou moins convaincue. Et pourtant...

Ils regagnèrent la muraille de Paris. Ermeline s'immobilisa devant la porte, se racla la gorge d'une façon théâtrale et adressa à Manaïl un clin d'œil coquin qui le fit sourire. Elle se gonfla les poumons.

— Ishtar ! Ishtar ! Ishtar ! s'écria-t-elle avec conviction, avant de mettre les mains sur ses hanches et d'attendre.

Pendant un moment, rien ne se produisit, puis la porte s'entrouvrit en grinçant. Dans le même état second où ils l'avaient laissé quelques heures auparavant, le garde apparut, quasi endormi sur ses pieds. Il tint la porte ouverte et, ainsi qu'Ermeline l'en avait instruit, les laissa passer sans poser la moindre question, comme s'il était normal qu'un garçon et une fille entrent ainsi dans Paris alors que la ville était close.

Ils s'éloignèrent sans perdre de temps. Derrière eux, le soldat était toujours là, l'air hébété, et les regardait partir en souriant bêtement.

— Que va-t-il lui arriver ? s'enquit Manaïl en le désignant de la tête. Il va rester comme ça ?

— Ne t'en fais pas pour lui, répondit la gitane. Il ne se souviendra de rien.

— Je ne sais pas quel sortilège tu as utilisé pour l'endormir ainsi, mais il semble efficace, constata le garçon.

— Aucun ! s'esclaffa Ermeline. Je te l'ai dit. C'est un secret que les gitanes se transmettent de mère en fille. Il suffit de faire balancer un pentacol bien brillant de la bonne façon !

— Tu es… étonnante, balbutia le garçon.

La Sarrasine éclata d'un rire cristallin et, une fois de plus, Manaïl sentit monter en lui des sentiments proches de ceux que la belle Arianath avait suscités à Babylone. Mais tout cela était dans une autre vie. La fausse vierge d'Ishtar était devenue vieille et difforme, et sa duplicité avait crû avec sa laideur. Maintenant, dans un autre *kan*, elle avait cessé d'être et c'était bien ainsi. Tandis qu'Ermeline, elle, était bien vivante.

— Qu'est-ce que tu as à me regarder avec cet air de baguenaud[1] ? demanda Ermeline.

Manaïl sortit soudain de sa rêverie.

— Moi ? Rien, répondit le garçon, embarrassé. Je réfléchissais.

La gitane sourit. Ses yeux s'allumèrent d'une lueur espiègle. Elle se planta devant lui et lui posa un baiser sur la joue.

— C'est ça, ricana-t-elle. Tu réfléchissais… Tu es mignon quand tu mens ! Et tu es bourgogne comme du bon vin !

Ne sachant que dire, Manaïl porta les doigts à sa propre joue.

— Tu viens ? insista Ermeline.

Ils arrivèrent en vue de l'île de la Cité. Au loin, les tours de Notre-Dame dominaient le paysage et semblaient s'enfoncer dans les nuages. Tout en marchant, Manaïl, encore tout retourné par le baiser, tentait de réfléchir à l'hermétique message du commandeur de la cité de Jérusalem. Il lui vint à l'idée que la mention de Notre-Dame pouvait faire référence à la Sainte Vierge, mais aussi à la

---

1. Niais.

cathédrale elle-même, dont c'était le nom. Cependant, si le frère Enguerrand prétendait être le gardien de ce temple, pourquoi était-il inhumé dans le cimetière des Templiers ?

Dans la tête de l'Élu, un embryon de plan prenait forme. La cathédrale Notre-Dame était un temple — une église, disait-on dans ce *kan*. Il y trouverait certainement une statue de la Vierge. Avec un peu de chance, Ishtar s'y manifesterait et lui dirait ce qu'il devait savoir. Mais pour ce qui était de saint Jean, du Bien et du Mal, c'était une autre histoire. Le sens lui en échappait totalement.

— Tu sais qui est saint Jean ? demanda-t-il à brûle-pourpoint.

Ermeline réfléchit un peu puis se mit à énumérer sur ses doigts.

— Euh… Il y en a plusieurs, hésita-t-elle. Chaque jour est la fête d'un saint ou d'un autre. Saint Jean-Baptiste, qui a baptisé Jésus ; saint Jean l'Évangéliste, qui a écrit un des quatre Évangiles… Il y a aussi saint Jean l'Aumônier, saint Jean Chrysostome, saint Jean Climaque, saint Jean Damascène… Les prêtres en inventent de nouveaux chaque jour. Ils semblent n'avoir jamais assez de saints pour tous les péchés qu'ils imaginent.

— Mais quel est celui que désigne le message du commandeur ? coupa l'Élu avec une pointe d'exaspération.

— Comment le saurais-je ? Je peux manipuler le médaillon, lire les lignes de la main, vider les poches des grands seigneurs et lancer le couteau, mais je n'ai pas le don de devinance[1].

— Tu ne m'aides guère… Mais pour quelqu'un qui se méfie tant des prêtres, tu connais bien leur religion… taquina le garçon.

— Je n'ai pas le choix, se défendit la gitane. Ces gens n'hésitent pas à rôtir sur le bûcher tous ceux qui leur déplaisent. Tant que je pourrai leur montrer patte blanche, ton Jehan et ses semblables ne pourront rien contre moi, malgré leurs suspicions. Alors ma mère s'est assurée que j'en saurais presque autant qu'eux.

— Et où puis-je les trouver, tous ces saints Jean ? demanda Manaïl en revenant à ses préoccupations.

Ermeline éclata de rire.

— Mais six pieds sous terre, tiens ! Ils sont tous morts depuis longtemps !

Manaïl s'arrêta net et se retourna vers la gitane.

— Morts ? Mais comment saint Jean va-t-il me révéler le Bien et le Mal s'il a trépassé ? s'exclama-t-il, désespéré.

---

1. Divination.

— Qu'en sais-je ? répondit Ermeline en haussant les épaules.

— Tu es certaine d'avoir bien lu ce qui était écrit sur la pierre tombale ? Tu avais l'air assez hésitante. Peut-être que si j'allais trouver l'abbé Jehan...

Ermeline se campa les mains sur les hanches, pencha la tête sur la droite et inspira profondément.

— Cornebouc ! explosa-t-elle. Si tu ne me fais pas confiance, demande-la, l'aide de ton abbé Jehan ! Il est certainement plus intelligent que moi ! Après tout, il est prêtre et moi, je ne suis qu'une misérable gitane à la peau foncée ! Une encharmeuse, comme il se plaît à le dire ! Je suis sûre que ses moineries te seront plus utiles que moi ! Allez ! Ouste ! Va te réfugier sous sa bure, ingrat !

Elle tourna les talons et fit mine de partir. Manaïl sentit la colère l'envahir. Il n'avait pas de temps à perdre avec des susceptibilités pareilles. Il l'empoigna par l'avant-bras et la fit pivoter sur elle-même.

— Je n'ai jamais dit que tu étais sotte ! s'écria-t-il. Je sais bien que tu ne l'es pas ! Je cherche seulement à comprendre le message !

Ermeline soupira et son courroux sembla la quitter aussi vite qu'il s'était manifesté. Elle baissa les yeux.

— Ne nous cherchons pas chamaille[1], Martin. Cela ne nous mènera à rien de bon. Viens. Ma mère pourra peut-être t'aider.

— Elle va être bien déçue, la pauvre, ronchonna Manaïl en grimaçant.

— Les choses ont parfois besoin de temps pour devenir claires, répondit Ermeline. Sois un peu patient. Et puis, au moins, Giraude se réjouira de toute cette richesse ! ajouta-t-elle en faisant tinter les pièces dans sa bourse.

Elle lui prit la main et l'entraîna dans les rues de Paris.

◆

Manaïl et Ermeline arrivèrent bientôt en vue de la maison en ruine.

— Tu habites là-dedans ? s'étonna le garçon.

— Oui, pourquoi ?

— Euh… Rien.

— Je sais, il manque quelques morceaux… Mais nous sommes des gitanes. Nous nous contentons de peu et, lorsque l'envie nous prend, nous partons en emportant ce que nous possédons. Nous sommes libres.

La cabane de Hanokh, dans le *kan* de Jérusalem, ne valait guère mieux que cette masure,

_____

1. Querelle.

mais le fait qu'Ermeline y trouve refuge la rendait tout à coup beaucoup plus misérable.

La gitane entra et trouva sa mère assise près du feu, en train d'aiguiser la lame d'un poignard avec une pierre. Au-dessus des flammes grillait un pigeon. Manaïl lui emboîta le pas. Lorsqu'elle entendit sa fille, Giraude se retourna.

— Sois le bienvenu, Élu, dit-elle en apercevant celui qui accompagnait sa fille. Je ne croyais pas te revoir, mais j'en suis heureuse.

Ermeline et Manaïl rejoignirent la Sarrasine et s'assirent de chaque côté d'elle.

— Alors ? Tu as retrouvé le message d'Enguerrand ? s'enquit-elle avec une certaine nervosité dans la voix.

— Oui.

— Tu l'as compris ?

— Non.

— Ah...

Elle soupira.

— Il faut parfois du temps pour que les choses deviennent claires. Sois patient.

— Ermeline m'a dit exactement la même chose.

— Alors, Ermeline devient sage, répondit Giraude en posant sur sa fille un regard rempli de tendresse.

La Sarrasine semblait lutter pour masquer sa déception. Elle essuya la lame sur sa jupe puis la testa avec son pouce. Insatisfaite, elle se remit à l'aiguiser. Le son de la pierre sur le métal était régulier, presque hypnotique.

— Si tu es le véritable destinataire du message, tu finiras par en percer le sens, reprit-elle en faisant la moue. Ishtar y veillera.

— Et sinon ? demanda Ermeline.

Giraude haussa les sourcils.

— Sinon, notre ami n'est pas l'Élu et nous continuerons à attendre, tout simplement.

Manaïl récita le contenu de la pierre tombale du frère Enguerrand.

— Vous y comprenez quelque chose ?

La Sarrasine soupira, les sourcils froncés, et hocha la tête.

— Malheureusement, rien du tout, dit-elle. J'en suis désolée. Je ne suis que la messagère. C'est à toi qu'il était destiné. Toi seul peux le déchiffrer. En tout cas, c'est ce que nous enseigne la tradition que nous nous léguons de mère en fille depuis Abidda. La clé du message n'a jamais été transmise afin d'éviter qu'elle ne puisse un jour être arrachée à sa détentrice.

— Ainsi, même si on vous torturait, vous ne pourriez pas en livrer le sens... s'extasia Manaïl, estomaqué et plein d'admiration devant le courage de la Sarrasine.

— C'est exactement cela, répliqua Giraude sans sourciller.

Ermeline sortit la petite bourse de cuir de sous les plis de sa jupe. En souriant, elle la laissa choir sur le sol devant sa mère, ébahie par le tintement des pièces.

Giraude abandonna son aiguisage, la prit, l'ouvrit, fit tomber les pièces dans le creux de sa main et joua distraitement avec elles du bout des doigts.

— La journée a été bonne, on dirait... déclara-t-elle avec un sourire complice. Rendons grâce à Ishtar pour cette soudaine abondance en ces temps de misère.

La mère et la fille, descendantes d'Abidda, se recueillirent et remercièrent la déesse, comme le faisait jadis leur ancêtre à Éridou. Trop heureux de trouver des coreligionnaires, Manaïl se joignit à elles avec ferveur.

Le cœur revigoré par leurs dévotions, ils s'attaquèrent ensemble au pigeon rôti, qu'ils mangèrent en discutant de choses et d'autres. Pour la première fois depuis le début de cette folle aventure, Manaïl oublia un instant la quête du talisman de Nergal, les actes terribles qu'il avait dû accomplir et les dangers qui le guettaient. Le temps passa de manière si agréable qu'il fut surpris de constater que le soir était tombé. Il se releva d'un coup.

— Je dois partir, annonça-t-il. Je m'étais promis de visiter l'abbé Jehan pour voir s'il allait mieux. Il était très malade ce matin.

— Peuh… fit Giraude avec dédain. Ce coquin de prestolet[1] peut bien pourrir par les entrailles s'il n'en tient qu'à moi. Tôt ou tard, il rôtira dans l'enfer qu'il promet avec tant de ferveur aux autres !

— Allons, il n'est pas comme ça, dit Manaïl pour l'amadouer. Sa foi dans sa religion est admirable et il tente de faire le bien. Il passe ses journées à s'occuper des pestiférés que personne d'autre ne veut même approcher.

— Le bien ? cracha la Magesse. Les prêtres ne voient le bien qu'en eux-mêmes ! Ils vouent tous les autres à la géhenne. S'il voit aux malades, c'est pour assurer le salut de son âme à lui ! Pas de la leur !

Giraude leva la tête vers l'Élu et posa sur lui un regard noir.

— Méfie-toi de cet homme, mon garçon, conseilla-t-elle. Tu n'es pas comme les autres et si tu n'es pas prudent, il finira par voir le démon en toi aussi. Ces fous de Dieu n'ont pas plus de compassion que de cervelle.

Perplexe, Manaïl se détourna de Giraude et s'adressa à Ermeline.

— Au revoir, dit-il, plus attendri qu'il ne l'aurait souhaité. Nous nous reverrons bientôt, j'espère.

---

1. Prêtre sans importance.

— Je l'espère aussi, répondit la gitane en rougissant, avec une petite voix timide qui ne lui ressemblait pas du tout.

Il sortit de la maison délabrée. La nuit tombait sur Paris mais, à force d'arpenter les rues avec Jehan, il avait appris à retrouver son chemin. Il serait de retour à Notre-Dame dans peu de temps. Il était impatient de prendre des nouvelles de l'abbé.

LE SANS-CŒUR

En chemin vers la cathédrale, dans les rues sombres de Paris, Manaïl continuait de réfléchir à la pierre tombale du frère Enguerrand. Jamais le commandeur ne lui aurait laissé un message incompréhensible. Quelque part, une clé permettrait de le décoder. Mais par où commencer ? Dans l'énigme, le crépuscule semblait jouer un rôle capital. C'est à ce moment-là seulement que le fragment serait révélé. Mais le crépuscule de quel jour ? Il y avait autant de journées dans une année de ce *kan* que dans celui de Babylone. Comment déterminer la bonne ? Et de quelle Notre-Dame, de quel saint Jean avait-il voulu parler ? Comme ces gens étaient tous morts, pouvait-il s'agir plutôt de statues ou d'images ? Si oui, lesquelles ? Où se trouvaient-elles et comment les ferait-il parler ? L'Élu avait beau retourner le message dans tous les sens, il en revenait toujours à la cathédrale.

Sans trop y prêter attention, il parvint en vue du pont aux Changeurs.

✦

Tapi dans le noir près des fondations de pierre du pont, le nécromancien frottait distraitement son bras droit en grimaçant. Après son affrontement avec le garçon dans la maison de la rue Saint-Martin, il avait aussitôt appliqué de la *mumia* sur la plaie et l'avait pansée de son mieux. La guérison avait été presque miraculeuse, mais la blessure lui causait encore quelques souffrances.

Il vit enfin sa cible qui approchait dans la rue sombre. Comme il l'avait prévu, il allait franchir le pont aux Changeurs pour revenir à la cathédrale. Le nécromancien fit claquer les doigts de sa main gauche. Cette fois-ci, il avait bien choisi son collaborateur.

— Prépare-toi, intima-t-il d'un ton sec.

Assis tranquille dans la pénombre, les bras autour des genoux et la tête sur les bras, se trouvait un colosse. Au son de la voix du nécromancien, la montagne de muscles releva lentement la tête, émit un grognement guttural et se mit debout. D'un pas traînant, il sortit de la cachette qu'il partageait avec celui qui l'avait ramené d'entre les morts, escalada avec lourdeur les quelques toises qui le séparaient de la rue et, une fois rendu, s'appuya contre le mur d'une maison qui se trouvait à l'entrée du pont. Une fois en position, il parut hésiter, s'arrêta et se retourna vers son maître, toujours caché près d'un pilier du pont. Un éclair de haine pure traversa ses yeux dans la nuit.

— Tu as promis… dit-il d'une voix caverneuse et pâteuse qui semblait venir des profondeurs de la terre.

Avec arrogance, le nécromancien leva sa main gauche vers son complice et lui montra l'objet qu'elle contenait.

— Fais ce que je t'ordonne et je tiendrai parole : ton repos éternel en échange de ce que contient la poitrine de cet enfant. N'oublie pas : tu dois à tout prix immobiliser sa main gauche.

Pour toute réponse, le colosse laissa sortir de sa gorge un soupir rempli d'amertume.

✦

Perdu dans le fouillis de conjectures et d'hypothèses que lui inspirait le message du commandeur, Manaïl aperçut les tours de Notre-Dame, de l'autre côté du pont aux Changeurs. Notre-Dame… La porte du temple du

Temps s'était ouverte tout près de ce magnifique bâtiment. Il ne s'agissait peut-être pas d'un hasard. L'Élu prit une décision : il s'y rendrait le lendemain et en examinerait les moindres recoins, à la recherche d'un indice qui donnerait un sens à l'énigme du cimetière. Mais auparavant, il allait prendre des nouvelles de Jehan Malestroit, qu'il aimait bien malgré les médisances perpétuelles des deux gitanes.

Il était distrait. Sa réaction fut trop lente lorsqu'une ombre surgit sur son côté droit. Il eut à peine le temps de se retourner pour faire face à son agresseur. Un poing de la largeur d'une enclume le frappa en plein visage, exactement là où l'inconnu de la rue Saint-Martin l'avait atteint. Il sentit les os de son nez se briser sous le choc et un flot de sang gicla sur son visage. Il n'avait pas encore atterri sur le sol que son opposant lui saisit le poignet gauche d'une main et le cou de l'autre. Il fut soulevé de terre avec une force surhumaine, comme si le poids de son corps équivalait à celui de quelques plumes.

Dans la pénombre, Manaïl aperçut un visage au bout du bras tendu qui le soutenait dans le vide. Son sang se glaça d'effroi. Les yeux qui étaient rivés sur lui étaient dénués d'expression et la bouche pendait, entrouverte et flasque. Des brins d'herbe étaient entremê-lés dans les cheveux blonds et crasseux, et la face terriblement pâle était maculée de terre. Plus immense et massif que tous les guerriers perses qui avaient envahi Babylone, l'homme dégageait une odeur de pourriture humide qui aurait causé des haut-le-cœur à Manaïl, si ses voies respiratoires n'avaient pas été cruellement écrasées. Aucun doute, cette créa-ture était de la même mouture que celle qui l'avait attaqué dans la maison de la rue Saint-Martin.

La tête inclinée sur le côté, l'homme lui serrait la gorge avec une force surhumaine sans trahir le moindre effort tout en l'empê-chant d'utiliser sa main gauche. Il grogna et retroussa les lèvres, découvrant des dents gâtées, et accrut encore la pression. Manaïl sentit le monde s'évanouir autour de lui. Dans le tunnel de plus en plus étroit de sa vision, il vit son agresseur poser les yeux sur sa poitrine.

Le jeune homme tenta de se concentrer pour arrêter le temps. Il fit un effort pour focaliser son attention sur le moment présent, comme maître Ashurat le lui avait appris. Mais il n'y parvint pas. Il était de plus en plus faible et son esprit vacillait. La panique s'em-para de lui et il se mit à frapper à l'aveuglette des deux mains. Son poing droit atteignit la joue gauche de son assaillant. L'homme bougea à peine sous le choc et ne broncha pas, même lorsqu'un grand morceau de peau flasque et sans couleur se détacha de sa pommette pour pendre sous son œil. Il continua à l'étrangler, indifférent.

Dans la nuit qui envahissait de plus en plus son esprit, Manaïl se souvint du couteau que lui avait donné Jehan et qu'il portait à sa ceinture. Il chercha l'arme en tâtonnant avant d'en sentir le manche entre ses doigts et de l'agripper avec ce qui lui restait d'énergie. D'un même geste, il tira l'arme de son fourreau et l'enfonça dans le ventre de son agresseur. Il sentit avec satisfaction la chair qui cédait sous la pointe d'acier, puis des entrailles froides qui s'écoulaient sur sa main. Mais l'homme ne laissa paraître aucun signe de défaillance et maintenait la pression sur sa gorge. Désespéré, Manaïl frappa un ultime coup, cette fois à la hauteur du cœur, qui n'eut pas davantage d'effet.

Le temps passait. Bientôt, il perdrait conscience. Il replia le genou, s'arc-bouta d'un pied contre la poitrine de la créature et poussa de toutes ses forces, sa jambe tremblant sous l'effort. Pendant un long moment, la main de l'homme conserva son emprise sur la gorge du garçon puis, petit à petit, ses doigts lâchèrent prise. Il alla choir sur le dos un peu plus

loin pendant que Manaïl atterrissait brutalement sur les fesses. Toussant et luttant pour
faire passer l'air dans ses poumons, il se
releva juste à temps pour faire face au mystérieux agresseur, qui s'était déjà remis debout
et se dirigeait vers lui, le manche du poignard
saillant à la hauteur du cœur, en grognant
comme une bête, les mains tendues devant
lui.

Manaïl écarta les jambes, pencha un peu
le torse et attendit jusqu'au dernier moment.
Lorsque son adversaire fut à sa hauteur, il se
plia en deux et enfonça son épaule dans son
ventre. En utilisant toute la puissance de son
dos, il le projeta par-dessus lui. L'homme,
propulsé par son élan, vola au-dessus du
garde-fou qui bordait le pont aux Changeurs.
Il fallut quelques secondes avant qu'un plouf!
ne confirme à Manaïl que son agresseur était
tombé dans l'eau.

Le garçon s'avança vers la balustrade et
aperçut la créature s'enfoncer dans les eaux
sombres et boueuses de la Seine. Elle semblait
ne pas avoir lutté pour se maintenir à la
surface et l'Élu aurait juré qu'il avait vu un
sourire de soulagement sur le visage hideux.

Respirant difficilement, l'Élu résista à l'envie de se laisser choir sur le sol. Il ne devait
pas rester là. Blessé et sans arme, il était
vulnérable, et cet homme — cette chose —

n'était peut-être pas seul. Appuyé contre la balustrade, il mit la main gauche autour de sa gorge douloureuse puis sur son nez, laissant la marque de YHWH réparer sa chair meurtrie.

Lorsqu'il se sentit un peu mieux, il franchit le pont en titubant, aussi vite que ses jambes encore flageolantes le lui permettaient.

◆

Caché derrière un pilier du pont, la Seine à ses pieds, le nécromancien soupirait en secouant lentement la tête. Ce garçon détenait vraiment un pouvoir immense. Mais il était si jeune… Comment était-ce possible ? Et, comble de malheur, il savait se battre. Le nécromancien allait devoir procéder autrement.

Dépité, il laissa tomber sur le sol le cœur palpitant qu'il tenait dans sa main gauche et l'écrasa avec son talon. Puis, croyant que l'Élu était parti, il émergea de sa cachette et se figea. Le garçon était là, qui le regardait fixement, l'air sidéré, à quelques toises de lui.

Pendant un moment, aucun des deux n'osa bouger. Puis, reconnaissant l'étranger de la rue Saint-Martin, Manaïl sortit de sa torpeur et se précipita vers lui. Le nécromancien regarda tout autour, cherchant désespérément une issue. Il n'en trouva qu'une. La Seine…

Sans réfléchir plus longtemps, il plongea dans l'eau crasseuse et nagea aussi vite que son bras blessé et son embarrassante robe le lui permettaient.

Sur la rive, l'Élu agita le poing en rageant. Il aurait voulu se lancer à la poursuite de l'inconnu, mais son état et sa peur de l'eau l'en dissuadèrent. Épuisé et résigné, il se remit en route.

L'ŒUVRE DU DIABLE

Tout en marchant, Manaïl se remit de ses blessures grâce à la magie de Hanokh. La chair de sa gorge lui semblait toujours à vif et il avait encore une certaine difficulté à déglutir mais, au moins, l'air y circulait plus librement. Bientôt, plus rien n'y paraîtrait.

On l'avait de nouveau attaqué. L'agresseur avait paru se concentrer sur sa poitrine. Manifestement, il cherchait les fragments. Et derrière lui s'était trouvé l'homme qui avait été présent lors de l'attaque précédente, et qu'il avait poignardé.

Un Nergali ? Le même que dans la maison de la rue Saint-Martin ? Il y avait tout lieu de le croire. Par quelque obscène magie, il lançait contre lui des créatures qui ne semblaient ni mortes ni vivantes. Dans un tel contexte, la chute du bloc de pierre de la templerie devenait très suspecte. Il était tout de même improbable qu'une pierre se détache au moment précis où il se tenait près de l'église.

Le Nergali lui avait filé entre les doigts. Une fois de plus, il avait été incapable de voir le visage de son adversaire, masqué par le capuchon de sa robe. La seule certitude qu'il avait était que l'inconnu se manifesterait encore tôt ou tard.

Il y avait pourtant quelque chose d'encourageant dans ces attentats. Si on tenait tant à l'éliminer, ce devait être qu'il s'approchait du fragment, même s'il n'en avait pas l'impression.

Manaïl arriva à proximité de la loge abandonnée où il avait dormi chaque nuit depuis son entrée dans ce *kan*. Jusqu'à présent, il s'y était senti en relative sécurité, mais l'abri de toile rêche et de planches lui paraissait maintenant bien vulnérable dans le noir. N'importe qui pouvait s'y glisser et l'agresser. Son poignard était resté dans la poitrine de son assaillant. Sans arme, il ne pourrait guère se défendre. Il devait être prudent.

Il passa devant la loge sans s'arrêter et continua vers le cloître. Il commençait à se faire tard et il ne croisa personne dans la cour, mais demeura néanmoins sur ses gardes. Tous les prêtres du chapitre avaient déjà fini leur journée et se trouvaient dans leur cellule. Comme lors de sa visite précédente, le portier dormait comme un loir. Cette fois, il lui secoua l'épaule pour le réveiller.

— Hein ? Quoi ? s'exclama-t-il, son haleine dégageant une forte odeur de vin. Grand Dieu, ai-je dormi pendant les matines[1] ? Le supérieur va encore me houspiller.

Le portier paniqué se leva d'un bond et, en essayant d'attraper l'épée appuyée contre le mur, la fit tomber sur le plancher de pierre.

— Rassurez-vous, vous n'avez rien fait de mal, dit Manaïl. Je viens seulement visiter l'abbé Jehan.

— Ah... L'abbé Jehan... Oui, oui... Mais il est tard. Il dort certainement. Ça ne peut pas attendre à demain ?

— Je préférerais le voir tout de suite. On m'a dit qu'il était très malade ce matin et je suis un peu inquiet...

— Il paraît que le bon père est un miraculé, coupa l'homme. Parmi les prêtres, on raconte qu'hier, il avait les symptômes de la peste et tout le monde attendait sa mort d'un moment à l'autre. Ce matin, il était frais comme une rose et rougeaud comme un poupon, à ce qu'on dit.

Manaïl s'approcha de l'homme avec des airs de conspirateur.

---

1. Les premières prières de la journée, à deux heures du matin en été et quatre heures en hiver.

— Laissez-moi passer et votre petite négligence restera entre nous… suggéra-t-il.

Le garde se renfrogna.

— Hrmph… marmonna-t-il, contrarié. Tu sais où se trouve sa cellule ?

— Oui. Merci.

Le garçon entra, gravit l'escalier qui menait à l'étage et retraça ses pas vers la cellule de l'abbé. Le corridor était désert. Arrivé à la porte qu'il cherchait, il frappa quelques coups discrets.

— Qui va là ? s'écria la voix forte de Jehan de l'autre côté.

Manaïl ouvrit et passa la tête dans l'embrasure. La pièce était éclairée par une chandelle posée sur une table près du lit étroit sur lequel était assis Jehan, le torse droit comme un chêne, débordant d'une énergie que le garçon ne lui avait encore jamais vue. Visiblement, la marque de YHWH lui avait insufflé une grande vitalité. Lorsque le jeune prêtre reconnut son compagnon, une ombre sembla traverser son visage. L'impression ne dura qu'un instant avant qu'il n'arbore un sourire épanoui.

— Martin… s'exclama-t-il. Mais que fais-tu ici à cette heure ?

Manaïl entra et referma derrière lui. Le prêtre qui se trouvait dans la cellule n'avait plus rien en commun avec l'agonisant du matin. Quelques couleurs illuminaient maintenant le visage naturellement pâle du jeune abbé. Malgré l'heure tardive, il mangeait avec appétit un quignon de pain dont il trempait la mie dans un bol rempli de bouillon de bœuf fumant. Un gobelet de vin chaud aux épices reposait sur le coin de la petite table.

— Ce matin, on m'a dit que vous étiez malade. Vous semblez aller mieux, constata Manaïl sans cacher sa satisfaction.

— Je vais très bien, en effet, répondit l'abbé. En vérité, je ne me suis jamais senti en aussi bonne santé de toute ma vie. Je déborde d'énergie et, comme tu vois, j'ai un appétit d'ogre! C'est le second repas qu'on apporte au pauvre convalescent que je suis! C'est d'ailleurs ce qui m'intrigue…

— Ah? se contenta de répliquer Manaïl en feignant de ne pas comprendre à quoi Jehan voulait en venir.

Le jeune prêtre adressa à Manaïl un regard où perçait une pointe de méfiance.

— Voilà quelques heures, poursuivit-il, j'étais sur le point de rendre l'âme. J'étais mûr pour le *VIATICUM*, j'en suis sûr. Durant mon agonie, j'ai rêvé de toi. Tu entrais dans ma chambre et tu m'imposais la main sur le front, comme les rois de France le font pour guérir les écrouelles[1]. Après, tel Notre-Seigneur Jésus-Christ à Lazare, tu m'ordonnais de prendre mon grabat et de marcher, et je ressuscitais. Lorsque je me suis réveillé, je me sentais mieux. Le médecin n'y comprend rien.

— En effet, je suis venu vous visiter. Un vieux prêtre aveugle m'a dit qu'il ne valait mieux pas, que vous étiez au plus mal. J'ai réussi à me faufiler et je suis entré dans votre cellule, mais vous déliriez. Vous étiez en sueur. J'ai essuyé votre front, mais je ne croyais pas que vous aviez eu connaissance de ma présence, mentit Manaïl.

De nouveau, Jehan vrilla un regard suspicieux sur le garçon.

— Ah bon…

— Croyez-vous que vous serez bientôt assez remis pour reprendre vos rondes dans Paris ? reprit Manaïl pour changer de sujet.

— Certes, répondit Jehan après un silence songeur. Je ne me pardonnerais pas de rester au lit tandis que de bons chrétiens meurent sans le secours d'un prêtre. Dieu m'en tiendrait rigueur. Le médecin et l'apothicaire[2]

---

1. Infection des ganglions lymphatiques du cou.
2. Le pharmacien, chargé de la préparation des médicaments prescrits par le médecin.

m'ordonnent de me reposer encore demain, mais j'ai bon espoir qu'ils me libèrent ensuite.

— Je vous verrai après-demain à l'aube, alors ?

— Oui. Après-demain…

— Reposez-vous bien.

Manaïl s'apprêta à sortir. La voix de Jehan l'interpella.

— Martin ?

— Oui ?

— Que prévois-tu faire en attendant mon retour ?

— Demain, je vais aller visiter Notre-Dame. Je brûle d'envie de voir l'intérieur et je n'ai pas encore eu le temps.

— Excellente idée, approuva le prêtre en hochant la tête. La cathédrale est très instructive.

— Je l'imagine, oui. Au revoir, alors.

— Va en paix, mon fils.

Manaïl sortit de la cellule et redescendit au rez-de-chaussée. Le portier s'était rendormi. Les jambes étendues devant lui et croisées aux chevilles, les mains sur le ventre, le menton appuyé sur la poitrine, il dormait du sommeil du juste et ses ronflements faisaient presque trembler les murs. Manaïl s'approcha de l'homme sur la pointe des pieds, saisit son épée posée contre le mur et quitta le cloître.

Après l'aventure du pont aux Changeurs, il se sentait mieux une arme à la main.

Sa rencontre avec Jehan lui avait laissé une étrange impression. Le prêtre était visiblement troublé par sa guérison soudaine, comme il l'avait été par celle de la pestiférée et de ses enfants. Dans un cas comme dans l'autre, Manaïl avait été présent et la coïncidence ne semblait pas avoir échappé à l'attention de l'abbé, qui avait paru méfiant.

En chemin vers la loge abandonnée, Manaïl résolut de demeurer sur ses gardes et d'être attentif aux gestes de Jehan. Seul importait le fragment du talisman et sa quête ne devait pas être entravée par des embêtements inutiles. Pour le temps qui lui restait dans ce *kan*, il se ferait extrêmement prudent.

◆

Jehan Malestroit avait vague souvenance des étranges sorcelleries qui lui avaient rendu la vie. Dans sa tête, un nom, murmuré par son jeune protégé, revenait sans cesse. Martin Deville n'était pas ce qu'il prétendait être, il en avait la conviction. La façon dont il avait baissé les yeux en lui racontant sa visite l'avait prouvé. Il avait menti, le prêtre en était certain. Sous ses airs innocents se cachait un démon de l'enfer et son cœur était aussi noir que ses yeux. Sa guérison inespérée ne pouvait être que l'œuvre du Diable. Tant qu'il était à ses côtés, ce garçon était une menace pour le salut de son âme.

Les yeux brillants de ferveur religieuse, Jehan prit une décision. Il murmura une courte prière, se signa et se mit debout. Ses jambes tremblaient encore de faiblesse mais sa foi le porterait. Il passa sa cape et quitta sa cellule incognito. Dans la nuit noire de Paris, il se dirigea vers le couvent des dominicains, rue Saint-Jacques.

◆

Lorsque Manaïl revint à la loge abandonnée, il y pénétra avec circonspection et en fouilla tous les recoins, l'épée à la main, aux aguets. Pour le surprendre seul à deux reprises, le Nergali l'avait certainement suivi et il pouvait être dissimulé n'importe où. Une fois assuré que l'endroit était désert, il s'allongea sur le banc de bois sans même se dévêtir et s'endormit presque aussitôt, épuisé, une main sur le manche de l'arme qu'il avait posée près de sa jambe. Le lendemain, il devait aller dans la cathédrale. Avec l'aide d'Ishtar, peut-être découvrirait-il la clé de l'énigme laissée par le frère Enguerrand.

✦

Daimbert de Louvain avait attendu plusieurs heures après les complies[1] avant de sortir de sa cellule en catimini. Personne ne se serait formalisé en voyant le chapelain des Hospitaliers se promener en pleine nuit dans le cimetière. On aurait présumé qu'il priait pour le repos de l'âme d'un défunt. Mais il préférait rester discret pour ne pas attirer l'attention sur le mystérieux message qui s'y trouvait. Un bougeoir à la main, protégeant la flamme de la chandelle de la légère brise avec son autre main, il avait retrouvé sans difficulté la pierre tombale que le garçon et la gitane avaient examinée avec tant d'intérêt le matin même. Tout près, le bloc de pierre qu'il avait maladroitement fait tomber était encore enfoncé dans le sol. Il avait transcrit l'inscription que le garçon et sa compagne avaient découverte puis s'était éclipsé.

Par habitude et sans réel espoir de soulagement, l'alchimiste frotta ses yeux secs et brûlants avec ses doigts. Depuis plusieurs heures, il était assis dans sa cellule, songeur. Il lisait et relisait le parchemin et la frustration le faisait rager. Si le jeune inconnu était bien le conducteur du chariot annoncé par le

---

1. Les prières de dix-neuf heures trente.

Tarot, alors le message qui l'avait tant intéressé était lié à la quête qu'il menait. Daimbert
en avait la profonde conviction. Le secret qu'il
convoitait y était peut-être caché. Mais quelle
était la clé qui permettait de le percer ?

Daimbert avait beau réfléchir de toutes ses
forces et faire appel à toute sa connaissance
du langage souvent hermétique de l'alchimie,
fixer intensément les mots et lire l'inscription
dans tous les sens, elle restait toujours aussi
obscure.

« I tego arcana templi
Enguerrand de Montségur, A. D. 1198-1277.
Au crépuscule, saint Jean et Notre-Dame
te révéleront le Bien et le Mal »

Il s'était discrètement renseigné auprès des
frères hospitaliers les plus âgés. Enguerrand
de Montségur avait eu la réputation d'être un
templier valeureux, mais aussi un grand
savant, à la recherche des mystères les plus
secrets. Il n'avait pas pris la peine de faire
graver cette épitaphe sur sa pierre tombale
par pur caprice. Qu'avait-il donc voulu dire ?
De prime abord, le message était clair : Au
crépuscule, saint Jean et la Vierge allaient
révéler quelque chose de capital. De quelle
nature était cette révélation et quand aurait-
elle lieu ? Où ? Par quels moyens ? Et à qui ce
message s'adressait-il ? Au mystérieux garçon ?

C'était impossible. Il n'avait pas plus de quinze ans, alors que l'occupant de la sépulture était mort depuis sept décennies. Les deux ne pouvaient pas s'être connus. Alors, qui d'autre ?

La seule chose dont il était certain était le secret du temple auquel l'inscription faisait allusion. Il ne pouvait s'agir que de la pierre philosophale. Les cartes tenaient parfois un langage étrange, mais elles ne se trompaient jamais. Toutefois, quel rôle jouait le crépuscule dans son dévoilement ? Et que venaient faire le Bien et le Mal dans cette histoire ?

Daimbert secoua la tête et laissa échapper un grognement de frustration. Tout cela était bien compliqué. Pourtant, les cartes l'avaient guidé jusqu'à ce maudit message. Il devait persévérer.

Il plia le parchemin en quatre et le glissa à l'intérieur de sa bure. La nuit avançait et l'heure des matines allait bientôt sonner. Il devait rejoindre ses frères à l'église.

LA VIERGE ET LES
PENTAGRAMMES

Lorsque Manaïl s'éveilla, le soleil était levé.
Il s'empara distraitement de ce qui restait
de la miche de pain, du fromage et du lard qu'il
avait volés la veille au cloître et mastiqua sans
enthousiasme. La nourriture terne de ce *kan*
ne l'inspirait guère. Les galettes et les légumes
frais de Babylone lui manquaient plus qu'il ne
l'aurait cru possible, mais il devait manger. Il
mordit dans le pain. La bouche pleine, le reste
de son repas à la main, il empoigna l'épée qu'il
avait volée la veille et la glissa dans sa ceinture. Il sortit de la loge et, dans le froid qui
semblait augmenter d'un matin à l'autre, se
dirigea vers la cathédrale d'un pas décidé. Il
avait suffisamment perdu de temps à tourner
en rond pendant que, dans d'autres *kan*, deux
autres fragments étaient en danger. Si cet
édifice était lié à sa quête, aujourd'hui, avec
l'aide d'Ishtar, il découvrirait comment, dût-il
en soulever toutes les pierres. Et si jamais une

autre de ces créatures de cauchemar s'avisait de se présenter devant lui, par Ishtar, sa tête roulerait, se promit-il à lui-même.

Il franchit la courte distance jusqu'au parvis de Notre-Dame en ne croisant que quelques prêtres perdus dans leurs méditations matinales. Il ouvrit la porte et entra sans s'attarder aux décorations extérieures qui l'avaient tant impressionné.

Manaïl scruta l'intérieur avec une certaine méfiance. Déserte, la cathédrale représentait l'endroit parfait pour un guet-apens. Heureusement, quelques fidèles avaient bravé la contagion et priaient, agenouillés sur le sol de pierre. Il avança d'un pas discret, tant pour ne pas les déranger que pour éviter d'être remarqué.

Aux aguets, il marcha dans l'allée centrale bordée de grandes colonnes rondes aux chapiteaux[1] sculptés avec élégance et grosses comme plusieurs troncs d'arbres. Leurs sommets formaient des voûtes de pierres qui, de toute évidence, supportaient le poids de tout l'édifice. Par-dessus les colonnes se trouvait un deuxième étage composé de balcons remplis, de bancs de bois. À gauche et à droite, deux allées plus petites se dessinaient.

---

1. La partie supérieure d'une colonne, souvent sculptée et ouvragée.

Tout en progressant vers le centre de la cathédrale, Manaïl n'avait de cesse de s'émerveiller du fait que les hommes de ce *kan* soient prêts à tant de travail et de sacrifices pour ériger une telle splendeur à leur dieu. Déjà, à Jérusalem, ils s'étaient montrés disposés à combattre et à tuer sans hésitation pour lui. En son honneur, ils avaient construit ce temple dont la magnificence défiait l'imagination. Aucune divinité de Babylone n'en avait jamais tant exigé ni mérité, pas même le grand Mardouk ou la puissante Ishtar. Le dieu des chrétiens, qui ne souffrait pas de partager la terre avec d'autres, était-il vraiment si puissant qu'il justifiât de telles entreprises? S'il était si supérieur, ne pourrait-il pas rayer les Nergalii de la Création d'un simple mouvement du doigt? Si Manaïl acceptait de l'adorer, sa quête se terminerait-elle? Pourrait-il enfin oublier cette folle aventure? Il chassa ces idées déloyales de sa tête et demanda pardon à Ishtar. C'est à Elle seule qu'il accepterait de sacrifier sa vie s'il le fallait. Il n'avait qu'une parole.

L'allée centrale se terminait en un chœur en hémicycle. Au milieu, on avait érigé un autel massif couvert de dorure où les prêtres de ce *kan* célébraient sans doute le culte de leur dieu. Parvenu au centre de l'édifice, il s'arrêta et leva les yeux. Les rayons du soleil levant entraient par un magnifique vitrail rond, composé d'une myriade de morceaux de verre de toutes les couleurs. Il avait aperçu l'œuvre des verriers de l'extérieur, mais l'effet de la lumière à l'intérieur était à couper le souffle. Sur le sol dansaient des taches de lumière multicolores. Il s'avança et l'admira de plus près avant de se remettre à explorer les lieux.

Le nez en l'air, Manaïl laissait son regard errer sur l'infinité de détails, à la recherche d'un indice laissé par le frère Enguerrand. Il comprit à quel point l'entreprise qu'il s'était lui-même confiée était irréaliste et sentit son cœur se serrer. Comment retrouverait-il un minuscule triangle de métal dans cette immensité de pierre ? Il avait traversé une partie de la cathédrale lorsque son attention s'attarda au chapiteau d'une colonne. À première vue, il était identique aux autres, hormis une particularité : parmi les gargouilles grimaçantes et les feuilles d'acanthes sculptées dans la pierre se trouvait une femme. On la remarquait à peine, mais en y regardant de près, il devenait évident qu'elle avait été sculptée plus maladroitement que le reste. Parée d'une longue jupe étroite qui lui descendait jusqu'aux pieds, d'une tiare élégante et d'un lourd collier de riches joyaux, elle tenait dans ses mains une cruche d'où s'écoulait un filet d'eau. Ishtar... Avec enthousiasme, Manaïl se frappa le poing droit dans le creux de la main gauche. Il était sur la bonne piste ! Comme pour lui confirmer son sentiment, la douleur qui lui était maintenant familière lui déchira la poitrine. Il grimaça et appuya la marque de YHWH à la hauteur de son cœur jusqu'à ce qu'elle se calme.

En examinant la colonne de plus près, il découvrit que le filet d'eau gravé descendait jusqu'au sol. Le travail avait été ouvragé de manière à ce que des yeux inattentifs n'y voient qu'une craquelure dans la pierre. Manaïl s'approcha et, du doigt, le suivit jusqu'à la base de la colonne. Il s'agenouilla et inspecta le sol. Des symboles au relief à peine perceptible étaient gravés dans la dalle de pierre. Il approcha sa bouche du sol et souffla, faisant voler un nuage de poussière qui l'enveloppa. Toussant, reniflant et larmoyant, il reconnut aussitôt les deux triangles entrecroisés qu'il avait aperçus sur la porte du temple du Temps qu'il avait franchie pour entrer dans ce *kan*. L'étoile de David. De chaque côté se trouvait un pentagramme. Un immense soulagement chassa les doutes du garçon. Le récit de Giraude se confirmait. Le frère Enguerrand avait usé de la même astuce que maître Hiram dans le temple de Salomon : il avait gravé dans la pierre des symboles que seul l'Élu comprendrait. Le fragment était sans doute déposé dans un compartiment secret dont le mécanisme était actionné par la bague !

Manaïl allait encastrer le bijou d'Ashurat dans le pentagramme sur le sol lorsqu'il en aperçut un autre de l'autre côté, à égale distance de l'étoile de David. Tout près, on avait gravé une main ouverte. Une main palmée. Sa main à lui, l'Élu d'Ishtar, fils d'Uanna, mi-homme, mi-poisson... De toute évidence, ce pentagramme lui était associé. Mais alors, que signifiait le premier ? À qui était-il destiné ? Un autre Mage ? Une Magesse... Giraude ! Mais bien sûr ! Dans ce *kan*, c'était Giraude, petite-fille d'Abidda, disciple de Naska-ât, qui portait la bague.

Les deux pentagrammes entrelacés sur la pierre tombale du commandeur prirent soudainement tout leur sens. Le diable d'homme était rusé. Il s'était assuré que seule la collaboration de l'Élu et de la Magesse de ce *kan* permettrait de mettre la main sur le fragment, comme lui-même avait travaillé avec Abidda pour le cacher. Comme il fallait deux des bagues originales pour ouvrir la cachette, aucun imposteur ne pourrait s'en emparer.

— Commandeur, même mort, vous ne cessez de me surprendre, murmura l'Élu en hochant la tête avec admiration. Mais vous ne me facilitez guère la tâche...

Le jeune homme se releva avec empressement. Il devait trouver Giraude et lui apprendre qu'elle ne connaissait qu'une partie de sa mission. Elle ne devait pas seulement orienter l'Élu vers la tombe du commandeur. Elle devait aussi l'aider à s'emparer d'un fragment du talisman de Nergal.

L'EMBUSCADE

Un bruit sourd déchira tout à coup le silence et Manaïl s'immobilisa. Une porte venait d'être ouverte avec fracas. Un brouhaha assourdissant suivit et, multiplié par l'écho, retentit dans la cathédrale. Manaïl se dissimula derrière la colonne.

— Il est entré voilà quelques minutes à peine, murmura une voix dont l'écho se répercuta sur la voûte de pierre. Lorsqu'il a quitté la loge où il dort, il est venu tout droit ici.

— Faites sortir tout le monde, ordonna un autre homme. Gardez toutes les issues. Ne laissez pas ce garçon s'échapper.

Des pas de course et le cliquetis d'armes résonnèrent dans toutes les directions. De derrière sa colonne, Manaïl vit des soldats chasser brutalement les quelques fidèles, puis se poster devant chacune des portes avant de la cathédrale. Un autre prit place au milieu du transept, d'où il pouvait surveiller les deux portes latérales. D'autres encore se mirent à remonter lentement l'allée centrale, étirant le cou pour tenter d'apercevoir celui qu'ils cherchaient. Parmi eux se tenait un homme chétif vêtu d'une vieille bure brune. Alors que Manaïl l'observait, il rabattit son capuchon. Les cheveux blonds et ras, les grandes oreilles, le nez long et mince, les dents gâtées... Jehan Malestroit! Il avait l'air plus exalté que jamais et son regard semblait briller de ferveur dans la pénombre de la cathédrale.

— Il est plus grand que moi, expliqua le jeune prêtre au sergent qui se tenait près de lui. Il a les cheveux noirs, assez courts, et le teint très sombre. Il porte une chemise, des culottes et des chausses. Il a une étrange bague à la main droite et de curieuses petites peaux entre les doigts de l'autre main. Sans doute la marque de Satan! Ce garçon est un sorcier! Soyez prudents: sa senestre est dotée d'un terrible pouvoir. Prenez-le vivant. Il doit répondre de ses crimes devant les hommes et devant Dieu Lui-même!

— Peuh! L'heure où un galopin viendra à bout d'Aubert Malicorne n'est pas à la veille de sonner, rétorqua le sergent avec mépris en tâtant la pointe de son épée.

Le monde vacillait sous les pieds de Manaïl. Une fois de plus, quelqu'un en qui il avait confiance le trahissait lâchement.

Celui-là même qui l'avait sauvé de la noyade aidait maintenant les soldats à le pourchasser et l'accusait d'un crime dont il ignorait tout. Il secoua la tête et se ressaisit. Il serait toujours temps de se plaindre. Pour le moment, il devait sortir de la cathédrale. Il reviendrait chercher le fragment plus tard.

Il esquissa un plan sommaire dans sa tête. En plusieurs endroits, les coins des dalles de pierre qui recouvraient le plancher étaient brisés. Manaïl souleva un de ces éclats avec la pointe de son épée. Il retira la bague que lui avait confiée maître Ashurat dans un autre *kan*, la déposa dans la cachette improvisée et remit le morceau de dalle à sa place. D'une main, il étendit de la poussière jusqu'à ce que le joint fût bien rempli et que l'on ne puisse plus voir qu'une partie de la dalle avait été déplacée récemment. Ainsi, s'il était capturé, on ne lui volerait pas le précieux joyau dont il avait besoin pour voyager dans les *kan*.

— Pardonnez-moi, maître Ashurat, murmura-t-il. Je reviendrai la prendre, je vous le promets.

Sans faire de bruit, l'Élu dégaina son épée. Il avait survécu à une furieuse bataille sur la muraille de Babylone et avait subi le dur entraînement des chevaliers du Temple. Il saurait vendre chèrement sa peau. Il n'avait pas la prétention de pouvoir venir à bout de tous les soldats qui se tenaient là mais, s'il devait en venir à l'affrontement, quelques-uns tomberaient avant qu'il ne s'avoue vaincu.

Manaïl évalua la situation. Les portes latérales qui se situaient à chaque extrémité du transept étaient isolées. S'il parvenait à assommer le garde qui s'y trouvait, il pourrait peut-être s'échapper. Une fois dehors, il disparaîtrait dans Paris. Giraude et Ermeline le cacheraient volontiers.

Il s'accroupit et, plié en deux, se glissa d'une colonne à l'autre sans faire de bruit, son épée au poing. Il atteignit un endroit d'où il pouvait voir le milieu de la cathédrale et le soldat qui faisait les cent pas dans le transept, l'air de s'ennuyer, en gardant les deux portes latérales. Sur la pointe des pieds, en faisant attention de ne pas être vu par les autres, il s'approcha de l'homme qui lui tournait le dos. Il fut bientôt à quelques toises de lui. S'il parvenait à l'assommer, la voie serait libre. L'espoir essaya de renaître en lui, mais il l'en empêcha. Il avait trop souvent péché par naïveté depuis le début de sa quête. Il se réjouirait s'il parvenait à sortir de la cathédrale. Pas une seconde avant.

Il franchit avec la souplesse d'un chat la distance qui le séparait encore du soldat, leva son épée et lui asséna un violent coup de pommeau sur la tête. Le soldat s'effondra comme un sac de sable. Avant que Manaïl ne puisse la retenir, l'épée que sa victime tenait dans ses mains chut sur le sol de pierre et le tintement du métal résonna dans tout l'édifice. Dans le silence du temple, le bruit était assourdissant.

— Eh ! Toi ! s'écria une voix.

— Il est là ! hurla un homme. Attrapez-le !

Manaïl se retourna. Il était au centre de la cathédrale, dans le transept, et des hommes, l'épée au poing, accouraient dans sa direction. La porte nord était toute proche. Il pouvait y arriver. Il s'élança.

Il n'avait pas fait trois pas lorsque la douleur le frappa en pleine poitrine, comme une main froide qui se refermait avec violence sur ses entrailles, et lui coupa le souffle. Malgré lui, il se plia en deux et, privé d'air, s'effondra. Son épée tomba à quelque distance de lui. Les yeux mi-clos, la joue contre la pierre froide, il laissa échapper un gémissement pendant qu'un filet de salive coulait à la commissure de ses lèvres. Dans le silence, l'écho de sa plainte se répercuta dans tous les sens. Haletant, il tenta de lever la tête, mais le mal était si intense qu'il n'y parvint qu'à moitié. Les larmes qui inondaient ses yeux l'empêchaient de voir clairement et tout dans la cathédrale prit une texture floue.

Cloué au sol, grimaçant, Manaïl ne pouvait s'empêcher, paradoxalement, d'éprouver un grand soulagement. Depuis Babylone et Jérusalem, il connaissait bien cette douleur. Mais jamais auparavant elle n'avait été d'une telle intensité.

De peine et de misère, il réussit à placer sa main gauche sur le pentagramme que Noroboam y avait tailladé. Aussitôt, la marque de YHWH calma un peu la douleur. Il tenta de se relever, mais une nouvelle vague de douleur le terrassa. Au même instant, des pas s'approchèrent de lui et il se trouva encerclé. Il ouvrit les yeux et releva un peu la tête.

— C'est bien lui, déclara la voix de Jehan Malestroit.

Des mains puissantes empoignèrent les bras de l'Élu et le traînèrent sans ménagement vers la sortie sans qu'il puisse se remettre debout. À mesure qu'il s'éloignait de l'endroit où il s'était effondré, la douleur dans sa poitrine s'estompait. Il entendit la porte nord de la cathédrale s'ouvrir et sentit l'air frais sur son visage encore ruisselant de sueur.

— Emmenez-le chez les dominicains, ordonna une autre voix, dure et sèche.

Un objet dur s'abattit ensuite sur sa tête. Aussitôt, tout devint noir. Sa dernière pensée alla à Giraude, qu'il devait retrouver.

◆

Assis sur son lit dans sa cellule, Jehan Malestroit débordait de fierté. Dieu lui pardonnerait cet excès d'orgueil, espérait-il. Grâce à sa perspicacité, on avait arrêté un dangereux suppôt de Satan. Martin Deville l'avait littéralement ramené d'entre les morts en invoquant une déesse païenne !

Le prêtre comprenait mieux, maintenant, le plan du prince des ténèbres. Il avait choisi de le tenter en lui envoyant un de ses démons. Et lui, pauvre naïf, s'était presque laissé tromper. En sauvant le garçon de la noyade, c'était sa propre damnation qu'il avait enclenchée. Son âme n'avait été sauvée que par la grâce infinie de Dieu.

— *Quia custodivi vias Domini nec impie recessi a Deo meo*[1], murmura-t-il en se signant.

Maintenant, Martin Deville serait puni à la mesure de ses péchés.

---

1. En latin : J'ai observé les voies de l'Éternel, et je n'ai point été coupable envers mon Dieu. Livre des Psaumes 18,22.

À ÉRIDOU

Éridou, en l'an 3612
avant notre ère

Plusieurs heures s'étaient écoulées depuis que l'Élu avait surgi dans le temple, vêtu de métal et détruisant tout sur son passage tel un possédé. Mathupolazzar en était encore très ébranlé. Pour la première fois depuis qu'il avait touché toute l'ampleur des Pouvoirs Interdits, il se sentait vulnérable. Et ce sentiment l'enrageait plus que tout. Il était le grand prêtre de Nergal. Sa mission sacrée était d'ouvrir le portail et d'assurer l'avènement du Nouvel Ordre. Rien n'aurait dû affecter son sentiment de puissance. Mais il y avait ce garçon maudit sorti de nulle part et qui était parvenu à déjouer les Nergalii deux fois plutôt qu'une.

Ainsi, un des passages du temple du Temps menait ici même, dans le temple de Nergal. Il aurait dû s'en douter. Et pourtant, quel inimaginable sacrilège! Mathupolazzar se maudissait lui-même de n'avoir pas soupçonné ce détail que l'Élu avait utilisé à son avantage. Il avait pris tout le monde par surprise. Et cela avait coûté aux Nergalii un des fragments du talisman. Mathupolazzar l'avait tenu dans ses mains, tremblant d'émotion. Il l'avait senti vibrer. Il allait le déposer dans le réceptacle sacré, là où il aurait été en sécurité jusqu'à ce que la reconstitution du talisman de Nergal permette d'effacer les *kan*, mais il avait bêtement écouté son cœur. Il avait laissé cet honneur à Arianath et cette erreur avait coûté de précieuses secondes. Assez pour donner le temps à l'Élu de récupérer le fragment.

Il eut suffi de se saisir de l'Élu et de lui arracher le fragment qu'il avait dans la poitrine. Mais le garçon s'était révélé être un combattant beaucoup plus rusé et redoutable que prévu. Maintenant, au lieu de célébrer le retour de deux fragments, Mathupolazzar se retrouvait les mains vides. Plus jamais il ne se laisserait influencer par de bons sentiments. Et il ferait garder en tout temps l'endroit où cette porte s'était matérialisée. On ne l'y reprendrait pas.

La cérémonie en hommage à Nergal avait été célébrée. Les fidèles y avaient participé avec une ferveur endeuillée et avaient semblé y puiser une détermination nouvelle. Le corps d'Arianath serait bientôt prêt pour l'inhumation. En attendant, chacun vaquait de nouveau à ses occupations.

Il examina l'intérieur du temple avec une lassitude qu'il essayait de ne pas laisser paraître. Quel affreux gâchis… Le lieu sacré des Nergalii avait été méticuleusement nettoyé, mais Mathupolazzar pouvait encore sentir l'effet de la profanation. Des Nergalii y avaient été tués de la main même de l'ennemi. Leur sang avait coulé. Le garçon avait même osé attenter à la personne du grand prêtre de Nergal. Mathupolazzar avait eu peur. Très peur. Il avait dû supplier comme un lâche pour qu'on épargne sa vie. Par chance, les gardes étaient arrivés au bon moment. Tout cela était inacceptable. En rageant intérieurement, le grand prêtre, les poings serrés, se jura que l'Élu finirait par payer pour tous ces outrages.

Néanmoins, rien n'était encore perdu. Dans le *kan* d'Éridou, il ne s'était écoulé que quelques jours depuis qu'Ashurat avait volé le talisman sous le nez des Nergalii et que Naska-ât l'avait séparé en cinq fragments. Même si des siècles ou des millénaires s'étaient écoulés dans d'autres *kan*, cela ne changeait rien pour lui. Déjà, il savait qu'Ashurat et Hiram étaient morts depuis longtemps dans leur *kan* respectif. Il restait encore trois Mages : Abidda, Mour-ît et Nosh-kem. Si les adorateurs de Nergal arrivaient à les retracer tous sans tarder, ils couperaient l'herbe sous le pied de l'Élu et ne laisseraient pour lui que des cadavres. Ensuite, ils élimineraient le garçon pour de bon et pourraient enfin reconstituer le talisman. En ce moment même, des dizaines de Nergalii exploraient d'autres *kan*, aux aguets, dans l'espoir d'identifier un des Mages. Tôt ou tard, ils les retrouveraient. L'Élu ne pouvait pas être partout à la fois. Il n'était pas non plus invincible, ni immortel. En temps et lieu, Nergal permettrait qu'on lui règle son compte.

Dans un coin du temple, l'air vibra, d'abord doucement, puis de manière tangible. Un homme apparut. Un peu désorienté, il observa l'endroit où il venait de se matérialiser. Il était vêtu d'une bure sombre qui rappelait singulièrement celle que portaient les Nergalii. Le capuchon remonté sur sa tête gardait son visage dans l'ombre, mais Mathupolazzar le reconnut sans hésitation.

L'homme fit quelques pas dans la direction du grand prêtre et s'inclina respectueusement.

— Gloire à Nergal et hommage à toi, ô Mathupolazzar, déclama-t-il d'un ton solennel.

Interdit, Mathupolazzar examina son disciple.

— Balaamech ? s'enquit-il.

L'homme acquiesça de la tête.

— Tu as… beaucoup changé en quelques jours… hésita le grand prêtre.

— C'est sans importance, répliqua le nouveau venu en haussant les épaules avec fatalisme. Seul compte l'avènement du Nouvel Ordre.

— Que Nergal t'entende et étende sur toi sa protection, dit Mathupolazzar. Apportes-tu de bonnes nouvelles ?

— Je le crois, oui, répondit le Nergali en esquissant un sourire. J'ai retrouvé la trace de l'Élu. Il se trouve dans le *kan* où je veillais, à Paris. Au hasard de mes activités, sa présence m'a été révélée.

Mathupolazzar plissa les yeux, intéressé. L'homme raconta à son maître tout ce qu'il était parvenu à apprendre jusqu'à présent et lui fit part du plan qu'il entendait mettre bientôt à exécution. Lorsqu'il eut terminé et reçu l'assentiment du grand prêtre, il s'inclina de nouveau. Puis il étendit les bras et disparut.

Mathupolazzar soupira, songeur. Les choses étaient tout à coup un peu plus prometteuses. Mais il ne se faisait plus d'illusions. Ce maudit Élu était imprévisible, plein de ressources et chanceux comme un bossu.

AU CACHOT

Lorsque Manaïl reprit conscience, il fut pris de panique. Il s'assit brusquement et un douloureux élancement lui traversa la tête. Il lui fallut quelques instants pour que ses yeux s'habituent à la noirceur et qu'il comprenne avec soulagement qu'il n'était pas devenu aveugle. Il cligna plusieurs fois des yeux et finit par apercevoir une faible lueur horizontale un peu plus loin, au ras du sol. De la lumière sous une porte. Pour le reste, le noir était total et le seul bruit qui lui parvenait était celui de sa propre respiration.

Rassuré, il s'accroupit, tendit les bras et avança prudemment à tâtons. Il toucha presque aussitôt une surface dure qu'il longea. Un mur. Quelques pas lui suffirent pour déterminer qu'il se trouvait dans une toute petite pièce carrée au plafond bas. Les murs étaient en pierre et le plancher en terre battue. Partout, il régnait une humidité pénétrante qui le faisait frissonner. Chaque pierre suintait. Le sol était mou tellement il était imbibé d'eau. La pièce était vide. Elle ne contenait ni couche, ni couverture, ni bol, ni contenant pour y faire ses besoins. Avec ses doigts, il repéra une porte basse en bois sans poignée qu'on avait verrouillée de l'extérieur. Elle était à peine assez haute pour lui permettre de la traverser à quatre pattes. Il donna un coup dessus avec la paume de sa main.

— Eh! s'écria-t-il. Il y a quelqu'un?

— Motus[1]! répondit une voix de l'autre côté.

— Pourquoi m'a-t-on enfermé ici? insista-t-il. De quoi m'accuse-t-on?

— Quiet, te dis-je, répliqua l'homme de l'autre côté avec un ricanement cruel. Le Grand Inquisiteur t'expliquera tout cela sous peu!

Furieux, Manaïl flanqua un coup de poing dans la porte et en fut quitte pour des jointures endolories. Il soupira et s'assit par terre, résigné. S'il n'y avait aucun moyen de sortir de cet endroit, il n'avait d'autre choix que de patienter. De pénibles élancements lui traversèrent à nouveau la cervelle, créant des formes multicolores devant ses yeux. Il grimaça. La tête se mit à lui tourner et un haut-le-cœur

---

1. Silence!

lui remonta dans la gorge. Il se tâta l'arrière de la nuque et y découvrit une grosse bosse très douloureuse.

Graduellement, son malaise s'apaisa et fut remplacé par une rage difficile à contenir. Le fragment avait été si proche. Il lui eût suffi de ramener Giraude avec lui à la cathédrale. Ensemble, ils auraient placé leurs bagues dans les pentagrammes. Le fragment se serait révélé et il l'aurait emporté. Il se serait enfui vers les Planches Mibray et aurait replongé dans la Seine. Avec un peu de chance, il aurait retrouvé la porte de ce *kan* sans se noyer. Mais il lui avait manqué quelques misérables minutes. Au lieu d'être de retour dans le temple du Temps, prêt à entreprendre l'étape suivante de sa quête, il se retrouvait enfermé, impuissant, dans un cachot humide. Pendant ce temps, les Nergalii avaient peut-être déjà mis la main sur les fragments qu'il ne possédait pas encore. Tout cela à cause de Jehan Malestroit qui l'avait trahi.

En quittant la chambre du prêtre, il avait eu l'impression que celui qu'il avait ramené d'entre les morts était méfiant et il soupçonnait que son emprisonnement en était le résultat direct. Au bout du compte, Giraude et Ermeline avaient eu raison. Jehan Malestroit était un être dangereux et fourbe. Une fois de plus, sa naïveté lui avait fait choisir le mauvais allié. Il avait été trahi. Mais le prêtre était-il le Nergali qui l'avait attaqué ? Il en doutait...

Manaïl n'aurait pu dire depuis combien de temps il était dans cet endroit. Une heure ? Une journée ? Dans le noir et dans le silence, le temps semblait suspendu. Peu importait pourquoi on l'avait capturé, quelqu'un finirait bien par se présenter. L'important était de pouvoir retourner à Notre-Dame et de s'emparer du fragment. Tout le reste était accessoire.

Il grelotta dans l'humidité, appliqua la marque de YHWH contre sa nuque douloureuse et finit par s'endormir.

✦

Manaïl était agenouillé dans le temple d'Ishtar, à Babylone. Autour de lui, à la lumière des torches accrochées aux murs, les vierges déposaient des offrandes devant la statue de la déesse, souveraine et impassible. Lorsqu'elles se furent éloignées, il s'avança et se prosterna devant celle qui l'avait élu.

— Au crépuscule, saint Jean et la Vierge te révéleront le Bien et le Mal, déclara la déesse.

— Je sais, mais qu'est-ce que je dois comprendre dans ce message ? interrogea Manaïl.

Ishtar haussa les épaules et fit une moue triste.

— Mon pauvre enfant... Tu as fait de louables progrès, mais le moment prévu par le frère Enguerrand n'est pas encore venu. En attendant, tu devras beaucoup souffrir. Souviens-toi que tu n'es pas seul. Je suis toujours à tes côtés.

Manaïl baissa la tête, découragé. Une main se posa sur la sienne.

— Je t'aiderai moi aussi, fit une voix qu'il reconnut immédiatement.

Manaïl releva la tête. Ermeline était agenouillée devant lui. Elle lui souriait.

Soudain, un cri perçant ébranla le temple d'Ishtar. Une voix de femme.

✦

Manaïl s'éveilla en sursaut. Un hurlement déchirant résonnait encore sur les murs de pierre suintante. Avait-il rêvé? Il tendit l'oreille.

Au loin, un grincement, suivi d'un bruit sourd. Un coup? Un cri d'agonie, épouvantable, guttural, bestial, qui lui parut durer plus longtemps qu'il était humainement possible. L'espace d'un instant, le garçon eut l'impression de reconnaître la voix et se mit à frapper la porte de toutes ses forces.

— Que lui faites-vous ? vociféra-t-il. Arrêtez !

De l'autre côté, il crut percevoir un ricanement.

— Patience, impie, dit une voix d'homme, bourrue. Ton tour viendra bientôt.

L'Élu se maudit cette fois d'avoir laissé sa bague dans la cathédrale. Le joyau avait des pouvoirs insoupçonnés. Grâce à lui, il avait réussi à s'extraire des eaux de la Seine où il allait se noyer. Peut-être aurait-il pu aussi l'utiliser pour défoncer la porte. Il se raisonna en songeant qu'on la lui aurait sans doute confisquée avant de le jeter au cachot. Et même s'il parvenait à arrêter le cours du temps, comme il y était arrivé à quelques reprises, la serrure n'en serait pas moins verrouillée. Il serait toujours prisonnier.

Condamné à écouter les affreuses lamentations de souffrance, Manaïl retourna s'asseoir dans un coin de sa cellule en rageant. Il ramena ses genoux sous son menton, les encercla de ses bras et ferma les yeux. Un cri retentit de nouveau, aigu et pénétrant. Le garçon grimaça dans le noir et se couvrit les oreilles de ses mains, sans succès. Au même moment, il sentit que quelque chose lui frôlait la jambe. Il balaya du revers de la main une bête poilue qui couina de colère avant de s'éloigner. Un rat.

Cette nuit-là, Manaïl ne parvint pas à fermer l'œil. L'éveil, meublé par les hurlements terribles de cette voix, fut un cauchemar pire que tous ceux qui auraient pu peupler son sommeil.

✦

L'annonce de l'arrestation du garçon dans la cathédrale avait vite circulé. Daimbert de Louvain avait été pris de court par la nouvelle. Toujours incapable de percer l'impénétrable inscription, il avait rapidement soupesé la situation et en avait conclu qu'il était possible d'en tirer parti.

Le jeune inconnu mourrait bientôt. C'était inévitable. Jamais il n'échapperait aux griffes de l'Inquisition. S'il était le conducteur du chariot, sa mort serait une bonne chose pour l'alchimiste. Elle écarterait son adversaire et la voie serait libre. Mais une fois le garçon disparu, que se passerait-il si le secret de la pierre tombale continuait à échapper à Daimbert ? Qui d'autre parviendrait à le percer ? La pierre philosophale, si proche, pourrait être perdue à jamais.

Tout bien considéré, le risque était trop grand. L'étranger devait vivre, au moins le temps que le mystère qui l'entourait soit élucidé. Ensuite, s'il se révélait être l'adversaire annoncé par le Tarot et que son secret était dévoilé, sa mort serait bienvenue. S'il ne l'était pas, ce serait quand même un hérétique de moins et Daimbert, lui, n'aurait rien perdu.

L'alchimiste était lucide. Il savait fort bien qu'il n'était pas en son pouvoir d'empêcher le prisonnier d'être châtié. Il n'était qu'un modeste confesseur. Au mieux, il aidait les condamnés à soulager leur âme pour mourir le cœur plus léger. Mais il pouvait profiter de ses fonctions pour sonder l'esprit de ce garçon.

Dès le lendemain de l'arrestation, de bon matin, il avait invoqué son statut d'hospitalier et de confesseur pour se faire ouvrir les portes de la muraille. Il s'était rendu au couvent des dominicains. Il n'avait pas été difficile de manœuvrer pour être celui qui entendrait la confession de Martin Deville. Les geôles de l'Inquisition débordaient de prisonniers. Aucun des confesseurs n'avait de temps à consacrer à un accusé sans grande importance apparente et cette charge lui avait été confiée sans qu'on lui posât de questions.

D'ici quelques jours, le jeune homme serait condamné. S'il était le conducteur du Chariot, l'alchimiste le découvrirait et percerait son secret. Mais d'une manière ou d'une autre, il ne roulerait plus longtemps…

L'HÉRITIÈRE

Dans le cimetière des Innocents, loin de la maison en ruine où elle avait habité, Ermeline était adossée à une pierre tombale de forme allongée qui la cacherait aux yeux de quiconque déambulait dans la rue. Elle ne pleurait plus. Elle avait déjà versé toutes les larmes que son corps pourrait jamais produire.

L'endroit où elle se terrait était sans doute le plus sinistre de tout Paris. Depuis aussi longtemps que l'on pût se souvenir, on y entassait les morts dans le désordre. C'était ici que l'on ensevelissait les victimes de la peste et les noyés repêchés dans la Seine. Un peu à l'écart, près de l'église décrépite que l'on n'utilisait presque jamais, elle pouvait observer des cochons en train de déterrer un mort pour s'en repaître. L'odeur qui y régnait était à ce point répugnante que celle du reste de la ville pouvait passer pour un subtil parfum. Mais c'était précisément pour ces raisons que personne ne viendrait la chercher ici. Plus que jamais, les habitants de Paris craignaient la mort.

Pour la première fois de toute son existence, Ermeline était seule. Trois jours plus tôt, elle avait perdu sa mère.

◆

Alors qu'Ermeline et Giraude s'empiffraient de l'oie confite qu'elles avaient achetée avec l'argent des hospitaliers, des soldats avaient encerclé la maison en silence et avaient surgi de partout à la fois.

Derrière les gardes se tenait un prêtre qui ne s'était avancé que lorsque Giraude avait été maîtrisée et que sa fille était gardée à la pointe de l'épée. Jehan Malestroit.

— Ce sont les adoratrices d'Ishtar ! s'était-il écrié à l'intention des soldats ! Emparez-vous de ces hérétiques !

Puis, bien en sécurité derrière les hommes armés, les mains jointes devant la poitrine, il avait posé sur la Sarrasine et sa fille un regard exalté.

— Dieu et la sainte Église désirent régler leurs comptes avec vous deux, avait-il déclaré, l'œil brillant de malice. Vous allez enfin payer pour votre impiété — et pour votre impudence à mon endroit. Votre Ishtar sera votre perte.

Il avait éclaté d'un grand rire où perçait la démence.

— Emmenez-les, avait-il ordonné aux hommes d'armes.

— La petite aussi ? s'était informé le sergent, hésitant, en toisant Ermeline. Ce n'est encore qu'une enfant…

— Surtout la petite ! avait rétorqué le prêtre en lui adressant un regard noir. Ne te laisse pas abuser par son apparence ! C'est une vipère ! Si jamais elle est innocente, Dieu saura bien la reconnaître lorsqu'elle se présentera aux portes du paradis…

Comprenant le danger qui menaçait sa fille, Giraude s'était débattue comme une furie dans les mains des hommes qui la retenaient. Dans la confusion de la mêlée, elle avait réussi à retirer sa bague sans être vue. Juste avant qu'un soldat ne lui saisisse les poignets, elle l'avait lancée à Ermeline, qui avait balayé l'épée qu'on lui pointait sur la gorge et avait attrapé le joyau avec aisance.

— Cours ! s'était écrié Giraude. N'essaie pas de me retrouver ! Sauve ta vie !

Ermeline avait obéi à sa mère. Elle avait remonté son genou entre les jambes du soldat qui lui faisait face et, pendant qu'il tombait, le visage bourgogne et le souffle coupé, elle s'était élancée à toute vitesse en direction des deux gardes qui bloquaient l'ouverture béante d'un mur effondré. Avec agilité, elle avait feinté sur sa gauche puis débordé le premier à droite, avant de se jeter à terre et de faire culbuter violemment le second en roulant sur elle-même. Alors que l'homme était encore sonné, elle s'était relevée et elle avait couru à toutes jambes dans les rues de Paris sans se retourner. Elle ne s'était arrêtée que lorsque la brûlure dans ses poumons devint si intense qu'un pas de plus était inimaginable.

Prenant conscience de l'endroit où elle se trouvait, elle s'était écroulée, à bout de souffle et de force, près d'une froide pierre tombale. Adossée contre celle-ci, elle s'était endormie. Depuis, elle n'avait pas quitté sa cachette. Elle avait faim. Malheureusement, elle s'était enfuie en laissant derrière elle la bourse reçue des hospitaliers. Elle n'avait aucune illusion : les soldats s'en étaient servis pour acheter du vin qu'ils cuvaient sans doute encore.

Giraude avait été emmenée sans qu'on daigne même lui dire pourquoi. Mais depuis le temps que les prêtres se méfiaient d'elles, ce maudit abbé Jehan avait enfin trouvé un prétexte pour les dénoncer. Il en rêvait depuis des années…

◆

Dans le charnier, Ermeline luttait maintenant contre le découragement. Elle devrait tenter de retrouver sa mère. Elle prit une décision : à la nuit tombée, en passant par les rues les moins fréquentées, elle se rendrait à Notre-Dame. Martin l'aiderait, elle en était certaine.

Elle caressa distraitement la bague qu'elle portait au majeur de sa main droite et en retira un peu de courage.

33

L'HÉRÉTIQUE

Abraham Flandrin, Grand Inquisiteur de la sainte Église pour le diocèse de Paris, se préparait à instruire un nouveau procès pour hérésie. Cinq jours auparavant, un petit prêtre à l'air fanatique qu'il avait souvent croisé dans Paris s'était présenté chez les dominicains et avait demandé à le voir en personne. Il était en proie à une frénésie telle qu'il avait du mal à s'exprimer clairement, mais le portier avait cru comprendre qu'il désirait dénoncer un suppôt de Satan particulièrement puissant et malfaisant. Voyant son état, il lui avait demandé d'attendre et avait rapporté la situation à un supérieur. Ce dernier avait décidé de réveiller l'abbé Flandrin. Le prêtre avait été reçu dans les appartements du Grand Inquisiteur et avait dénoncé un garçon comme hérétique et sorcier. Ses accusations étaient très graves. Quelques heures plus tard, l'accusé avait été capturé dans la cathédrale par les gardes, guidés par le prêtre lui-même. L'enquête avait été rondement menée, les témoins identifiés et interrogés, la complice torturée et la cause montée. Maintenant, le jeune homme croupissait dans les geôles de l'Inquisition, attendant le bon vouloir du Grand Inquisiteur.

Flandrin passa une soutane blanche cousue de fines dentelles, une luxueuse toge de velours rouge bordée d'hermine, des souliers et une barrette[1] du même tissu, puis enfila une paire de gants blancs. Aujourd'hui, il devait être à son mieux. Il avait un procès important à présider.

✦

Pour peu qu'il fût capable de mesurer le passage du temps, Manaïl avait passé au moins cinq jours dans l'isolement complet. Peut-être plus. Il était difficile de l'établir avec exactitude. Au début, les cris déchirants avaient marqué les heures, puis ils avaient fini par s'éteindre. Le silence s'était révélé plus angoissant encore que les hurlements. À intervalles irréguliers, une main poilue introduisait une assiette remplie d'une bouillie

---

1. Chapeau de forme carrée porté par certains ecclésiastiques.

répugnante et froide par une trappe amé-
nagée dans la porte du cachot. C'était la
seule lumière qu'il voyait ; son unique assurance qu'il n'était pas aveugle et que le temps
s'écoulait.

À force de ne pas pouvoir bouger, le garçon ne sentait presque plus ses jambes anky-
losées. À plusieurs reprises, il dut marcher de
long en large afin d'y ramener les sensations.
Il avait pour toute compagnie les rats qui
tournaient sans cesse autour de lui, frôlant
ses mains et ses jambes. Jamais il n'en avait
vu autant qu'à Paris.

Le bruit d'une serrure, suivi de gros loquets
que l'on glisse, tira Manaïl d'un sommeil
agité. Pour la première fois depuis qu'il s'était
réveillé dans cet endroit, la porte s'ouvrit.
Une chandelle apparut et, après toute cette
pénombre, l'éblouit. Il tourna la tête et plaça
ses mains devant ses yeux. La flamme vacilla
dans le courant d'air puis se stabilisa.

Le geôlier dut se plier en deux pour franchir la porte basse et pénétrer dans le cachot.
Un homme en armes le suivit et se posta à
l'entrée, prêt à dégainer son épée à la moindre
menace. Un autre resta à l'extérieur.

Une fois à l'intérieur, le geôlier se redressa.
Il était immense et sa tête aurait touché le
plafond s'il ne l'avait pas penchée vers l'avant.
Il fit quelques pas vers Manaïl puis se planta

devant lui. Doté d'un impressionnant tour de taille, il avait les jambes grosses comme des troncs d'arbres. Sa barbe noire était si fournie qu'elle lui recouvrait les joues jusqu'en dessous de ses yeux rieurs. Il portait à la ceinture un gros anneau de métal rempli de clés de toutes les tailles qui cliquetaient au moindre de ses mouvements.

— Lève-toi, ordonna-t-il d'une voix graveleuse en faisant un signe blasé de la tête. Tu es attendu.

— Où ? Par qui ? s'informa le garçon.

— Par Sa Seigneurie le Grand Inquisiteur, rétorqua l'homme avec un air amusé. Tu vas passer un vilain quart d'heure...

L'homme toisa Manaïl du regard, une moue méprisante sur les lèvres.

— On m'a accointé[1] à ton sujet, dit-il, mais, pour un patarin, tu ne m'as pas l'air bien méchant. Tu dois tout de même avoir commis un crime bien grave pour que Sa Seigneurie consente à instruire elle-même ton procès. Ce n'est pas sa coutume de souiller ainsi ses doigts précieux...

— Procès ? Mais je n'ai rien fait, moi ! protesta Manaïl.

— Ha ! Ha ! s'esclaffa le geôlier. Crois-moi, tous ceux qui se retrouvent ici ont tous fait

---

1. Prévenu.

quelque chose, même s'ils ne le savent pas! Si l'Inquisition ne le découvre pas, elle le fabule! Les inquisiteurs feraient rôtir quelqu'un pour une mauvaise pensée!

Le geôlier se retourna vers le garde.

— Emmène-le.

Le soldat s'approcha, empoigna brusquement Manaïl par les bras et le mit sur ses pieds. Il l'entraîna vers la porte, le força à se pencher et le poussa hors du cachot. Dans le corridor, la lumière du jour qui filtrait à travers les oubliettes au sommet des murs de pierre était la première qu'il apercevait depuis son arrestation.

Le soldat demeuré à l'extérieur s'approcha. Il tenait dans ses mains deux grosses chaînes terminées à chaque extrémité par des bracelets de métal. Il les passa aux poignets et aux chevilles de Manaïl puis les verrouilla.

Le geôlier ouvrant le chemin, Manaïl fut entraîné par les deux gardes, avançant de son mieux et manquant de trébucher sur la chaîne qui entravait ses pas. Ainsi encadré, il parvint à une intersection entre deux corridors. Les gardes le poussèrent vers la droite. Au même moment, un cri déchirant, le même qui était parvenu jusqu'à son cachot, retentit. Lorsqu'il ralentit et tourna la tête pour voir d'où cela provenait, il reçut une solide poussée dans le dos et dut poursuivre son chemin.

✦

Dans la salle de l'Inquisition régnait une odeur de transpiration et de saleté typique des corps mal lavés. L'atmosphère était lourde et les regards graves. Quatre hommes, assis sur une plate-forme un peu surélevée, attendaient en silence, imbus d'eux-mêmes dans leurs toges de velours rouge et d'hermine. Au centre, un fauteuil capitonné au haut dossier était libre. Un greffier coiffé d'un chapeau sombre était assis un peu à l'écart pour tenir les minutes du procès. Pour le reste, la salle était vide, à l'exception de Daimbert de Louvain, le confesseur assigné à l'accusé, qui avait demandé à assister aux procédures et qui était assis sur un banc, à l'écart dans un coin, l'air nerveux. Avec la peste, il n'était pas question de risquer la contagion en tenant un procès en public.

Une lourde tenture de velours s'écarta. Le greffier bondit sur ses pieds.

— Sa Seigneurie monsieur l'abbé Abraham Flandrin, Grand Inquisiteur de notre sainte mère l'Église pour le diocèse de Paris ! s'exclama-t-il avec effusion. Levez-vous !

Tout le monde dans la salle obtempéra avec empressement et inclina la tête avec respect. Haut de taille, droit comme un chêne, une longue barbe blanche immaculée tombant sur la poitrine, de longs cheveux de la même couleur dépassant de son chapeau, le nez long et mince rappelant le bec d'un aigle, les yeux gris pâle, le regard perçant, Flandrin s'avança lentement. L'air suffisant, il salua un à un les autres juges d'un mouvement discret de la tête. Passant devant la moitié des membres du tribunal, il gagna le fauteuil du milieu et s'assit avec moult cérémonie, lissant sa toge de velours et l'étendant avec élégance sur ses chaussures. Il inspira et laissa échapper son souffle sans se presser en balayant la salle du regard. Il parut satisfait de ce qu'il voyait et approuva du chef.

— Procédons, dit-il d'une voix sans émotion avec un geste raffiné de la main. Que l'on fasse entrer l'accusé.

La grande porte de bois fut ouverte de l'extérieur. Un garde s'avança et s'inclina avec respect devant le tribunal.

— L'accusé ! annonça-t-il avant de s'écarter.

Deux autres gardes entrèrent, encadrant l'inculpé. Sale et visiblement désorienté après plusieurs jours au cachot, il n'était pas encore un homme mais presque. Ses cheveux noirs comme les ailes d'un corbeau étaient plus courts que ne le voulait la mode du moment. Ses sourcils bien tracés surmontaient des yeux sombres et profonds qui dardaient de tous les côtés et auxquels rien ne semblait échapper. Sur ses joues et sa lèvre supérieure pointaient les premières ombres d'une barbe qui promettait d'être un jour très fournie et son teint suggérait de nombreuses heures passées au soleil. Malgré les lourdes chaînes qui entravaient ses chevilles, il se tenait droit et faisait de son mieux pour marcher avec dignité.

Les gardes firent avancer Manaïl jusqu'à ce qu'il se trouve devant le banc des juges, puis reculèrent d'un pas sans relâcher leur attention et continuèrent de surveiller le prisonnier, la main sur leur épée. Le Grand Inquisiteur se lissa pensivement la barbe puis se leva lentement.

— Tu es bien Martin Deville, habitant de Paris ? interrogea-t-il sans préambule.

— Oui, répondit le garçon.

Le visage du Grand Inquisiteur se durcit.

— Martin Deville, s'écria-t-il en pointant vers lui un index accusateur. Tu es inculpé de sorcellerie et d'hérésie !

Le cœur de Manaïl se serra. Lorsqu'il était entré dans le *kan* de Jérusalem, les pèlerins l'avaient accusé de la même chose et seule l'intervention du frère Bérenger les avait empêchés de le brûler vif. Dès lors, il mesura l'ampleur du danger qui le menaçait.

L'ACCUSATION

On assit Manaïl sans ménagement sur un tabouret inconfortable, en retrait, sans lui enlever ses chaînes. Lorsque le premier témoin fut admis, même s'il se doutait qu'il s'agirait de lui, le garçon sentit son cœur se remplir d'un désespoir et d'une rancœur comme il n'en avait pas ressentis depuis le jour où il avait compris que la belle Arianath s'était jouée de lui. Il éprouva de nouveau l'humiliation d'avoir fait confiance aveuglément au premier venu — même si cet homme lui avait permis d'entrer en vie dans ce *kan*. Une fois encore, le Bien et le Mal se côtoyaient, souvent impossibles à distinguer avant qu'il ne soit trop tard.

La tête haute, l'air déterminé, les lèvres pincées, l'abbé Jehan Malestroit traversa la salle d'audience. Au passage, il jeta à Manaïl un regard rempli de mépris et de contentement. Un sourire satisfait éclaira son visage pâle et émacié. Une fois devant le tribunal, il se tint droit et attendit.

— Déclinez votre identité, dit le greffier.

— Jehan Malestroit, prêtre de mon état, attaché au chapitre de Notre-Dame et fidèle serviteur de Jésus-Christ notre Sauveur! s'exclama le jeune abbé en relevant le menton et en bombant le torse.

D'un signe de la tête, le greffier indiqua aux membres du tribunal qu'il était prêt, trempa sa plume dans son encrier et attendit que les procédures s'enclenchent. Le Grand Inquisiteur, l'air royal dans sa robe écarlate, se leva avec majesté et entreprit de l'interroger.

— Jehan Malestroit, déclarez-vous à ce tribunal d'Inquisition avoir dénoncé Martin Deville, ici présent, comme hérétique et sorcier?

— Je le déclare, Votre Seigneurie, répondit le prêtre d'une voix assurée. En mon âme et conscience, Dieu m'en est témoin.

— Et quelles sont, je vous prie, les raisons qui vous ont poussé à agir ainsi? poursuivit le Grand Inquisiteur.

— Parce que je l'ai vu faire des choses... des choses qui ne peuvent s'expliquer autrement que par l'intervention du Malin, Votre Seigneurie.

— Pouvez-vous raconter à ce tribunal à quelles choses inexplicables vous faites allusion?

Un frisson de dégoût parcourut le corps du jeune prêtre.

— Expliquez-vous, insista Abraham Flandrin, avec un flegme remarquable.

— Comme vous le savez peut-être, Votre Seigneurie, reprit le prêtre, j'exerce mon humble ministère auprès des pestiférés. Je côtoie chaque jour la maladie en faisant fi de ma propre vie pour assurer leur salut éternel, comme l'exige de ses prêtres notre sainte mère l'Église. Dieu, dans Son infinie sagesse, a voulu que je finisse par succomber à mon tour. Mon corps était couvert de bubons, je brûlais de fièvre, je délirais. Voilà une semaine environ, j'étais à l'agonie dans ma cellule et j'attendais avec bonheur les derniers sacrements.

— Mais alors, demanda le Grand Inquisiteur en feignant l'incompréhension, les mains écartées, comment est-il possible que vous vous trouviez aujourd'hui parmi nous, bien vivant et en bonne santé, si peu de temps après ?

Jehan fixa son interlocuteur droit dans les yeux.

— Je voudrais pouvoir vous dire qu'il s'agit d'un miracle, Votre Seigneurie, soupira Jehan. Mais ce n'est pas le cas. Par je ne sais quelle vile diablerie, Martin Deville m'a lui-même ramené d'entre les morts, poursuivit-il d'une voix forte et exaltée. J'en ai la conviction.

Un murmure d'étonnement traversa le tribunal et plusieurs inquisiteurs échangèrent des regards scandalisés avant de se signer avec empressement.

— Pardon ? s'indigna Flandrin. Ai-je bien entendu ? Il vous aurait *ressuscité* ?

— Oui… J'étais trépassé et le paradis s'ouvrait devant mes yeux ébahis. Il y avait une magnifique lumière. Notre-Seigneur Jésus lui-même était là, au milieu, accueillant, qui ouvrait les bras à son loyal serviteur. J'allais entrer dans la joie éternelle lorsque je me suis senti tiré vers l'arrière. La merveilleuse scène s'est effacée et je me suis retrouvé seul dans le noir. Quand j'ai repris connaissance, Martin Deville avait la main gauche posée sur mon front et je ressentais une étrange chaleur pénétrer en moi.

Jehan s'interrompit un moment pour reprendre son souffle.

— Une telle guérison est contraire à la foi chrétienne, Votre Seigneurie ! s'écria-t-il avec passion. Seul Notre-Seigneur Jésus-Christ peut ramener les morts à la vie comme il le fit en faisant sortir Lazare de Béthanie de son sépulcre.

Le jeune prêtre fondit subitement en larmes.

— Maintenant, gémit-il en montrant Manaïl du doigt, par la faute de ce suppôt de Satan, je suis marqué à jamais! Je dois la vie au Malin et je devrai porter ce fardeau jusqu'à ma mort!

Jehan inspira à quelques reprises et continua, tremblant de colère, les larmes aux yeux.

— C'est pour cette raison que j'ai dénoncé l'accusé. Si mon âme doit être damnée, que la sienne le soit aussi!

Sur l'estrade, les autres juges se regardèrent les uns les autres, l'air scandalisé, en chuchotant de plus belle. Seul le Grand Inquisiteur demeura impassible.

— Je vois... dit-il en hochant la tête.

Il se tourna vers le greffier.

— Qu'il soit noté dans les transcriptions de ce procès que, par des charmements[1] aussi mystérieux que condamnables, l'accusé a ramené à la vie l'abbé Jehan Malestroit, ici présent, se substituant ainsi avec orgueil et vanité à la volonté divine, précisa-t-il.

Le greffier obtempéra et, pendant quelques instants, on n'entendit dans la salle que le bruit de sa plume qui grattait le papier.

Abraham Flandrin s'approcha de Manaïl, qui avait tout écouté sans rien dire. Les mains derrière le dos, il se mit à tourner lentement autour du garçon, tel un prédateur s'amusant avec sa proie.

---

1. Enchantements.

— Est-il vrai que tu as ressuscité ce prêtre ? s'enquit-il avec autorité.

Manaïl hésita un instant puis prit une décision. Il ne sortirait pas vivant de ce procès. À quoi bon mentir ?

— Oui ! Il était malade et je l'ai guéri ! admit-il d'un ton rageur. Mais si j'avais su que mon geste ne m'apporterait que sa haine, j'aurais laissé ce traître trépasser sans le moindre regret !

Flandrin hocha imperceptiblement la tête, comblé. Un éclair d'amusement traversa son regard. Il se tourna en direction du greffier.

— Qu'il soit pareillement consigné que l'accusé avoue sans contrainte avoir ressuscité le témoin comme l'a raconté icelui.

Le Grand Inquisiteur reporta son attention sur Jehan.

— Avez-vous autre chose à déclarer au sujet de l'accusé ? demanda-t-il.

— Oui, Votre Seigneurie… murmura Jehan, les yeux rivés sur le sol. Lorsqu'il m'a ressuscité et encore dans la cathédrale Notre-Dame, avant que les soldats ne se saisissent de sa personne, je l'ai entendu prier.

— Ah ? s'exclama le Grand Inquisiteur. Y aurait-il quelque circonstance atténuante à la culpabilité de l'accusé ? En bon chrétien, implorait-il au moins le pardon du Rédempteur ?

— Non, Monseigneur...

— Hmmm ? fit le Grand Inquisiteur avec une expression d'étonnement étudiée. Mais alors... Qui donc ?

— Alors que les gardes allaient s'emparer de lui, il a invoqué une divinité païenne, répondit Jehan avec dégoût. La déesse Ishtar.

— Ishtar ? répéta le Grand Inquisiteur avec un dédain théâtral. Vous en êtes certain ?

— Je l'ai ouï de mes propres oreilles, Monseigneur !

Le Grand Inquisiteur se tourna de nouveau vers le greffier.

— Qu'il soit encore inscrit que, non content d'adorer d'immondes divinités païennes et autres incarnations du Mal, l'accusé est aussi coupable de profanation, car il a invoqué lesdites divinités dans un lieu saint ! tonna-t-il en pointant son index en direction du greffier qui grattait furieusement son parchemin avec sa plume.

Il revint à Jehan.

— Avez-vous autre chose à ajouter ?

— Oui, Monseigneur.

— Nous vous écoutons.

— Je l'ai surpris avec la Sarrasine. Tout le monde sait que cette fille est une païenne incorrigible et que sa mère ne vaut pas mieux !

Le Grand Inquisiteur s'adressa une fois de plus au greffier.

— Qu'il soit aussi noté que l'accusé fréquente des hérétiques et profanatrices déjà bien connues de tout Paris et de cette cour.

Il reporta son attention sur Jehan.

— Ce sera tout ?

— Oui, Monseigneur.

— La Sainte Inquisition vous sait gré de ce témoignage, Jehan Malestroit, et priera pour le salut de votre âme. Retirez-vous donc, mais demeurez à la disposition de ce tribunal jusqu'à avis contraire.

Flandrin leva la main droite et bénit l'abbé en traçant un signe de croix devant lui.

— *Dominus vobiscum*[1], mon fils, dit-il d'une voix solennelle.

L'air grave et obséquieux, Jehan se signa à son tour, s'inclina avec respect et se retira à reculons, craignant d'insulter le Grand Inquisiteur en lui tournant le dos. En sortant, il adressa un regard triomphant à Manaïl.

---

1. En latin : Que Dieu soit avec vous.

35

LES TÉMOINS

Une fois le prêtre sorti, un lourd silence tomba dans la salle. Il fut brisé par la voix de Flandrin.

– Que l'on fasse entrer les témoins suivants! s'écria-t-il.

Une fillette parut, hésitante et toute menue dans l'embrasure de la porte. Les cheveux blonds, le petit nez retroussé, les yeux turquoise écarquillés par la crainte, elle semblait très intimidée. Manaïl la reconnut tout de suite : Mahaut LeMoyne. Elle suçait son pouce en regardant d'un côté puis de l'autre. Lorsqu'elle aperçut l'accusé, son visage s'éclaira d'un large sourire et elle le salua de la main. Mal à l'aise, le garçon lui rendit son sourire. Il en fut quitte pour une claque derrière la tête et un regard sombre de la part du soldat le plus proche.

Derrière l'enfant apparut la mère, blonde comme sa fille. Son apparence n'avait plus rien à voir avec la pestiférée purulente et agonisante rencontrée voilà peu dans Paris. Elle semblait en parfaite santé. Dardant les yeux à gauche et à droite avec une méfiance palpable, elle paraissait terrorisée. Malgré cela, elle posa une main rassurante sur l'épaule de sa fille, et désigna discrètement les juges de la tête. Ensemble, elles s'avancèrent jusque devant les inquisiteurs.

— Déclinez votre identité, ordonna de nouveau le greffier.

La femme posa les yeux au sol.

— Clothilde… Clothilde LeMoyne, répondit-elle d'une voix à peine audible. Je suis maîtresse tisserande de mon état. Depuis la mort de mon mari, je mène mon propre atelier. J'ai deux compagnons et quatre apprenties à mon emploi, Monseigneur.

— Je vois… Vous êtes fort hardie, pour une faible femme, dit le Grand Inquisiteur avec un mépris mal déguisé. Qu'avez-vous à déclarer à ce tribunal ?

— Eh bien… commença la femme, toujours intimidée, je crois que ce garçon…

— Qu'il soit écrit que le témoin désigne l'accusé, Martin Deville, interrompit le Grand Inquisiteur.

— Ce garçon est un ensorceleur. Il nous a guéris de la peste, mes enfants et moi.

— Vous aussi ? s'exclama Flandrin. Expliquez-vous.

— Voilà quelque temps, j'étais à la dernière extrémité. Mes bubons étaient si gros que je n'arrivais plus à avaler. Le barbier m'avait saignée jusqu'à me vider les veines, mais je me mourais toujours. Je brûlais de fièvre et je délirais. Mes jumeaux, Hugues et Colin, et ma petite Mahaut, ici présente, étaient dans un état pire encore. Ils étaient agonisants et j'étais incapable de prendre soin d'eux. Puis ce garçon est arrivé en compagnie de l'abbé Jehan et il nous a tous guéris.

— Et comment aurait-il fait une chose semblable ? interrogea Flandrin.

— Il nous a imposé les mains, comme Notre-Seigneur, et les bubons s'en sont allés.

— Vous l'avez vu faire ?

— Non. J'ai... Je crois que j'ai perdu connaissance. Lorsque je me suis réveillée, tout le monde était mieux. Au début, j'ai cru que c'était l'œuvre de l'abbé mais, après leur départ, Mahaut m'a tout raconté et j'ai compris ce qui s'était produit. Lorsque l'abbé Jehan est revenu chez moi avant-hier pour m'annoncer qu'il avait dénoncé le jeune homme pour sorcellerie et me dire que Dieu exigeait que je témoigne contre lui, je n'ai pas hésité. C'est que... je ne voudrais pas mettre en péril le salut de mon âme.

Flandrin écarta une mèche de cheveux de son visage, la replaça derrière son oreille et se tourna lentement vers l'enfant. Dans la lumière blafarde, son long nez rappelait le bec d'un faucon prêt à déchiqueter une proie sans défense. Mahaut eut un mouvement de recul involontaire qui n'échappa pas à son interlocuteur, qui en parut amusé.

— Mon enfant, roucoula-t-il, tu veux bien me raconter ce que t'a fait ce garçon ?

— Il s'appelle Martin… répondit-elle d'une toute petite voix. Il m'a enlevé ma maladie.

— Oh ? Et comment a-t-il fait cela ?

— Il a mis sa main sur moi et la maladie, elle est partie.

— Vraiment ? s'extasia le Grand Inquisiteur.

— Oui, s'enthousiasma Mahaut. Ensuite, il a fait la même chose avec mes frères. Et après, il a réveillé ma mère.

— Tu en es sûre ?

La petite hocha la tête avec vigueur.

— L'abbé Jehan a dit qu'elle était morte, déclara-t-elle. Il a même fait une prière et il l'a bénie, mais Martin l'a touchée et elle s'est réveillée.

Flandrin se retourna vers Clothilde.

— Ce que déclare cette meschinette[1] est-il exact ?

---

1. Fillette.

— Tout ce que je sais, répondit la mère, c'est que je n'avais plus connaissance et que lorsque je me suis réveillée, j'étais guérie. Je dois me fier à ce que Mahaut dit avoir vu.

— Vous pouvez disposer, intima le Grand Inquisiteur avec un geste indiquant son renvoi sans autre formalité.

Manaïl aurait voulu se défendre, crier ses bonnes intentions, mais que pouvait-il dire ? Le récit qu'il venait d'entendre était la plus pure vérité. Seul le sens qu'on lui donnait était déformé.

Clothilde, visiblement soulagée, prit l'épaule de Mahaut et l'entraîna vers la porte. Avant de sortir, la fillette se retourna et interpella celui qui venait de l'interroger.

— Monsieur ? Ne faites pas de mal à Martin, dit-elle avec naïveté. Il est gentil…

— Ne t'en fais pas, petite, répondit le juge d'un ton mielleux. Dieu le jugera. Tu crois en Dieu, j'espère ?

— Bien sûr que oui ! Et au petit Jésus aussi ! Je fais ma prière tous les soirs, s'exclama-t-elle fièrement.

Avant d'être entraînée hors de la pièce par sa mère, Mahaut agita ses petits doigts potelés en direction de Manaïl, qui lui fit un sourire triste.

Le Grand Inquisiteur retourna s'asseoir et resta un moment silencieux. Il se frotta le menton en hochant la tête, clairement heureux de la tournure des événements, pendant que ses collègues attendaient que l'audience reprenne sans oser interrompre sa réflexion.

— Introduisez le témoin suivant, finit-il par ordonner.

La porte s'ouvrit. Un garde en armes entra, franchit en quelques pas la distance le séparant des inquisiteurs et s'arrêta, le corps raide.

— Déclinez votre identité, dit machinalement le greffier.

— Colin de Laye, sergent des troupes de Sa Majesté. Je suis posté à la porte fortifiée qui ferme la rue Saint-Denis, dont je garde l'accès.

Manaïl reconnut avec stupéfaction le soldat sur lequel Ermeline avait exercé l'étrange pouvoir de son médaillon pour qu'ils puissent franchir la porte de la muraille et se rendre à la templerie.

— Qu'avez-vous à déclarer à cette cour? interrogea Flandrin sans se lever.

— Un jour de la semaine dernière, très tôt le matin, ce garçon s'est présenté à la porte dont j'avais la garde, répondit le soldat en désignant Manaïl de la tête. Il a demandé que je lui ouvre. Évidemment, j'ai refusé. Les ordres sont formels: personne n'entre ni ne sort de Paris jusqu'à ce que la peste ait disparu. Je lui ai ordonné de s'en aller.

— Évidemment... L'accusé était-il seul? demanda un des inquisiteurs.

— Non. La jeune Sarrasine l'accompagnait. Elle a sorti un médaillon et, je ne sais par quelle opération diabolique, elle a dû m'ensorceler. Lorsque j'ai repris mes esprits, je n'avais pas bougé. Je montais toujours la garde, mais j'ai vite constaté que plusieurs heures s'étaient écoulées et je n'en avais point souvenance. L'accusé et la gitane avaient disparu. Quand j'ai ouï dire qu'il était accusé de sorcellerie, j'ai tout de suite pensé que je devais venir témoigner.

— Vous avez bien fait, mon fils. Est-ce tout?

— Non. Durant mon encharmement, j'ai rêvé. La jeune Sarrasine me répétait sans cesse le même mot.

— De quel mot s'agit-il?

— Ishtar, Votre Seigneurie.

Le Grand Inquisiteur laissa s'écouler un long moment de silence dramatique et révélateur.

— Encore cette déesse païenne... Vous pouvez disposer, dit-il sur un ton entendu.

Une petite moue de satisfaction lui déforma brièvement les lèvres, mais seul Manaïl, perplexe, eut le temps de l'apercevoir avant qu'elle ne disparaisse.

— Si vous le permettez, il nous reste encore un témoin important à entendre.

Les quatre hommes manifestèrent leur assentiment d'un geste grave de la tête. Abraham Flandrin fit un signe de la main à un des gardes, qui sortit aussitôt de la salle d'audience et s'absenta quelques instants. Lorsqu'il revint, il était accompagné d'un autre garde. Chacun tirait par un bras une forme humaine vêtue de loques dont la tête ornée de longs cheveux sombres pendait mollement vers le sol et dont les pieds traînaient par terre.

Les gardes avancèrent jusqu'à la base de l'estrade et y laissèrent tomber leur charge sans aucune précaution. La femme se pelotonna sur le sol puis resta immobile.

— Déclinez votre identité, dit de nouveau le greffier.

La femme ne répondit rien. Le seul son qu'elle émit était celui d'une respiration difficile.

— Déclinez votre identité ! répéta le greffier d'une voix plus forte, sans plus de résultat.

Le Grand Inquisiteur bondit sur ses pieds.

— Réponds, maudite païenne, si tu ne veux pas retourner à la question[1] ! s'écria-t-il avec

---

1. Interrogatoire sous la torture.

colère. Je te ferai quarteler et peler[1] vive s'il le faut !

— Non... Pitié... fit une voix tremblante et presque inaudible. Pas la question...

Manaïl se raidit. La voix était rauque, mais elle lui était familière.

— Déclinez votre identité, ordonna une fois encore le greffier avec impatience.

La pauvresse fit un effort surhumain pour s'asseoir sur le sol en s'appuyant sur une main. Elle releva la tête de peine et de misère. Le garçon défaillit presque. La femme digne et noble qu'il avait connue n'était plus que l'ombre d'elle-même. Recroquevillée, les genoux sous le menton, elle tremblait comme une feuille, son regard fixé quelque part dans le vide devant elle. Elle était squelettique et ses jointures étaient affreusement gonflées. Son teint foncé avait un fond verdâtre. Sa respiration sifflante et glaireuse trahissait la maladie que l'humidité de son cachot lui avait causée. Elle qui avait été fière et altière n'était plus qu'une petite femme fragile. Ses longs cheveux noirs étaient sales et emmêlés. Son visage n'était plus qu'une grotesque caricature bouffie et ensanglantée. Ses yeux noirs jadis magnifiques et profonds étaient fermés par l'enflure. Ses lèvres, fendues, formaient les mots avec

---

1. Écarteler et écorcher.

peine et il était facile de deviner que, derrière elles, la plupart des dents avaient disparu. Le spectacle navrant qui s'offrait à sa vue lui confirma qu'il avait bien reconnu la voix souffrante qui parvenait jusqu'à sa cellule.

— Giraude… râla la femme.

Manaïl sentit son sang se glacer dans ses veines. Ces gens s'étaient-ils aussi emparés d'Ermeline ? Son amie se trouvait-elle quelque part dans cet endroit inconnu, terrée dans un cachot ou soumise à la torture ? Était-elle même vivante ?

Il sentit le découragement l'envahir. Même si, par quelque miracle d'Ishtar, il sortait vivant de ce procès, sans Giraude, il ne pourrait jamais récupérer le fragment que le commandeur avait caché dans la cathédrale. Son cœur s'enfonça dans son estomac lorsqu'il constata que la Sarrasine ne portait plus la bague de la Magesse Abidda.

— Giraude comment ? demanda le greffier sans tenir compte de l'interruption.

— Seulement Giraude… dit la Sarrasine avant de se mettre à tousser.

Elle finit par cracher sur le sol une glaire visqueuse qui fut suivie d'un filet de sang écarlate.

— Qu'importe ! coupa le Grand Inquisiteur en se levant. Toute la population de Paris connaît la Sarrasine.

Les mains derrière le dos, Flandrin descendit de l'estrade et se promena lentement autour de la femme haletante qui n'osa pas le regarder.

— Sous la question, tu as fait des aveux. Es-tu disposée à les répéter maintenant de ton plein gré et consentement ?

— Oui…

— Le tribunal t'écoute…

Giraude releva la tête. Les cheveux crasseux pendant devant son visage, elle se mit à réciter mécaniquement.

— Je déclare solennellement… être… un suppôt de Satan, balbutia la Sarrasine. J'adore… secrètement un de ses démons… féminins, dénommée… Ishtar, et… je suis sa prêtresse. Grâce à… ses pouvoirs, je… jette des maléfices. Avec les… autres sorciers de… Paris, j'ai… fait venir… la peste.

— Reconnais-tu dans cette salle un autre adorateur de ce démon féminin ? s'enquit le Grand Inquisiteur.

Giraude tourna lentement la tête vers Manaïl. Dans son œil à peine ouvert, le garçon put lire un regret infini et une honte qui ne disparaîtraient jamais.

— Oui. Lui, dit-elle en pointant en direction de l'Élu qu'elle avait eu mission d'aider un index fracturé, à l'ongle arraché, qu'elle n'arrivait plus à redresser.

Un piteux sanglot s'échappa de la gorge de la Sarrasine, qui adressa à Manaïl un regard désemparé.

— Qu'il soit noté dans les transcriptions que le témoin désigne l'accusé, Martin Deville! s'empressa d'exiger le Grand Inquisiteur.

Il se tourna vers les gardes.

— Ramenez-la au cachot, commanda-t-il. Il est grand temps qu'elle se présente devant le tribunal de Dieu.

Les gardes empoignèrent Giraude, la soulevèrent et la traînèrent hors de la salle sans qu'elle offre la moindre résistance. Lorsqu'elle eut disparu, le tribunal vibrait encore de ses sanglots.

LA MARQUE DU DIABLE

Avec des airs de grand seigneur, le Grand Inquisiteur se promenait devant l'estrade d'un pas lent et étudié, les mains derrière le dos, la tête penchée.

— Membres du tribunal, déclara-t-il après une pause, pour écarter toute équivoque quant à la culpabilité de l'accusé, une preuve irréfutable doit être obtenue : la marque du Diable.

Il se retourna vivement vers les gardes.

— Montrez ses mains ! ordonna-t-il.

Pendant que deux gardes le retenaient, un autre lui saisit le poignet gauche et écarta les doigts de sa main, révélant les fines membranes de peau qui unissaient ses phalanges. Puis il la tendit à Flandrin, qui l'inspecta. Il la retourna et aperçut les fines lignes blanches de la marque de YHWH. D'un geste mélodramatique, il brandit la senestre du garçon, paume vers le haut, devant les yeux ébahis de ses collègues.

— Voyez! vociféra-t-il. Il porte dans sa main le nombre de la bête : six côtés, six pointes et six petits triangles! Six cent soixante-six! *Qui habet intellectum, computet numerum bestiae; numerus enim hominis est: et numerus eius est sescenti sexaginta sex*[1]! Et les doigts sont ceux d'un crapaud, l'animal familier des sorcières!

Plusieurs inquisiteurs blêmirent et se signèrent à répétition. Le Grand Inquisiteur, lui, semblait étrangement calme et satisfait.

— Ouvrez sa chemise! commanda-t-il ensuite.

Manaïl comprit que l'on allait exhiber la marque des Ténèbres. Dans ce procès où tout semblait truqué, les juges en feraient leurs choux gras. Il se débattit de toutes ses forces, mais les chaînes à ses poignets et à ses chevilles le gênaient. Et même autrement, il n'aurait pas été de taille pour affronter les solides individus. Un soldat immobilisa ses bras pendant qu'un autre saisissait sa chemise et rabattait d'un coup sec ce qu'il en restait. Le tissu céda, exposant le pentagramme inversé. Sur deux des pointes, la peau était légèrement

---

1. En latin : Que celui qui a de l'intelligence calcule le nombre de la bête. Car c'est un nombre d'homme, et son nombre est six cent soixante-six. Apocalypse de Jean 13,18.

tendue et soulevée par les fragments qui y étaient incrustés. Un murmure de surprise parcourut les juges.

— Le pentagramme maléfique est un symbole bien connu de sorcellerie ! s'écria Flandrin d'un ton dramatique.

Il s'approcha et traça le contour de la marque avec l'ongle de son index.

— Voyez comme il ressemble au démon avec ses deux cornes, ses oreilles et sa barbiche de bouc ! poursuivit-il. Tous les adorateurs de Satan connaissent ce symbole du blasphème et de la perversion ! Ils adorent tous un bouc pendant leurs sabbats !

Des exclamations étouffées et scandalisées fusèrent du groupe des inquisiteurs.

◆

Assis sur le bord de son siège, Daimbert de Louvain tentait de masquer son excitation. Le tirage du Tarot se confirmait. Ce garçon était marqué à la fois de l'Étoile et du Diable… Le Bien et le Mal en un seul symbole. Le dernier doute était effacé. Il était bien le conducteur du chariot ! L'adversaire annoncé par les arcanes se tenait devant lui…

◆

Profitant de la fébrilité des juges, le Grand Inquisiteur se pencha subrepticement si près de l'oreille de Manaïl que ce dernier sentit les poils de sa barbe frotter contre sa joue. Il murmura pour que personne d'autre ne l'entende.

— On m'avait raconté que ce vieux fou de Noroboam avait fait du joli travail. Te voilà fort bellement décoré, Élu d'Ishtar.

Puis il se redressa et son sourire se transforma en grimace.

L'Élu était pantois. Soudain, tout était clair. Le Nergali... Cet homme était le Nergali qui avait tenté de le tuer. Furieux, il se mit à se débattre comme un diable entre les mains des gardes.

— Espèce d'assassin !

Un coup dans les reins lui coupa le souffle et la parole. Il plia les genoux mais refusa de tomber et ne quitta pas son adversaire des yeux. Le dos aux autres juges, le Grand Inquisiteur le regarda en souriant et lui fit un clin d'œil moqueur.

— Cet homme a essayé de me tuer deux fois ! s'écria l'Élu lorsque son souffle fut revenu. Il m'a attiré dans une maison pleine de cadavres où on m'a attaqué ! Il y avait une créature avec lui. Un cadavre vivant qui a essayé de me mordre la poitrine ! Je lui ai enfoncé un couteau dans le bras droit ! Vous

n'avez qu'à vérifier! La blessure est certainement encore visible! Puis il a lancé contre
moi une autre créature, sur le pont aux
Changeurs! Il s'est enfui en se jetant dans la
Seine.

Pendant quelques instants, un épais silence
régna dans la pièce. On aurait entendu une
mouche voler. Puis un ricanement retentit
parmi les membres du tribunal, puis un autre.
Bientôt, les juges, le greffier et les gardes furent
tous saisis d'un fou rire incontrôlable. Il leur
fallut un bon moment pour se calmer, certains
essuyant de grosses larmes avec leurs doigts.
Le procès put enfin reprendre.

— Un mort... vivant... Vraiment? Ma foi,
voilà une bien folle histoire, ricana Flandrin.
Et j'aurais nagé dans la Seine? Un homme de
mon grand âge? En m'accusant de telles
diableries, tu ne fais qu'aggraver ton cas, j'en
ai peur.

Il lissa sa barbe et toisa les membres du
tribunal.

— Ce garçon est un suppôt de Satan! hurla-
t-il en pointant Manaïl d'un index accusateur.
Le Diable l'a marqué deux fois plutôt qu'une!
Sur la foi de ce que vous voyez, je demande
que l'on procède à son examen en règle afin
d'établir sa culpabilité!

— Et toi, tu es un sale Nergali! s'écria l'Élu,
en furie.

Un nouveau coup l'atteignit dans les reins. Puis un autre, et un autre encore. Vaincu, il finit par s'écraser au sol, agenouillé devant l'adorateur de Nergal, qui ne tentait plus de cacher son ravissement.

37

LA CONDAMNATION

Le Grand Inquisiteur consulta du regard les quatre autres juges, dont le visage présentait la même expression de sévérité et de réprobation. Ils hochèrent la tête à l'unisson en signe d'approbation. Abraham Flandrin se tourna vers l'accusé, l'air grave.

— Accusé, lève-toi !

Manaïl se contenta de regarder Flandrin avec un mépris non dissimulé. Le garde qui se tenait derrière lui s'approcha et lui donna un violent coup de poing sur la nuque.

— Lève-toi ! ordonna-t-il.

À contrecœur, il obéit. Après tous les coups qu'il avait reçus, malgré les fers qui lui entravaient les chevilles et les poignets, il se tint aussi droit et digne qu'il le pouvait, une expression de dédain sur le visage.

— Martin Deville, l'interpella sentencieusement Abraham Flandrin, tu comparaissais aujourd'hui, accusé d'hérésie et de sorcellerie, devant ce saint tribunal. À la lumière des témoignages entendus et des marques diaboliques que tu portes, ta culpabilité ne fait aucun doute pour les nobles représentants de la Sainte Inquisition de notre sainte mère l'Église ici présents. Tu t'es vautré dans l'hérésie la plus vile et la plus grave. En adorant une divinité païenne, tu as renié la vraie foi et as, par le fait même, condamné ton âme à la géhenne et aux tourments éternels de l'enfer. Mais notre sainte Église sait être clémente, même avec ses brebis égarées. Comme le père de la parabole, elle accueille à bras ouverts le fils prodigue au repentir sincère. Aussi, je te demande si tu regrettes tes mauvaises actions et si tu supplies Dieu de te pardonner tes terribles péchés.

— Je ne demanderai rien à un dieu cruel qui s'abaisse à faire exécuter ses basses œuvres par un assassin ! s'empressa de répondre Manaïl. Je ne lui adresserais pas de prière même s'il s'agissait de ma dernière chance de survie ! Il ne mérite pas de baiser les pieds de la grande Ishtar !

Un coup de poing s'abattit dans ses reins, mais il se fit violence et resta debout.

— Qu'il soit noté que l'accusé demeure impénitent et refuse de reconnaître ses crimes contre Dieu et contre les hommes, déclara Flandrin d'un ton méprisant.

— Adorer Ishtar n'est pas un crime ! rétorqua le garçon. Personne n'a commis de massacres en son nom à Elle. Alors qu'on tue pour ton dieu, ce sont la vie et la fertilité qu'on célèbre à travers Elle !

Un nouveau coup, plus violent encore, le fit défaillir. Il vit des étoiles valser devant ses yeux, mais refusa de tomber. Par réflexe, il tenta d'appliquer la marque de YHWH dans le bas de son dos. Les chaînes l'en empêchèrent.

— En conséquence, conclut le Grand Inquisiteur comme si aucune interruption n'était survenue, tu seras soumis à la question ordinaire et extraordinaire, comme le veut la justice inquisitoriale. Compte tenu de la gravité de tes fautes, je conduirai moi-même la question. Après quoi tu confesseras publiquement tes crimes et abjureras tes fausses croyances. Tu seras ensuite remis au bras séculier pour être exécuté comme hérétique. Et si tu retombes dans l'hérésie avant ton exécution, tu seras condamné comme relaps[1] ! Gardes, emmenez-le !

Deux solides gaillards l'agrippèrent par les bras et le traînèrent vers la sortie. Abasourdi, Manaïl ne se débattit même pas.

---

1. Quelqu'un qui est retombé dans l'hérésie après l'avoir abjurée.

LA QUESTION

Manaïl était de retour dans sa cellule depuis une journée entière. Il avait pu le déterminer par la succession des repas à peine comestibles qu'on lui avait apportés. Le Nergali lui avait promis « la question » et il se demandait de quoi il pouvait bien s'agir. Il ruminait dans le noir, inquiet, lorsqu'une clé joua dans la serrure et que la porte s'ouvrit. Un garde entra.

— Pousse-toi au fond, ordonna-t-il avec brusquerie.

Le garçon obéit et se blottit contre le mur le plus éloigné de l'ouverture. Satisfait, le soldat fit un signe de la tête et quelqu'un d'autre le rejoignit. Un prêtre, constata Manaïl avec méfiance. Son visage était ravagé par de vilaines cicatrices qui lui imposaient une grimace permanente et son crâne chauve luisait de transpiration. Le souvenir des faciès dévastés de Noroboam l'Araméen et d'Arianath lui envahit la tête. Pendant un moment, il frissonna en se rappelant les souffrances que les deux Nergalii lui avaient infligées. Tout cela allait-il recommencer ?

— Tu peux partir, murmura le nouveau venu d'une voix douce.

Le garde hocha négativement la tête.

— Je ne dois pas te laisser seul, rétorqua-t-il. Il pourrait être dangereux.

— La confession est un sacrement privé, mon fils. Je dois l'entendre dans l'intimité. Va. Il ne m'arrivera rien.

— Hum… fit le soldat, indécis. Bon… Fais-en à ta guise, prêtre. S'il y a quoi que ce soit, crie. Je serai de l'autre côté.

À contrecœur, il sortit et referma la porte.

Le prêtre posa sur Manaïl un regard profond et serein. Il s'approcha, s'accroupit près de lui et l'observa un moment en silence. Manaïl put constater à quel point son visage n'était plus qu'une repoussante caricature. Ses lèvres avaient pratiquement disparu et ce qu'il en restait semblait s'être fixé entre le sourire et le rictus. Son front, ses joues, son menton étaient parsemés de plaques épaisses. De son nez, il ne restait qu'un morceau de chair informe et ses paupières semblaient réduites à néant. Le côté gauche de sa tête était dénué d'oreille.

— Je me nomme Daimbert de Louvain, finit-il par dire. Je viens entendre ta confession.

— Ma confession ? répéta le garçon, interdit.

— L'aveu de tes péchés pour le salut de ton âme, mon fils, l'informa le religieux, un peu étonné. Tu devras bientôt te présenter devant ton Créateur. Tu ne voudrais pas avoir le cœur lourd de fautes alors que le salut de ton âme est en jeu ?

— Mais... Je n'ai rien à te confesser, s'insurgea Manaïl. Je ne te connais pas.

— Ce n'est pas à moi que tu te confesses, mon enfant, mais au seul vrai Dieu à travers moi. As-tu menti ? Volé ? Calomnié ton prochain ? Convoité ce qui ne t'appartenait pas ? Désiré une femme ? Envié ou haï ton prochain ? Tué ou meshaigné[1] quelqu'un ? Trahi ?

Le confesseur lui posa fraternellement la main sur l'épaule.

— Emporteras-tu dans la tombe un secret qui pourrait être utile à tes semblables et améliorer le sort de l'humanité ? poursuivit-il, le regard plus perçant. Personne n'est exempt de péché, mon fils. Depuis la chute originelle, c'est la nature humaine qui est ainsi... Tu n'as qu'à commencer avec *Confiteor*[2]. Tu verras.

---

1. Maltraité.
2. En latin : Je reconnais, j'avoue.

Le reste suivra sans effort. Allez. Le moment est venu de libérer ta conscience. Déleste-toi du poids de tes péchés…

Manaïl le toisa, hésitant. Malgré son visage repoussant, l'homme avait l'air bon. Sa voix était apaisante, presque hypnotique. Il le dévisageait avec patience et son expression était celle d'une grande ouverture. Puis il se ressaisit. Le dieu du confesseur n'était pas le sien. Son âme était lourde de regrets et de gestes qu'il avait dû faire malgré lui, mais s'il devait confesser ses fautes, c'est à Ishtar qu'il le ferait. Pas à un dieu au nom duquel on torturait et tuait.

— Va-t'en, ordonna-t-il. Je n'ai rien à te confesser.

Las, le confesseur soupira et se dirigea vers la sortie. Avant de frapper pour appeler le geôlier, il adressa au garçon un regard étrange.

— Je sais être patient, dit-il avant de sortir.

◆

Dans l'univers de l'Élu d'Ishtar, le temps perdit sa cohérence. Les heures et les jours défilèrent et tout ne fut plus qu'une succession de douleurs atroces. Les gens de ce *kan* avaient une créativité sans bornes lorsqu'il s'agissait d'inventer des moyens de faire souffrir leurs semblables. Chaque nouvelle torture, administrée par un bourreau passé maître dans l'art de garder ses victimes à mi-chemin entre la vie et la mort, rivalisait d'originalité avec la précédente. Très vite, Manaïl oscilla entre les moments d'éveil semblables à de terribles cauchemars et une noire torpeur où il trouvait refuge. Sans le savoir, il célébra son quinzième anniversaire en plein délire, dans les caves du couvent des dominicains.

◆

Manaïl était attaché à une chaise. Ses poignets étaient liés derrière le dossier avec des lanières de cuir. Ses cuisses étaient fixées au siège. Près de lui, un homme au torse nu luisant de sueur portait, par-dessus sa culotte, un tablier de cuir taché de sang. On l'appelait le maître des hautes œuvres. Le tourmenteur. Il attendait avec l'air détaché d'un artisan consciencieux prêt à faire son travail.

Le Grand Inquisiteur lui fit signe de la tête. Il s'avança vers Manaïl, lui empoigna les deux chevilles et déplia ses jambes. Il posa ses mollets sur un tabouret de manière à ce que ses pieds nus pendent dans le vide. Il saisit un bol de terre cuite qui se trouvait près de là, sur une table où étaient disposés divers outils de métal. Il y plongea les doigts et en ressortit une grosse motte de graisse blanchâtre. En silence, il en enduisit la plante des pieds du garçon. Puis il s'éloigna un peu, enfila d'épais gants de cuir et revint avec un brasero qu'il posa par terre.

Bientôt, la graisse animale se mit à grésiller et à pétiller. La peau des pieds du garçon devint brûlante. Elle crépita, telle une pièce de viande sur le gril. La chair se couvrit de cloques qui, une à une, éclatèrent. La douleur était indescriptible. Manaïl hurla comme un fou, jusqu'à ce que sa gorge soit en feu, elle aussi. Debout dans un coin de la pièce, Flandrin, les mains jointes en une obscène parodie de prière, souriait cruellement en observant la scène.

On éloigna le brasero. Le tourmenteur sortit. Une fois seul avec lui, le Grand Inquisiteur lui posa une question avec insistance. *Où sont les fragments du talisman de Nergal*? Il l'assura que la douleur cesserait dès qu'il aurait avoué. Manaïl refusa. La parole de cet homme ne valait pas les immondices empilées à l'extérieur de la muraille de Jérusalem.

Le tourmenteur fut rappelé et la douleur reprit de plus belle. Dans son délire, le garçon se consolait. Au moins, sa mort aurait eu un sens. S'il succombait à ses tortures, jamais les Nergalii ne sauraient où était caché le troisième fragment. Car lui-même ignorait comment le retrouver. Le talisman resterait incomplet. Le Nouvel Ordre ne serait pas.

Lorsque ses tourments atteignirent des sommets insoupçonnés et qu'il ne souhaita plus que mourir, l'Élu perdit conscience.

◆

Dans son cachot, le confesseur l'attendait. Il l'incita à avouer ses péchés et à livrer les secrets qu'il gardait au fond de son cœur. Il brandit son crucifix et l'assura que Dieu ne l'accueillerait pas en son paradis s'il ne s'y présentait pas le cœur pur. Manaïl rejeta ce dieu et chassa le prêtre, qui le bénit avant de sortir.

La marque de Hanokh soulagea ses souffrances. Sur la plante de ses pieds, la chair se reforma. Épuisé et l'esprit confus, Manaïl s'endormit. Il ne s'éveilla que lorsque la porte s'ouvrit avec fracas.

◆

Le Babylonien était attaché à la même chaise. Ses poignets étaient fixés aux appuie-bras avec d'épaisses sangles de cuir qui lui entaillaient la chair. On lui immobilisa la main à plat sur la petite table qu'on venait d'approcher et on lui écarta les doigts. Dans des pinces, le bourreau tenait une petite éclisse de bois effilée. Lorsque la première pénétra sous son ongle, Manaïl hurla et se débattit comme une bête blessée. Le bourreau recommença avec chaque doigt. Entre deux cris, il entendit Flandrin qui ricanait de plaisir.

Le Grand Inquisiteur lui reposa la même question. *Où sont les fragments du talisman de Nergal?* Manaïl le maudit puis serra les dents et se tut. La douleur reprit. Elle toucha des profondeurs insondables.

✦

Il s'éveilla dans le noir et reconnut son cachot à son odeur de moisissure et à son sol humide. Le visage contre terre, il sentit un filet de salive s'écouler sur sa joue. Une main se posa sur son épaule. L'Élu sursauta, convaincu que la torture reprenait.

— Confesse tes péchés, mon fils, insista une voix dans le noir. Assure le salut de ton âme. Révèle-moi tes secrets les plus sombres. Que signifie l'inscription sur la pierre tombale du frère Enguerrand de Montségur? Où se trouve le secret qu'elle promet? Libère-toi de ce poids avant de mourir. Confie la pierre philosophale à quelqu'un qui saura en faire bon usage...

— Va-t'en!

Le confesseur, de plus en plus insistant, l'agrippa par les bras pour le secouer.

— Libère-toi de ton fardeau avant de mourir, pauvre fou ! plaida-t-il. Le secret ne doit pas disparaître avec toi !

Manaïl frappa au hasard et sentit un choc suivi d'un grognement. Puis la porte s'ouvrit et se referma. Il était à nouveau seul. Il parvint à ouvrir sa main gauche et à l'appliquer sur sa droite. La vie revint en lui. Ses ongles se recollèrent, la douleur s'atténua mais ne disparut pas tout à fait.

Il venait à peine de s'endormir lorsqu'on le tira de son cachot pour le ramener à la salle de torture.

✦

Manaïl avait la tête sous l'eau. Son esprit tournait au ralenti. Il tenta de se débattre, mais on le retenait et il était engourdi. Il devait respirer. Il devait vivre. Sa quête n'était pas encore terminée. Ishtar comptait sur lui. Il inspira goulûment. L'eau, froide comme la mort, envahit ses poumons. Il étouffait. Il se mourait. On lui tira la tête vers l'arrière. Il toussa et vomit. Puis il respira. Le tourmenteur le laissa par terre, haletant, et quitta la pièce.

Dans le coin sombre de la chambre de torture, la voix du Grand Inquisiteur s'éleva et lui redemanda la même chose. *Où sont les fragments du talisman de Nergal?* Pour la première fois, Manaïl envisagea de céder et d'en finir avec la douleur. Mais il se reprit et cracha au visage de son tortionnaire. Sans que le sourire s'efface de son visage, Flandrin essuya la glaire avec sa manche, empoigna un maillet de bois sur la table et lui en asséna un coup sur la main. Manaïl sentit ses doigts se briser mais garda les dents serrées.

Le tourmenteur fut rappelé et l'eau envahit encore ses poumons. Lorsque l'Élu s'évanouit, il en fut reconnaissant.

✦

Dans son cachot, la torture continua. Daimbert de Louvain le harcelait, le menaçait de la damnation éternelle. Il exigeait de connaître son secret.

Manaïl sentit qu'on l'empoignait par la chemise et qu'on le secouait.

— Tu ne dois pas laisser disparaître le secret du commandeur! s'écria l'affreux confesseur. La pierre philosophale est trop précieuse pour être perdue! Dis-moi comment elle sera révélée!

Manaïl ne répondit pas. Après de longs instants meublés par le souffle de son bourreau, il se retrouva seul dans le silence et le noir.

✦

Attaché par les poignets, Manaïl était suspendu au plafond, à une demi-toise du sol. Ses chevilles étaient retenues par une chaîne. Dans le coin de la pièce, Flandrin, qu'il regardait dans les yeux avec un air de défi, lui posa de nouveau la question qui avait fini par rythmer sa vie entière. Toujours la même. S'il lui avait demandé d'avouer qu'il était un hérétique, il aurait répondu « oui » sans aucune hésitation. Il ne voulait pour rien au monde adorer un dieu qui approuvait des tortures comme celles qu'on lui faisait subir. Mais ce n'était pas ce que son tortionnaire voulait savoir.

Où sont les fragments du talisman de Nergal ? Chaque fois, Manaïl lui répondait en le traitant de fils de chienne, mais Flandrin se contentait de sourire. Le tourmenteur revint et suspendit un poids de métal de plus à la chaîne qui liait ses chevilles. Manaïl sentit les tendons de ses articulations s'étirer un peu plus et se rompre avec un bruit sec.

✦

Plus tard, lorsqu'il s'éveilla dans son cachot, la marque de YHWH peina à le soulager. Manaïl n'était pas naïf. Pour le moment, il survivait, mais même la magie de Hanokh ne pourrait pas combattre éternellement tant de blessures et de douleurs. La tête appuyée contre le mur de pierre, il ferma les yeux et pleura en silence, autant de désespoir que d'épuisement.

— Ishtar... Où es-tu ? gémit-il dans le noir.

Mais la déesse restait silencieuse. Seul le confesseur était là, tapi dans le noir. L'Élu sentit qu'on le soulevait par la nuque et qu'on lui versait un liquide amer dans la bouche. Il toussa. Puis un calme surnaturel l'envahit. Lorsque le prêtre lui demanda une fois de plus de révéler l'emplacement de la pierre philosophale, il ne put pas résister. L'envie d'avouer était toute-puissante. Malgré lui, les mots se formèrent sur ses lèvres. Dans la cathédrale Notre-Dame, le frère Enguerrand et la Magesse Abidda avaient caché un des fragments du talisman de Nergal. Au pied d'une colonne représentant Ishtar. Le filet d'eau menait vers l'étoile de David et les deux pentagrammes sur le sol. Il croyait avoir compris comment récupérer le fragment, mais il s'était trompé. Il ne savait rien de plus.

Le confesseur sourit puis s'en fut en claquant la porte du cachot. Il avait négligé de bénir son pénitent.

39

HORS LES MURS

Deux jours auparavant, Giraude avait été brûlée devant une foule clairsemée, cruelle et avide de sang, qui avait bravé la contagion pour se repaître du spectacle. Dissimulée entre deux bâtiments, Ermeline avait assisté, impuissante, à l'horrible supplice. Jamais elle n'oublierait l'ultime rictus de souffrance qui avait déformé le visage bouffi et brûlé de sa mère avant qu'elle ne trépasse. Elle aurait voulu l'appeler, lui crier son amour, mais elle savait que révéler sa présence équivaudrait à une condamnation à mort. Elle s'était mordu les lèvres pour garder le silence, espérant que sa mère sente son désespoir.

La gitane ne pouvait se permettre de s'apitoyer sur ses malheurs. La personne qu'elle avait aimée plus que tout au monde n'était plus et, lorsque le temps serait venu, elle la pleurerait. Mais pas maintenant. La rumeur de l'arrestation de Martin Deville dans la cathédrale lui était parvenue. Après le choc était venu l'espoir. Elle pouvait encore sauver quelqu'un. Quelqu'un de très important, qui avait été la raison d'être des femmes de sa lignée. Quelqu'un qui devait vivre, plus que tout autre. C'était la manière dont sa pauvre mère aurait voulu qu'elle réagisse. Elle en avait la conviction.

Aussitôt, Ermeline avait quitté le cimetière des Innocents. Elle avait volé ce qu'il lui fallait pour se nourrir et s'abreuver, puis s'était installée dans l'ombre d'un édifice avoisinant pour observer les allées et venues autour du couvent des dominicains. La gitane connaissait les inquisiteurs et leur esprit tordu. Il ne se passa pas une seule heure sans qu'elle prie Ishtar de toutes ses forces pour que Martin résiste aux traitements qu'on lui faisait subir à l'intérieur.

Elle avait fait le guet pendant des jours et des jours, soupesant diverses options, et avait fini par ébaucher un plan. Maintenant, elle devait déterminer le moment le plus propice à sa mise en œuvre. Lorsqu'elle fut satisfaite, elle entra en action. Pour réussir, elle devrait faire appel à toute son effronterie et risquer gros. Elle espérait surtout que sa mère, où qu'elle se trouvât maintenant, lui viendrait en aide. Et que Martin Deville soit toujours vivant.

✦

Sur les bords de la Seine, Jehan Malestroit était fasciné par l'eau qui s'écoulait lentement devant lui. De temps à autre, un cadavre bouffi de putréfaction passait, flottant à la surface. Il enviait ces pauvres diables dont les soucis étaient terminés. La mort valait mieux que vivre dans la damnation.

C'était dans la Seine que sa ruine avait commencé. C'était là que, par grandeur d'âme, il avait risqué sa vie pour sauver celle d'un garçon inconnu. Il avait cru remplir son devoir envers Dieu. Il avait cru honorer son sacerdoce. Il avait plutôt tiré des eaux putrides le suppôt de Satan qui avait causé sa perte et noirci à jamais son âme.

Jehan se savait souillé pour toujours par les sorcelleries de Martin Deville. Qu'il le veuille ou non, il appartenait désormais à Satan et la vie de sainteté qu'il avait tant souhaitée n'était plus qu'une amère comédie. Comment sauver des âmes alors que la sienne était damnée ?

En dénonçant Martin Deville, il avait espéré trouver la rédemption, mais l'Éternel avait refusé son offrande.

Maintenant, la Seine, aussi impure que son âme, l'appelait. Là, Jehan Malestroit se baptiserait lui-même dans la mort et la damnation. Les lèvres tremblantes, il ferma les yeux et sauta. Il ne résista pas lorsque l'eau froide et sombre l'enveloppa. Le poids de ses péchés l'entraîna vers le fond. Sa dernière pensée fut un passage du Livre saint qu'il avait tant aimé : *NON POTERITIS SERVIRE DOMINO. DEUS ENIM SANCTUS ET DEUS AEMULATOR EST NEC IGNOSCET SCELERIBUS VESTRIS ATQUE PECCATIS*[1].

---

1. En latin : Vous n'aurez pas la force de servir l'Éternel, car c'est un Dieu saint, c'est un Dieu jaloux ; il ne pardonnera point vos transgressions et vos péchés. Livre de Josué 24,19.

LE PARI DE BALAAMECH

Éridou, en l'an 3612
avant notre ère

L e corps d'Arianath venait d'être déposé dans la fosse que les Nergalii avaient creusée à la sueur de leur front. Mathupolazzar avait décidé qu'elle serait inhumée dans le temple, sous une des dalles de pierre du plancher. Ainsi, elle serait toujours près du dieu qu'elle avait servi au prix de sa vie. La courageuse et loyale Nergali ne méritait rien de moins que cet insigne honneur. Elle avait tout sacrifié au Nouvel Ordre. Sa beauté, sa mémoire, son corps, ses espoirs… À cause de l'Élu, la souveraine du Nouvel Ordre que le grand prêtre avait imaginée ne serait jamais.

La cérémonie s'achevait. Le silence n'était rompu que par les grognements d'effort des quatre Nergalii qui peinaient pour replacer la lourde dalle par-dessus la tombe. Ensuite, le cercueil d'Arianath serait scellé à jamais, mais ses frères et sœurs ne l'oublieraient pas.

Soudain, l'air vibra d'une manière familière. Dans un coin du temple, un homme en bure brune se matérialisa. Mathupolazzar se retourna, anxieux.

— Gloire à Nergal et hommage à toi, ô Mathupolazzar, déclama le nouveau venu.

— Qu'Il étende sur toi sa protection, Balaamech, répondit Mathupolazzar. Comment les choses se déroulent-elles ?

L'homme sourit et s'inclina avec respect devant le grand prêtre.

— L'Élu d'Ishtar est prisonnier, ô Mathupolazzar.

— Gloire à Nergal ! s'écria le grand prêtre. Tu as les fragments ?

— Il n'a pas encore retrouvé celui qui est caché dans ce *kan*, l'informa Balaamech.

— Peuh !! rétorqua Mathupolazzar avec mépris. Nergal seul sait quelle astuce l'Élu pourrait encore inventer ! Je serais plus tranquille si tu arrachais tout de suite les deux fragments de sa poitrine.

— Mais l'éliminer maintenant comporte aussi des risques, maître. S'il mourait, serions-nous certains de jamais récupérer le troisième ? rétorqua le Nergali. Sans compter les deux autres, dont nous ignorons toujours dans quel *kan* Naska-ât les a déposés.

Mathupolazzar s'approcha de son disciple, empoigna sa bure et l'attira brusquement vers lui.

— Soit. Alors, retourne sans tarder dans le *kan* d'où tu sors et termine le travail ! gronda le grand prêtre, nez à nez avec le Nergali. Et souviens-toi que ta vie dépend de ta réussite.

— Je ne faillirai pas, maître, répondit Balaamech d'une voix sûre. Il en sera fait selon ta volonté.

— Ne t'avise pas de revenir les mains vides, sinon ta tête sera suspendue au-dessus de l'autel ! hurla Mathupolazzar.

Imperturbable, le Nergali s'inclina, ferma les yeux, écarta les bras et, après un moment, disparut.

L'ÉVASION

Paris, en l'an de Dieu 1348

Pelotonné dans le coin le plus éloigné de la porte, sur le sol humide, Manaïl attendait qu'on revienne le chercher. Il avait le corps perclus de douleur et couvert de plaies. Pour échapper à la souffrance et aux tourments incessants, son esprit s'était réfugié loin, très loin de la réalité, dans un recoin inaccessible où la pensée consciente était chose rare et fragmentaire. Manaïl n'existait presque plus. Il était. Il survivait.

La magie de Hanokh s'épuisait et, sans elle pour minimiser l'effet de la torture, il ne tiendrait pas le coup très longtemps. La seule idée de nouvelles souffrances le faisait trembler comme une feuille au vent. Ce qu'il avait déjà avoué ne servirait à rien. Le troisième fragment resterait introuvable. Mais cela n'empêcherait pas la torture de continuer.

Personne ne le sortirait de là. Il ne servait à rien d'essayer de se convaincre du contraire. Il devait donc prendre en compte la seule possibilité qui s'offrait encore à lui. Il tenterait bientôt de s'emparer de l'arme d'un garde inattentif et, si Ishtar lui en donnait la force, il mettrait lui-même fin à ses jours. Ainsi, peut-être, le fragment de ce *kan* demeurerait caché.

Le bruit des clés dans la serrure atteignit un recoin de l'esprit de Manaïl où la raison existait encore. Une voix perça le voile de silence dont il s'était enveloppé. La porte s'ouvrit en grinçant.

— Martin ? Tu es là ?

Dans l'espace intérieur confus et éclaté qui était devenu le sien, Manaïl eut la vague impression que cette voix lui était familière. Mais il était loin. Il n'avait plus d'énergie. Penser, se souvenir, tout cela ramènerait la douleur.

De son monde intérieur, il entendit des pas. Quelqu'un entrait. La lumière d'une lampe traversa ses paupières fermées sans qu'il puisse, ou sache, réagir.

— Martin ? insista la voix. Martin ! Réveille-toi !

Au prix d'un effort surhumain, Manaïl ouvrit les yeux. Une fille. Les cheveux noirs. Un œil vert et l'autre jaune. Il aurait dû la reconnaître. Elle avait quelque chose à voir avec lui. Il referma les yeux. Il voulait dormir. Rêver. Dans ses rêves, il n'avait pas mal. Personne ne le torturait ni ne le harcelait. Il était en paix.

Il sentit qu'on lui secouait l'épaule avec insistance. Une voix lui parvenait, de l'autre bout de l'univers.

— Martin… Martin… Réveille-toi!

On le retourna sur le dos. Des doigts lui ouvrirent de force les paupières. La faible lumière l'aveugla. Un objet sombre apparut devant ses yeux et se mit à osciller.

— Regarde le joli médaillon… dit la voix. Regarde comme il brille dans la lumière. Il se balance, va d'un côté à l'autre…

Malgré lui, Manaïl fut incapable de refermer les yeux. Le mouvement du pendule le fascinait. Tout à coup, une voix envahit sa tête, puissante et autoritaire.

— Martin! ordonna-t-elle. Reviens!

Une main prit la sienne. Une jeune fille aux yeux magnifiques et pleins de larmes. Elle utilisait son étrange pouvoir pour l'atteindre dans le coin de sa conscience où il s'était réfugié. Elle le ramenait parmi les sains d'esprit.

— Cornebouc! Reviens, te dis-je! répéta-t-elle avec autorité.

Ermeline. La fille était Ermeline. Il la connaissait. La gitane. La fille de la Sarrasine.

La Magesse de ce *kan*. Et Manaïl redevint Manaïl. Le confort de son refuge disparut. Le froid de sa cellule le fit frissonner. Les douleurs, dans toute leur ampleur, le saisirent en entier.

— Lorsque je claquerai des doigts, tu te réveilleras, dit Ermeline. Tu auras moins mal. Et tu ne retourneras plus là où tu te trouvais.

Un claquement sec. Une grande bouffée d'air vicié et nauséabond. Une toux creuse qui lui arrachait les muscles de la cage thoracique. Mais il était vivant. Accroupie près de lui, Ermeline lui caressait les cheveux.

— Par Ishtar... Regarde ce que ces fous t'ont fait... se plaignit-elle, les larmes aux yeux. Au nom de leur dieu... Tu es en lambeaux. C'est terrible !

La gitane se retourna en direction de la porte de la cellule, devant laquelle se tenait un garde en armes. En l'apercevant, Manaïl eut un mouvement de recul et se recroquevilla, terrifié, dans le coin le plus éloigné. On venait le chercher. La torture allait reprendre.

— Tu n'as rien à craindre, Martin, murmura la gitane. Il est inoffensif. Nous devons partir d'ici au plus vite. Tu peux marcher ?

Le garçon hocha la tête, incapable de détacher son regard de son geôlier. Ermeline le prit sous les aisselles et l'aida à se mettre debout. Elle fut ébranlée de voir à quel point l'Élu d'Ishtar n'était plus que l'ombre de lui-même. Il était dans un état de si grande faiblesse que ses jambes flageolantes le portaient à peine.

La tête de Manaïl tournait et il dut s'appuyer sur la gitane pour ne pas tomber jusqu'à ce que le monde sous ses pieds se stabilise.

Lorsqu'il se sentit un peu mieux, il jeta un coup d'œil sur sa compagne. Elle était enveloppée de son châle. Même dans la faible lumière, Manaïl pouvait voir qu'elle avait maigri. Ses magnifiques yeux bicolores étaient profondément cernés et elle avait les traits tirés. Elle avait mis une main contre la paroi de pierre et semblait très faible.

— Tu… Tu… balbutia-t-il. Tu es ?…

— Ce n'est rien, dit la gitane dans un sourire forcé. Viens. Nous n'avons pas beaucoup de temps.

Elle se dirigea vers la porte en vacillant légèrement et se planta devant le garde immobile, le regard fixe et vitreux.

— Tu vas t'écarter, oui, vilain rustaud[1] ? pesta-t-elle.

L'homme parut hésiter puis, tel un automate, s'écarta lentement.

---

1. Grossier personnage aux manières lourdes.

— Je lui ai fait le coup du médaillon, expliqua Ermeline. Il restera quiet pour un moment encore. Ce sont les autres dont je m'inquiète. J'ai dû endormir tant de monde... Je ne sais pas combien de temps cela durera. Allez, viens. Le temps presse.

Ermeline appuya le bras du garçon sur son épaule et, supportant le poids de son mieux, l'entraîna à l'extérieur de la cellule. Une fois dans le couloir, la gitane se retourna vers le gardien qui était resté dans le cachot. De sa main libre, elle sortit son médaillon de son corsage et le fit osciller dans la lumière.

— Referme la porte, ordonna-t-elle à l'homme endormi.

Le garde s'exécuta et se planta devant, le regard fixe.

— Tu ne te réveilleras qu'au changement de la garde et tu informeras ton remplaçant que le patarin est toujours bien enchartré[1]. Tu as compris ?

— Au changement de la garde... Le prisonnier est encore dans son cachot... ânonna le garde d'une voix empâtée.

En titubant, Ermeline et Manaïl franchirent aussi vite qu'ils le purent le couloir éclairé par des torches fixées aux murs à intervalles réguliers. De temps à autre, ils croisèrent des

---

1. Emprisonné.

gardes, tous dans le même état second que le premier. À chacun, Ermeline donnait quelques instructions au passage afin que l'on ne découvrît pas l'évasion de Manaïl avant quelques heures.

L'Élu et la gitane gravirent avec peine un escalier de pierre en colimaçon. Ils aboutirent dans un autre corridor qu'ils s'empressèrent de traverser. Sur leur chemin, quelques religieux en bure se tenaient immobiles eux aussi, un chapelet dans les mains, et semblaient réciter des prières sans fin.

— Tu as vraiment… ensorcelé tout le monde, remarqua Manaïl avec admiration, s'obligeant à sourire malgré son état. Ça a dû te demander… un effort terrible. Pas étonnant que… tu sois si… pâle.

— Seulement ceux qui se trouvaient sur mon chemin, précisa Ermeline en grognant sous le poids de son compagnon. Il y en a sans doute bien d'autres qui, en ce moment même, se demandent ce qui se passe et vont donner l'alerte. Je me reposerai lorsque nous serons en sécurité.

Arrivés devant une porte massive, ils s'immobilisèrent. Un garde les attendait, l'épée tirée. Ermeline sortit son médaillon.

— Ouvre, exigea-t-elle.

Le garde fronça les sourcils, l'air hésitant.

— Je... Je ne dois pas... Je... balbutia-t-il en clignant des yeux à répétition.

De toute évidence, l'emprise que la gitane avait exercée sur tous ces hommes commençait à s'effriter. Celui-là était en passe de s'en défaire. Pendant un instant, Ermeline parut décontenancée et chercha désespérément une façon de rétablir son contrôle. Puis elle eut une idée.

— Ouvre, te dis-je! gronda la gitane. Sinon, les rats que tu vois sur le sol vont monter le long de tes jambes, entrer dans ta culotte et te grignoter les pharettes et la pendeloche[1], cornebouc! Tu m'entends?

Le regard du garde se porta sur le plancher de pierre et son visage prit une expression d'horreur à la vue des rats imaginaires qui grouillaient autour de lui. Il se mit à gémir comme un enfant en balayant frénétiquement ses jambes avec une de ses mains, l'autre enveloppant son entrejambe.

— Fais-les partir! supplia-t-il. Fais-les partir!

— Ouvre-nous et ils partiront, répliqua Ermeline. Sinon, tu vas te retrouver chapon[2], sottard!

---

1. Les testicules et le membre viril.
2. Coq châtré.

Blême de peur, les larmes aux yeux, le garde s'empressa d'ouvrir la lourde porte de bois couverte de ferrures. La gitane rangea son médaillon et replaça le bras de Manaïl sur son épaule.

— Viens, haleta-t-elle, à peine plus capable que lui de se mouvoir. Ils vont bientôt tous se réveiller.

Ensemble, Manaïl et Ermeline sortirent et aboutirent dans la rue Saint-Jacques. En silence, ils s'enfoncèrent dans la nuit.

◆

Abraham Flandrin était tout sauf stupide. Après des semaines de tortures, il avait compris que l'Élu était prêt à mourir plutôt que de révéler son secret. Sa détermination était lisible dans ses yeux. Certains condamnés résistaient à toutes les tortures. Mais s'il se croyait libre, tout redeviendrait possible. Il suffisait d'attendre et d'être rusé. Tôt ou tard, il le conduirait droit au fragment du talisman.

Dans la pénombre, blotti dans l'embrasure d'une porte, le Nergali était fier de son astuce. Il avait poussé le garçon aussi près de la mort qu'il était humainement possible de le faire. Maintenant, il était temps de le laisser s'enfuir. Il sourit en lissant sa longue barbe blanche.

Il admirait le courage et l'audace de la gitane. Elle avait pris un peu plus de temps que prévu, mais elle avait fini par se montrer. Grâce à son étrange pouvoir, elle avait ensorcelé tout le monde. Il songea avec amusement que, s'il n'avait pas été autrement occupé, il aurait eu plaisir à instruire son procès pour sorcellerie et à la faire condamner à être brûlée vive, comme sa mère.

Flandrin sortit, remonta le capuchon de sa bure et, sans bruit, emboîta le pas aux fuyards qui venaient de s'échapper des geôles de l'Inquisition. Bientôt, il serait de retour chez lui, dans le *kan* d'Éridou.

42

LE CHARNIER

Manaïl était de retour dans le temple du Temps. Quelqu'un — Ishtar, sans doute — avait eu la prévenance d'y installer un lit surmonté d'un épais matelas. Il n'avait pas souvenir d'être revenu dans le lieu sacré. La torture avait-elle eu raison de lui? Si oui, le troisième fragment était sauf. Il pouvait reposer en paix. Enfin.

De très loin, une voix lui parvint.

— Tu dois t'éveiller, Manaïl. Saint Jean arrive bientôt, lui chuchota Ishtar.

— Non… murmura-t-il. Laisse-moi me reposer.

— Tudieu! Réveille-toi, Maurin de l'Isle, tonna la voix du frère Enguerrand. Saint Jean arrive bientôt.

— Non. Je ne veux pas. Je suis fatigué… Et puis, vous êtes mort depuis longtemps. Est-ce que je vous réveille, moi?

— *Réveille-toi, Martin Deville, intima la voix de Giraude. Saint Jean arrive bientôt.*

— *Mais pourquoi personne ne veut me laisser dormir ? J'ai mal partout. Et la marque de YHWH est presque vidée de son pouvoir. Laissez-moi me reposer.*

Il sentit une main se poser avec tendresse sur son épaule. Il ouvrit les yeux. Ishtar était là, dans toute sa splendeur, qui lui souriait. Sur sa tête, la tiare d'or brillait comme un soleil et les joyaux qui y étaient incrustés scintillaient.

— *Réveille-toi, Élu. Ta souffrance est terminée et ton passage dans ce* kan *arrive à son terme.*

— *Mais j'ai si mal… gémit Manaïl. Ils m'ont torturé… Ils m'ont arraché les ongles, brûlé, étiré, déchiré…*

— *Je sais, dit Ishtar en lui caressant tendrement les cheveux. Je t'avais dit que tu devrais beaucoup souffrir…*

— *Le pire, c'est qu'au lieu de mourir, je recommençais à souffrir le lendemain matin. J'ai cru que ça ne finirait jamais. Et il y avait ce prêtre qui insistait pour que je confesse mes péchés…*

— *J'en suis désolée, compatit la déesse. Je t'en demande plus que je n'en ai le droit. Et pourtant, ni toi ni moi n'avons vraiment le choix. Notre destinée a été tracée dès la création des* kan. *Par bonheur, tu n'es plus seul, ajouta-t-elle en souriant. Désormais, une Magesse t'accompagnera.*

Interdit, Manaïl regarda Ishtar.

— *Ermeline ? s'enquit-il. Son rôle n'est pas encore terminé, c'est ça ?*

La déesse hocha affirmativement la tête.

— *Maintenant, réveille-toi, ordonna-t-elle, sa voix s'estompant alors qu'autour d'elle le temple du Temps se désagrégeait petit à petit. Tu as encore beaucoup de travail à accomplir. Saint Jean arrive bientôt et tu dois être là pour l'accueillir...*

◆

Manaïl flotta un moment entre le rêve et la réalité puis s'éveilla. Il ouvrit les yeux. Dans la lumière blafarde, il aperçut une silhouette qui n'était pas celle d'Ishtar. Il essaya de se redresser, mais en fut quitte pour une vive douleur aux côtes qui le fit retomber sur le dos en grimaçant.

— Te voilà de retour parmi nous ! s'exclama une voix remplie de bonheur près de lui. Il n'est pas trop tôt ! Je commençais à m'inquiéter.

Assise près de lui, Ermeline souriait, un bougeoir à la main. La lumière de la chandelle dansait dans ses yeux, donnant au jaune des allures de pépite d'or et au vert, l'air d'une émeraude précieuse. Sous ses yeux, les cernes s'étaient amoindris et elle lui paraissait moins fatiguée que dans la geôle du couvent des dominicains. De toute évidence, elle avait réussi à reprendre un peu de ses forces.

— Tu as dormi pendant quatre jours entiers, lui révéla la gitane. Tu te sens mieux ?

— Euh… Oui… Je crois, répondit-il en étirant ses membres douloureux.

— Tu… tu te souviens de ce que les tourmenteurs t'ont fait ?

Manaïl fouilla son esprit. Des scènes lui revenaient, vagues et discontinues. Des images et des sons fragmentaires, des voix, des coups, des sensations. Un froid intense lui remonta le dos, sa gorge et son estomac se serrèrent, et sa mémoire se libéra.

— Oui… dit l'Élu, l'air sombre. Je me souviens de… tout. Combien de temps ai-je été prisonnier ?

— Trois semaines au moins, répondit la gitane. Lorsque je l'ai appris, ils te détenaient depuis plusieurs jours déjà.

Ermeline fit un geste de la main, comme pour chasser ces considérations trop sérieuses.

— Tu dois mourir de faim.

À la seule pensée d'avaler quelque chose, Manaïl sentit son ventre gargouiller puis gronder comme un volcan dont l'éruption était imminente. Ermeline éclata de rire.

— Cornebouc! Ton estomac a répondu à ta place, s'esclaffa-t-elle. Attends-moi. Je reviens tout de suite.

Elle se leva et, après lui avoir souri — un sourire un peu triste, ne put s'empêcher de remarquer Manaïl —, elle se dirigea vers la porte. Elle s'arrêta brusquement.

— J'allais oublier. Je t'ai trouvé une chemise propre, dit-elle en lui tendant un vêtement.

La gitane sortit. Manaïl se mit debout, retira sa chemise en lambeaux en grimaçant sous l'assaut des courbatures et revêtit la nouvelle. Il ferma les yeux et se permit de jouir un moment du sentiment de propreté du lin beige. Il aurait voulu se laver, chasser l'odeur du sang et de la sueur, de la peur et de l'amertume. Les relents de la torture lui emplissaient la bouche et les narines. Mais il ne vit d'eau nulle part. L'hygiène devrait attendre.

Il examina machinalement l'endroit où il se trouvait. Il sentit un frisson lui parcourir le dos. Des ossements humains couvraient la moindre surface des murs. Ici, des crânes étaient disposés les uns par-dessus les autres avec un art macabre sur des tablettes de bois. Ils montaient le long du mur et atteignaient les chevrons de bois qui soutenaient la toiture. Là, des milliers de tibias, de fémurs, de radius et de cubitus étaient empilés comme des troncs d'arbres coupés et formaient une surface presque uniforme. Ailleurs, il s'agissait de vertèbres ou de bassins.

Jamais de sa courte vie, ni dans les folles aventures de sa quête, Manaïl n'avait vu quelque chose qui fût à la fois aussi esthétique et lugubre. Il régnait dans la pièce une odeur de putréfaction latente mêlée de sécheresse et de poussière qui lui asséchait la gorge et lui donnait l'envie d'éternuer. Il comprit avec horreur que ce qui lui tenait lieu de couche était en fait une des tablettes dont quelqu'un avait vidé le contenu d'os longs qui avait été empilé pêle-mêle dans un coin.

La porte s'ouvrit en grinçant. Ermeline rentra, un sac de toile dans une main et une bouteille dans l'autre. Elle lui tendit le sac et il en sortit un énorme pigeon rôti et un quignon de pain.

— J'ai larronné quelques provisions hier, déclara-t-elle avec fierté. Je me disais que tu finirais par te réveiller un jour et je t'en ai gardé. Ce n'est pas aujourd'hui que nous ferons ripaille[1] mais, au moins, nous aurons le ventre plein. J'avais tout laissé dehors. Je ne voulais pas que la viande prenne le goût de… cet endroit, ajouta-t-elle en grimaçant, un peu mal à l'aise.

---

1. Banquet.

Manaïl mordit avec appétit dans le pigeon froid.

— Et la chemise ?

— Rapinée[1] aussi…

— Tu héberges toujours les blessés dont tu t'occupes dans des lieux aussi glauques ? demanda le garçon, la bouche pleine.

— Seulement les fugitifs. Je suis désolée de ne pas t'avoir offert une auberge. L'Inquisition, dont tu as pu mesurer toute la « sainteté », est à nos trousses. Personne ne nous cherchera ici.

Ermeline ouvrit la bouteille et lui donna deux gobelets d'étain. Elle les remplit de vin, puis prit une gorgée et fit la grimace.

— Beuh ! Quel guiguet[2] ! se lamenta-t-elle Mais à cheval donné, on ne regarde point à la bouche…

Manaïl se contenta de sourire.

— Quel est cet endroit, au juste ? s'informa Manaïl avec une moue dédaigneuse.

— Le charnier du cimetière des Innocents, répondit la gitane en lui tendant l'autre gobelet. C'est ici qu'on accumule les os des trépassés. On les déterre après quelques années, le temps qu'ils soient bien nettoyés, et on les empile ici. Depuis l'arrivée de la peste, on

---

1. Volée.
2. Vin de mauvaise qualité.

manque de place pour enterrer les morts. Ce n'est pas très guilleret, je l'admets…

Ahuri, Manaïl essayait de regarder partout à la fois.

— Mais… Comment peut-on savoir qui est qui ? Comment quelqu'un peut-il rendre hommage à ses morts ?

Ermeline haussa les épaules.

— Je n'en sais rien… Est-ce vraiment important ?

Malgré l'odeur qui emplissait la pièce, malgré les ossements et la poussière, le garçon avala tout son repas, ne s'arrêtant que pour prendre quelques gorgées de vin en faisant grise mine sous le regard amusé de la gitane.

Il venait de terminer lorsqu'il aperçut la bague qu'Ermeline portait au doigt. Il avala sa dernière bouchée de travers, posa la carcasse près de lui sur la tablette et s'essuya les mains sur sa culotte. Il se leva et, l'air grave, regarda la gitane dans les yeux, sachant d'avance ce qu'elle répondrait à la question qu'il n'osait pas poser.

Il comprit tout à coup que les cris de femme qu'il avait entendus si souvent s'étaient tus après le témoignage de Giraude. Un peu avant qu'Ermeline ne le libère. Occupé qu'il était à survivre, il n'avait pas fait le lien. Il avait cru qu'on l'avait libérée après qu'elle l'eut incriminé. Il avait été bien naïf… Il aurait dû savoir que le Grand Inquisiteur n'avait aucune parole. Mais, de toute façon, qu'aurait-il pu y faire ?

— Giraude est morte, confirma Ermeline en pressentant sa question.

Sans prévenir, un gros sanglot s'échappa de sa gorge. Ému, Manaïl la serra dans ses bras. Il n'aurait pu dire s'il souhaitait la réconforter ou oublier la culpabilité qu'il ressentait à l'idée d'avoir été la cause des tortures que Giraude avait subies. Il resta silencieux et caressa les cheveux de la jeune fille jusqu'à ce que ses pleurs s'estompent.

Puis, la gitane retrouva son calme. Elle se dégagea un peu de l'étreinte de son ami, posa doucement la tête dans le creux de son épaule et poursuivit.

— Ils sont venus après que ton sale petit curé nous eut dénoncées comme hérétiques.

Une moue de haine et de mépris déforma la bouche d'Ermeline, dont les yeux se remplirent à nouveau de larmes.

— Il en brûlait d'envie depuis si longtemps, le misérable ! C'était sa manière à lui de faire la preuve de la supériorité de son dieu... Comme si le pouvoir de tuer quelqu'un nous donnait raison...

— C'est Jehan qui m'a dénoncé, moi aussi, admit Manaïl. Je n'aurais jamais cru...

La gitane porta un regard rempli de tendresse sur la bague qu'elle portait. Songeuse, elle caressa le joyau du bout des doigts et renifla. Ses lèvres tremblaient un peu.

— Giraude m'a donné la bague et leur a tenu tête assez longtemps pour me permettre de m'enfuir. Elle a donné sa vie pour sauver la mienne…

— Ils l'ont torturée pour la forcer à témoigner contre moi, dit le garçon. De mon cachot, je l'entendais crier. Puis tout a cessé. Je croyais qu'elle avait été relâchée. Je suis bête…

— L'Inquisition ne lâche jamais ses proies, cracha Ermeline avec amertume. Tous ceux qui ont le malheur de tomber entre ses griffes sont coupables si tel est son plaisement. La vérité n'a aucune importance et personne n'ose s'opposer à elle. Si j'avais su où se trouvait ma pauvre mère, j'aurais pu la libérer, mais il m'a fallu trop de temps pour le découvrir.

Elle se leva et fixa dans les yeux de Manaïl un regard d'une intensité terrifiante, augmentée par les larmes qui l'embuaient.

— Ma mère a été assassinée de sang-froid par ces fous! Jamais je n'oublierai ses hurlements lorsque les flammes ont commencé à lui dévorer les pieds. Jamais je n'oublierai l'odeur de sa chair brûlée — la chair dont je suis faite! Et pendant qu'elle rôtissait, la pauvre, ces misérables grippeminauds rendaient grâce à leur dieu! Cornebouc, je voudrais qu'ils trépassent tous!

Le garçon ne savait que dire. Il ferma les yeux et implora Ishtar de guider Elle-même l'âme noble de Giraude jusqu'au royaume d'En-Bas.

Une fois de plus, Manaïl serra doucement Ermeline contre lui. De gros sanglots se remirent à secouer le corps de la gitane. Lorsqu'ils cessèrent, l'Élu l'écarta, posa les mains sur les épaules de sa compagne, la regarda dans les yeux et inspira profondément.

— Tu dois connaître la vérité, déclara-t-il. Promets-moi seulement de ne pas me croire fou avant d'avoir tout entendu.

— Soit...

Ils s'assirent tous deux sur son lit de fortune et Manaïl amorça un récit qui leur fit traverser la nuit.

L'HERMÉTIQUE SECRET

Pour la première fois depuis très longtemps, Daimbert de Louvain ne ressentait
aucune attirance pour son alchimie bien-
aimée. Dans son laboratoire, il rageait de
colère et de frustration.

Dans le langage hermétique qui le carac-
térisait, le Tarot avait vu juste, comme toujours. Martin Deville était bien le mystérieux
individu annoncé par l'arcane du Chariot. Il
était venu, marqué du Bien et du Mal, et était
sur la piste du secret tant convoité. L'alchimiste avait espéré profiter de l'état de faiblesse
du garçon pour lui extirper le secret de la
pierre philosophale, mais il était têtu comme
une mule. Voyant que son état se détériorait,
il lui avait fait avaler une potion qu'il avait
concoctée mais cela ne lui avait rien donné.
La pierre avait été cachée dans la cathédrale
par le frère Enguerrand de Montségur. Au

pied de la colonne représentant la déesse Ishtar se trouvaient deux pentagrammes et une étoile de David. Rien de plus. Il ignorait toujours quand et comment elle serait révélée.

Et maintenant, aussi incroyable que cela semblât, il s'était échappé, sans doute aidé par une des femmes dont le Tarot avait prédit l'intervention.

Quatre jours plus tôt, au matin, lorsque Daimbert s'était présenté à sa cellule pour reprendre son travail de confesseur, il l'avait trouvée vide. Les gardes avaient couru en avertir le Grand Inquisiteur mais, à la surprise de tous, il semblait s'être volatilisé, lui aussi. Avertis, les autres juges en étaient restés stupéfaits et avaient aussitôt ordonné que l'on parte à sa recherche. Depuis, on avait mis Paris sens dessus dessous, sans succès. Les fuyards et le Grand Inquisiteur semblaient être tombés à l'extrémité du monde.

La Roue de Fortune dominait la situation : le jeune homme avait subi les tortures mais, malgré cela, il poursuivait sa quête.

Daimbert porta son regard sur l'inscription qu'il avait transcrite. Elle traînait sur la table et semblait le narguer. Il y avait de quoi perdre la raison. Pour la millième fois, il la relut.

« I tego arcana templi
Enguerrand de Montségur, A. D. 1198-1277.
Au crépuscule, saint Jean et Notre-Dame
te révéleront le Bien et le Mal »

Entre deux séances de confession, l'alchimiste avait passé le plus clair de ses jours et de ses nuits à tenter de déchiffrer la maudite épitaphe. Il avait essayé toutes les combinaisons, toutes les interprétations auxquelles il pouvait penser. Rien. Malgré les heures d'insomnie à feuilleter ses grimoires, malgré toute sa science, le secret refusait obstinément de paraître au grand jour.

Le message laissait entendre que le fragment serait révélé au crépuscule. Mais de quel jour ? Il y avait trois cent soixante-cinq crépuscules par année ! Il n'allait tout de même pas se planter dans la cathédrale chaque soir à attendre sans même savoir s'il avait vu juste ? Et pourquoi la pierre tombale mentionnait-elle le Bien ? Et saint Jean ? Que venait-il faire là-dedans ?

Une grimace de dépit déforma le visage déjà ravagé de Daimbert de Louvain. Il grogna de frustration, se leva sèchement et frappa un grand coup de poing sur la table. Le morceau de parchemin s'envola et atterrit sur le sol. Il se pencha, le ramassa et le remit en place. Au même moment, la cloche de l'église

sonna pour appeler les hospitaliers aux prières de prime. Perdu dans ses noires pensées,
l'alchimiste sursauta. Encore une nuit blanche perdue à ruminer. Il soupira, éteignit la
chandelle et sortit. En route vers la chapelle,
toute son attention était concentrée sur l'hermétique message du frère Enguerrand et son
cœur n'était nullement disposé à la prière.

Il prit une décision. Dès qu'il le pourrait,
il irait faire un tour à Notre-Dame. Peut-être
y trouverait-il lui-même un indice.

L'ÉLU SE RÉVÈLE

Dans le charnier du cimetière des Innocents, Manaïl, assis par terre près d'un mur de crânes disposés avec une macabre élégance, venait de terminer un long monologue. Sans rien lui cacher, il avait révélé à Ermeline sa véritable identité et lui avait expliqué la quête que la déesse Ishtar lui avait confiée.

— Isthar… murmura Ermeline, interdite et émerveillée à la fois. Tu as vu Ishtar ? Tu lui as parlé ?

— Oui.

— Alors, tous ces prêtres intolérants avaient tort… dit-elle, abasourdie. Ma mère et moi avons eu raison de rester fidèles à la déesse.

Près de lui, Ermeline passa ses mains dans ses cheveux d'ébène et ferma les yeux, concentrée.

— Si je dois t'en croire, tu te déplaces à volonté dans le temps ? demanda-t-elle.

— Ce n'est pas aussi simple que ça, répondit Manaïl en haussant les épaules. Je ne suis pas certain de tout comprendre moi-même. D'après ce que j'en sais, je ne peux me rendre que dans des *kan* déterminés à l'avance par les Anciens et auxquels le temple me donne accès. Une fois arrivé, je peux y rester aussi longtemps qu'il le faut. Parfois, je suis même capable d'interrompre le cours du temps. Juste un peu. Selon Ashurat, je devrais apprendre à raffiner ce pouvoir, mais les événements se sont déroulés très vite et je n'en ai pas vraiment eu le temps.

Manaïl soupira.

— Les *kan* choisis par les Anciens sont ceux où ont été déposés les fragments du talisman, poursuivit-il. Mais chaque fois, les Nergalii m'y attendent ou m'y rejoignent.

— Ici aussi ?

— Oui. Abraham Flandrin, le Grand Inquisiteur, est un Nergali... confessa l'Élu. Il s'est révélé durant le procès. Il m'a fait torturer en espérant que je lui dévoilerais l'emplacement du fragment qui se trouve dans ce *kan* pour avoir la vie sauve... Maintenant que je me suis échappé, il est sans doute à ma poursuite. Il n'abandonnera certainement pas. Le talisman est trop important pour les Nergalii.

Songeuse, Ermeline laissa errer son regard.

— Si ce que tu dis est vrai, je comprends mieux ce que j'ai lu dans les lignes de ta main, dit-elle. Plusieurs vies, toutes inachevées... Comme si tu changeais d'identité. Et chaque fois, tu dois repartir ?

— Si je veux achever ma quête, oui. Mais j'ai besoin de ton aide. Sans toi, je n'y arriverai pas.

L'Élu lui expliqua le rôle que devait tenir Giraude si son interprétation des deux pentagrammes entrelacés sur la pierre tombale du frère Enguerrand et dans la cathédrale s'avérait juste.

— Les Mages d'Ishtar se succèdent dans les *kan*, expliqua Manaïl. Ta mère n'est plus, mais sa bague est toujours là. Tu es son héritière, Ermeline... Désormais, tu es la Magesse de ce *kan*. Ishtar Elle-même me l'a dit. Et c'est de toi que dépend ma réussite. Il faut que les deux personnes qui portent les bagues collaborent, j'en ai la conviction. C'est ainsi que le frère Enguerrand et ton arrière-grand-mère l'ont voulu. C'est ce que signifient les deux pentagrammes entrelacés sur la pierre tombale du commandeur. Il désirait s'assurer que si jamais quelqu'un se retrouvait en possession illégitime d'une des cinq bagues, il ne pourrait pas ouvrir seul la cachette.

Ermeline se leva et se mit à faire les cent pas entre les piles d'ossements, visiblement déchirée entre la foi et l'incrédulité.

— Ce que tu racontes est bien difficile à croire, Martin, déclara-t-elle. Parler avec Ishtar... Voyager à travers les époques... Arrêter le temps... Et pourtant, lorsque je songe au bloc de pierre qui allait nous écraser et qui nous a manqués...

Elle se tut et secoua la tête.

— Réfléchis, Ermeline, plaida calmement Manaïl. Ta mère et moi ne nous étions jamais vus. Comment expliquer que ma bague et la sienne soient identiques et qu'elles portent le même symbole lorsqu'elles touchent une flamme ? Comment aurions-nous pu connaître la même prophétie et le même templier ? Sinon parce que chacun de notre côté, nous menions le même combat ! Même Abidda, ta propre ancêtre, t'est apparue en songe pour te demander de me venir en aide.

La gitane le toisa. Manaïl lui tendit la paume de sa main gauche pour qu'elle voie bien l'étoile de David tracée par Hanokh.

— Regarde cette marque. Tu la reconnais ? insista-t-il.

— Oui... C'est la même que sur la pierre tombale.

— Elle se trouve aussi dans la cathédrale, reprit-il. Au pied d'une colonne qui est surmontée par une image d'Ishtar! Elle est entourée de deux pentagrammes. Les mêmes que sur la pierre tombale! Tout cela est bien plus qu'un hasard!

Ermeline regarda la main sans oser la toucher. Elle soupira, vaincue, et releva vers lui ses magnifiques yeux bicolores.

— Comment pourrais-je refuser tant de signes? Quelque chose me dit que je n'ai pas le choix, conclut-elle en haussant les sourcils.

Les poings d'Ermeline se serrèrent jusqu'à trembler.

— Soit, gronda-t-elle, la mâchoire crispée par la colère. Mon aide t'est acquise, Élu d'Ishtar. Ton triomphe sera ma vengeance et celle de Giraude.

Les paroles qu'Ishtar avait prononcées dans son rêve lui revinrent. *Désormais, une Magesse t'accompagnera.* Il ne put s'empêcher de maudire intérieurement sa quête, qui imposait un tribut terrible à tous ceux qui s'approchaient de lui.

— Tu fais honneur à la bague que tu portes, Ermeline, dit-il.

La jeune fille se leva d'un bond.

— Il vaudrait mieux avoir un plan, suggéra-t-elle.

Maintenant solidaires dans la quête, ils passèrent une partie de la journée à étudier les faits et à élaborer des stratégies pour s'emparer enfin du fragment maudit.

RETOUR À LA CATHÉDRALE

Avec la fin de l'après-midi vint le moment de s'aventurer loin de la sécurité relative du cimetière.

— Nous aurons peut-être besoin de ceci, dit-elle en remettant un poignard à Manaïl pendant qu'elle en glissait elle-même un dans les plis de sa jupe.

— Où as-tu pris ces armes ?

— Je les ai rapinées à deux soldats qui patrouillaient hier. Rien de plus facile. Il suffit de leur faire les yeux doux pendant qu'on leur vide les poches ! Ils ne s'en sont même pas rendu compte. Les gitans ne sont guère aimés. Nous apprenons tôt à ne jamais être sans armes. Parfois, mon médaillon ne suffit pas à me défendre.

Puis, elle ramassa un pourpoint[1] de toile grossière qui traînait sur un paquet d'os et le lui tendit.

---

1. Veste d'homme avec manches et col, qui va jusqu'au-dessous de la ceinture.

— Mets ça. Il commence à faire froid dehors.

— Rapiné aussi ? demanda-t-il en souriant.

— Aussi… rétorqua la gitane en haussant les épaules.

Ermeline enfila une épaisse pèlerine[1], souffla sur l'unique chandelle qui éclairait le charnier, et ils sortirent.

Le ciel était lourd de gros nuages noirs et un vent cruel sifflait. Ils zigzaguèrent entre les pierres tombales installées pêle-mêle et se glissèrent hors du cimetière des Innocents. La gitane avait remonté son capuchon pour masquer son visage et l'Élu avait relevé le col de son pourpoint, la tête rentrée dans les épaules. Jamais le Babylonien n'avait eu aussi froid.

En plein jour, les risques qu'ils soient repérés étaient beaucoup plus grands et ils devaient à tout prix éviter d'être repris par l'Inquisition. Ils auraient préféré profiter de la nuit, mais ils n'avaient pas le choix. Ils devaient être à Notre-Dame avant le crépuscule.

Après s'être assurés que la rue Saint-Denis était à peu près déserte, ils la remontèrent avec la plus grande prudence jusqu'à l'île de la Cité, s'arrêtant souvent dans l'embrasure d'une porte ou contre un mur pour tendre l'oreille et évaluer les alentours. La peste avait

---

1. Manteau sans manches muni d'un capuchon.

reculé mais les rues étaient encore peu fréquentées. Ils franchirent le pont aux Changeurs sans être inquiétés, traversèrent le cloître de Notre-Dame, puis la cour intérieure et se retrouvèrent au pied du gigantesque édifice.

— Cet endroit est le pire de tous les repaires de prêtres, cracha Ermeline avec répugnance. Il empeste l'encens et les superstitions. Giraude m'avait fait promettre de ne jamais y mettre les pieds.

— Le plan du frère Enguerrand et d'Abidda l'exige, répondit Manaïl. Viens. Avec un peu de chance, tout sera vite terminé.

Il poussa la porte sous le portail de gauche, prit la main d'Ermeline et lui fit un sourire nerveux. Puis il l'entraîna à l'intérieur.

L'endroit semblait désert. Aucune lumière extérieure ne faisait scintiller les magnifiques vitraux qui l'avaient tant émerveillé et les quelques torches suffisaient à peine à chasser la pénombre.

Craignant à tout moment que l'atroce douleur qui l'avait cloué au sol lors de sa dernière visite ne le frappe de nouveau ou que d'autres gardes ne surgissent, le garçon avança avec précaution dans l'allée centrale, la main gauche posée sur sa poitrine pour que la douleur ressentie précédemment ne soit pas trop forte. La gitane et lui se trouvèrent bientôt près de la colonne où Ishtar était sculptée parmi les gargouilles et les feuilles d'acanthe du chapiteau. Une fois sur place, il fit une pause pour s'orienter. Il poursuivit son chemin vers le transept de la cathédrale, entraînant Ermeline. Il repéra la colonne qui l'intéressait, s'en approcha et s'accroupit. Il tâta le plancher et finit par retrouver le coin de la dalle de pierre sous lequel il avait caché la bague. Le cœur battant d'angoisse, il en fit lever le coin avec son poignard et explora la petite cache improvisée, sous le regard intrigué de la gitane. Le bijou était toujours là. Soulagé, il le saisit et le passa au majeur de sa main droite. Il réalisa avec un certain étonnement qu'il se sentait complet pour la première fois depuis qu'il l'avait retiré.

Manaïl se releva et repartit avec Ermeline vers la colonne qui surplombait les deux pentagrammes gravés sur sol. Dans la lumière qui baissait, il repéra le mince filet qui descendait jusqu'aux symboles et le suivit à tâtons jusqu'à l'étoile de David gravée sur le plancher avec, de chaque côté, les pentagrammes. Il vit celui qui était accompagné d'une main palmée et en approcha sa bague. Il indiqua l'autre à la gitane.

— Tu vois ce motif ? demanda-t-il.

Ermeline hocha la tête.

— C'est là que tu dois encastrer ta bague. Le pentagramme doit avoir la pointe vers le haut. Tu l'as mise du bon côté ?

— Oui.

Le garçon étira le cou et jeta un coup d'œil aux fenêtres.

— Tu crois que c'est le crépuscule ? s'informa-t-il en notant que la lumière semblait diminuer à l'extérieur.

— À peu près, oui.

— Alors, allons-y.

Manaïl se concentra, adressa une courte prière à Ishtar et plaça la bague d'Ashurat dans la marque, comme il l'avait fait à Jérusalem, dans la chambre secrète construite sous les ruines du temple de Salomon. La gitane fit de même. Puis ils attendirent. Manaïl espérait entendre un déclic, un craquement, le grondement de la pierre frottant contre la pierre…

Rien.

— Peut-être faut-il le faire simultanément. Recommençons, ordonna-t-il, inquiet. Un, deux, trois… Maintenant !

Ils enfoncèrent en même temps les deux bagues dans les motifs.

Toujours rien.

— Changeons de côté, suggéra Ermeline.

Ils essayèrent d'inverser les bagues, sans plus de résultat. Dépité, Manaïl s'assit sur le sol et se prit la tête à deux mains.

— Ça ne marche pas. Je n'y comprends rien.

— Peut-être que tu as mal compris quelque chose. Que disait la pierre tombale, encore ?

Manaïl récita machinalement l'obscure épitaphe qu'il avait gravée dans sa mémoire.

— « Je garde le secret du temple. Enguerrand de Montségur, A. D. 1198-1277. Au crépuscule, saint Jean et Notre-Dame te révéleront le Bien et le Mal. » Il y avait aussi une étoile de David avec une croix pattée au centre, une épée templière et deux pentagrammes entrelacés.

Il se mit à énumérer le sens qu'il donnait à chacun des éléments en relevant un doigt chaque fois.

— C'est le crépuscule. Par l'étoile de David et la croix pattée, le commandeur m'indiquait que nous collaborions, lui et moi. Le temple est la cathédrale, qui est consacrée à la Vierge, Notre-Dame, donc à Ishtar, qu'Abidda et le commandeur eux-mêmes ont dû sculpter là-haut, sur la colonne. Les deux pentagrammes représentent les deux bagues qui doivent être utilisées ensemble par les deux Mages qui les possèdent — toi et moi. Le Mal, c'est sûrement le fragment. Tout se tient. Pourtant, ça ne marche pas. Il manque quelque chose…

— Saint Jean ? suggéra Ermeline.

— Si tu sais où le trouver, cet énergumène, fais-moi signe, maugréa le garçon.

— Aucune idée, répondit la gitane. Et le Bien ? Pourquoi le frère Enguerrand a-t-il pris la peine de mentionner aussi le Bien ?

— Si je le savais… soupira l'Élu.

Découragés, ils décidèrent de quitter la cathédrale, de crainte que l'Inquisition ne les y découvre. Dehors, la nuit était presque tombée et ils purent regagner le cimetière des Innocents sans être vus.

✦

Dans la pénombre, Abraham Flandrin souriait dans sa barbe en observant l'Élu et la gitane qui sortaient de la cathédrale. De toute évidence, ils n'avaient rien trouvé. Il allait devoir courir le risque de laisser le garçon libre encore quelque temps. Sa compagne et lui reviendraient, il en était sûr.

Il attendit que les jeunes gens aient pris une certaine avance et se mit en marche à son tour. Après leur évasion, pendant que lui-même restait caché dans une des maisons où il cultivait la *mumia*, il les avait fait suivre par le fossoyeur qui lui livrait les cadavres. Il savait qu'ils se cachaient dans le charnier du cimetière des Innocents. La partie la plus sombre de l'âme du nécromancien appréciait ce choix. Tous ces ossements... L'envoûtante odeur de la mort d'où émergeait invariablement la vie...

Flandrin ricana. Il venait d'avoir une délicieuse idée. Lorsque Martin Deville aurait enfin découvert le secret du frère Enguerrand et qu'il le lui aurait arraché, il se débarrasserait de lui, mais l'empêcherait de mourir tout à fait. Le pauvre errerait, ni tout à fait mort, ni tout à fait vivant, dans Paris avec pour seule pensée le vague souvenir de son terrible échec.

Toujours absorbé dans ses pensées, il prit le chemin de la pièce secrète où il se terrait en attendant la conclusion des événements.

46

LA CLÉ

D ans la chapelle de la templerie, Daimbert de Louvain était agenouillé, la tête inclinée dans une attitude de profonde dévotion. Il aurait voulu pouvoir prier, mais l'énigme de la pierre tombale occupait toutes ses pensées. Peut-être que le lendemain, en fouillant les moindres recoins de Notre-Dame, il y verrait plus clair.

Quand les prières de prime furent terminées, les hospitaliers se relevèrent et allaient prendre leur petit déjeuner lorsque le prieur Amaury de Montbénac les rappela d'une voix enjouée.

— Mes frères, annonça-t-il, la mine réjouie, n'oubliez pas que demain, à l'occasion de la Saint-Jean d'hiver, un repas de célébration vous sera servi au réfectoire après les vêpres. Nous rendrons un hommage particulier à l'Évangéliste qui nous a transmis les paroles de Jésus-Christ. Maintenant, allez en paix et vaquez en rendant grâce à Dieu.

L'alchimiste écarquilla les yeux et s'immobilisa, transi. Tout à coup, les éléments du message se mettaient en place devant ses yeux. La Saint-Jean d'hiver... Après les vêpres — au crépuscule... saint Jean... Notre-Dame... Comment avait-il pu être si bête ? Était-ce possible ? Était-ce aussi simple ? Tout à coup, le message était clair. Il sourit et dut se contenir pour ne pas se frotter les mains de contentement. Le lendemain, si tout se déroulait comme il l'espérait, il posséderait la pierre philosophale.

❖

Ermeline et Manaïl étaient presque à destination lorsque du ciel lourd et gris se mirent à tomber de gros flocons blancs et froids.

— Mais... Par... Par quelle... sorcellerie ?... balbutia Manaïl en tâtant du bout des doigts une des choses qui se transforma aussitôt en eau dans le creux de sa main.

Ermeline s'esclaffa.

— C'est de la neige. Tu n'en as jamais vu avant ?

— De la... neige ?

— De la pluie gelée. C'est l'hiver. Parfois,

Paris devient toute blanche. C'est froid mais c'est très joli.

Une brise glaciale traversait les rues lorsque les deux jeunes compagnons arrivèrent au cimetière des Innocents. Ils regardèrent subrepticement d'un côté puis de l'autre afin de s'assurer que personne ne les observait puis, satisfaits, se glissèrent entre les monuments funéraires. Ils entrèrent dans le charnier et Manaïl referma la porte. Il retira son pourpoint, le secoua pour en faire tomber la neige et se frotta les bras en frissonnant.

— Brrrr... Il fait froid, dit-il, lui qui n'avait jamais ressenti une température pareille dans sa Babylone natale ou à Jérusalem.

— C'est normal, rétorqua Ermeline en allumant la chandelle. Ce sera bientôt la Noël. Déjà, demain, ce sera la Saint-Jean d'hiver.

Manaïl empoigna la bouteille de vin de la veille et se mit à remplir les deux gobelets. Soudain, il s'arrêta net et renversa la moitié du liquide sur le plancher du charnier.

— Qu'as-tu dit ? demanda-t-il d'un ton pressant en se retournant vers la gitane.

— Que ce sera bientôt la Noël...

— Non, après !

— Que demain, ce sera la Saint-Jean d'hiver ?

— La Saint-Jean d'hiver ?

— Oui. Le 21 décembre, les prêtres célè-
brent la fête de saint Jean l'Évangéliste.

— Il y en a une autre ?

— Le 24 juin, c'est la Saint-Jean-Baptiste.

Lorsque Ermeline comprit où voulait en
venir le garçon, ses yeux s'arrondirent de
surprise.

— Saint Jean... déclara-t-elle, médusée.
Saint Jean et Notre-Dame... Tu crois que ?...

— Je crois que demain, avant le coucher du
soleil, nous retournerons à Notre-Dame, coupa
Manaïl, un éclair de détermination dans le
regard. Et s'il ne se produit rien, nous y serons
de nouveau le 24 juin...

LE BIEN

Manaïl et Ermeline passèrent la matinée du lendemain à récapituler dans les moindres détails le message du frère Enguerrand, espérant y découvrir quelque chose qui leur aurait encore échappé. Mais malgré leurs efforts, aucun indice supplémentaire ne se manifesta.

Vers la fin de l'après-midi, ils quittèrent leur cachette et parcoururent la distance qui séparait le cimetière des Innocents de la cathédrale Notre-Dame. Le soleil avait réchauffé Paris et la neige avait déjà disparu, mais il faisait toujours froid et ils avaient revêtu pèlerine et pourpoint. Ils circulèrent par les petites rues, les lieux les plus sombres et les cours arrière. Ils croisèrent bien quelques soldats qui revenaient d'un tour de garde devant une des portes de Paris et, tremblants, leur tournèrent le dos en espérant ne pas attirer leur attention. Heureusement, ceux-ci étaient trop pressés d'aller s'humecter le gosier de vin pour remarquer deux jeunes personnes qui marchaient dans une rue et qui, en plus, risquaient d'être contagieuses.

À force de prudence, ils atteignirent leur destination sans qu'on s'intéresse trop à eux. Une messe célébrée pour la Saint-Jean-l'Évangéliste se terminait et les rares fidèles sortaient. Ils se glissèrent parmi eux et, marchant à contre-courant, entrèrent. Discrètement, ils s'agenouillèrent dans un coin et firent semblant de prier jusqu'à ce que la cathédrale soit vide. Le célébrant et ses servants de messe furent les derniers à quitter les lieux.

Ils se levèrent et se dirigèrent vers la colonne d'Ishtar. L'écho de leurs pas dans l'immense édifice maintenant vide était lugubre.

L'Élu avait tant bien que mal contrôlé la douleur dans sa poitrine à l'aide de la marque de YHWH et ce qu'il en restait n'était pas suffisant pour l'indisposer. Ils étaient assis sur le sol, au pied de la colonne où trônait Ishtar. À proximité de chacun d'eux se trouvaient les pentagrammes sculptés dans le plancher. L'un comme l'autre avait sa bague de Mage au doigt, prêt à agir. Tout autour, sur les murs de Notre-Dame, les rayons du soleil qui baissait lentement à l'horizon produisaient un féerique ballet de couleurs en traversant les vitraux des rosaces.

— Regarde… dit Ermeline à voix basse, ébahie par ce qu'elle voyait. Comme c'est beau… On dirait des feux follets qui dansent la tresque[1].

— Oui… Ce *kan* renferme les choses les plus belles que j'aie vues. Et aussi les gens les plus pervers… répondit Manaïl, songeur.

— Que va-t-il se produire au crépuscule, d'après toi ? s'informa Ermeline.

— Je n'en ai aucune idée. Lorsque le soleil se couchera, nous le saurons.

Ermeline resta un moment silencieuse, l'air pensif. Elle inspira pour se donner du courage et posa la question qui lui brûlait les lèvres.

— Nous avons résolu l'énigme de saint Jean, mais qu'en est-il du Bien ? demanda-t-elle.

— Je crois que le Bien, c'est *nous*, répliqua Manaïl.

— Nous ? Mais que dis-tu là ?

— J'y ai bien réfléchi… Le message du commandeur dit : « Au crépuscule, saint Jean et Notre-Dame te révéleront le Bien et le Mal ». Nous sommes dans Notre-Dame, presque au crépuscule de la Saint-Jean-l'Évangéliste. Si

---

1. Danse du XIVe siècle provenant d'Italie.

Ishtar le veut, nous allons bientôt retrouver un des fragments du talisman de Nergal — le Mal. Mais seulement si nous parvenons à nous faire confiance et à collaborer. La loyauté. L'amitié. *Nous* sommes le Bien. Sans nous, les Nergalii seront tôt ou tard victorieux.

✦

Assis sur un siège du déambulatoire, au fond de la cathédrale, Abraham Flandrin attendait dans la pénombre en lissant distraitement sa longue barbe. Il admirait lui aussi la danse gracieuse des couleurs sur les murs de la cathédrale.

Il avait examiné la colonne autour de laquelle les deux alliés s'étaient arrêtés la veille. Il avait été étonné d'y trouver, gravés dans le sol, à peine visibles, une main palmée, une étoile de David et deux pentagrammes. Mais il ne comprenait pas leur utilité. Il s'était donc installé sur un banc et avait attendu. Blotti dans un coin sombre, il avait assisté incognito à plusieurs messes sans vraiment y prêter attention, priant Nergal de ne pas avoir fait d'erreur en permettant à l'Élu de s'évader. Le sacrilège d'invoquer ainsi le dieu des Enfers, de la Destruction, de la Maladie et de la Guerre dans le temple du dieu des chrétiens l'avait bien fait ricaner.

Il avait gagné son pari. L'Élu ne pouvait s'offrir le luxe de perdre du temps. Après sa tentative avortée, il avait persévéré et était revenu à Notre-Dame. Il avait donc élucidé ce qui l'avait empêché de procéder plus tôt.

Le Grand Inquisiteur sentit une intense fébrilité le traverser. Le moment était venu. L'Élu allait retrouver le fragment. Dans le noir, il vérifia la tension du câble de l'arbalète qu'il avait posée près de lui sur le sol et toucha la pointe du carreau avec son doigt. Elle était parfaitement aiguisée.

✦

Assis dans les hauteurs des balcons qui, entre les colonnes, donnait vue sur la nef centrale de la cathédrale, Daimbert observait le garçon et la gitane, tous deux assis par terre à la base de la colonne. Il aimait la noirceur. Dans la pénombre, son visage ravagé était invisible.

Mêlé aux fidèles, il avait examiné plus tôt avec soin la colonne dont Martin Deville lui avait révélé l'importance. Il avait trouvé, gravés à sa base, une étoile de David et deux pentagrammes qui lui confirmaient qu'il était sur la bonne piste. Mais le message du frère Enguerrand restait un mystère. Il avait attendu le crépuscule, certain que le garçon se montrerait. Et il avait eu raison. Il était là, avec une des femmes dont les cartes avaient annoncé le rôle, prêt à trouver le Mal. Après le cimetière et l'hôpital, il était dans l'église… Le Tarot ne mentait jamais.

Il sourit. La Saint-Jean-l'Évangéliste s'achevait. Aujourd'hui, comme l'annonçait la pierre tombale du templier, Notre-Dame et saint Jean allaient dévoiler leur secret. La victoire prédite par le Tarot allait bientôt être sienne.

En rêvassant, il posa son arbalète sur ses genoux et attendit.

◆

La Saint-Jean-l'Évangéliste marquait le solstice d'hiver — le jour le plus court de l'année. À compter du lendemain, la lumière commencerait à reprendre, quelques secondes à la fois, ses droits sur l'obscurité. La vie et la fertilité amorceraient une fois de plus leur lent mais inexorable triomphe sur la mort et la stérilité. Ermeline et Manaïl n'eurent pas à patienter très longtemps. À la fin de l'après-midi, le soleil atteignit le terme de sa course quotidienne et se mit à disparaître à l'ouest, étendant ses dernières lumières dans la cathédrale. C'est pendant ce court instant que se déclencha le mécanisme conçu par le frère Enguerrand et la Magesse Abidda.

À travers l'immense rosace de la façade ouest, l'ultime rayon du soleil éclaira les vitraux et fit jaillir leur infinité de teintes de violet, de rouge, de bleu, de mauve, de vert et de jaune.

Dans chacun des vingt-quatre rayons, des personnages saints et des scènes de la Bible s'illuminèrent divinement. Dans le médaillon central, la Vierge du vitrail tenait l'enfant Jésus dans ses bras. La lumière qui l'encerclait sembla se concentrer au-dessus de sa tête en un halo aveuglant.

— Ohhhhh... fit Ermeline, émerveillée, en pointant le doigt vers les hauteurs.

Manaïl suivit son regard et fut tout aussi ébloui.

— Ishtar... dirent-ils à l'unisson.

Un rayon surgit soudain du halo de la Vierge et atteignit le cœur de la petite étoile de David qui avait été sculptée au pied de la colonne, entre les deux pentagrammes.

— Vite! Les bagues! murmura Manaïl avec urgence.

Ils enfoncèrent simultanément les deux pierres noires dans les pentagrammes sculptés, comme ils l'avaient fait sans succès la nuit précédente. Pendant quelques secondes, il ne se passa rien et l'angoisse serra la poitrine de l'Élu. Puis, à mesure que la lumière chauffait la pierre, une sensation de chaleur monta de la bague d'Ashurat et il reconnut bientôt la lumière orangée qui en émanait lorsque la mystérieuse pierre noire était chauffée. Elle brillait maintenant sur le pourtour du bijou posé sur le sol comme si elle était trop puissante pour un endroit si restreint et cherchait à s'en échapper. Manaïl jeta un coup d'œil du côté d'Ermeline et constata le même phénomène.

Autour des bagues, les halos lumineux grandirent et finirent par se rejoindre, enveloppant l'étoile de David entre les pentagrammes. Celle-ci s'illumina à son tour d'un éclair aveuglant. Un faisceau en émergea et frappa un point de la voûte de la cathédrale. Une lumière bleutée y scintilla.

— Qu'est-ce que c'est ? demanda Ermeline.

— Je crois que je comprends... Attends voir.

Dans les hauteurs de la cathédrale, au ras de la voûte, l'intensité du scintillement s'accrut et une colonne lumineuse descendit pour toucher le plancher, au centre exact du transept. Pour l'Élu d'Ishtar, la forme qui apparaissait maintenant sur la dalle de pierre était reconnaissable entre toutes : une étoile d'un bleu glacial contenant une forme humaine orangée, bras et jambes écartés, le tout disposé dans un cercle.

— Le pentagramme des Mages d'Ishtar! s'exclama sans retenue Manaïl. Le commandeur a encastré la bague d'Hiram dans la cathédrale et a imaginé un mécanisme qui ne s'anime qu'une fois par an, pendant un bref instant, pour m'indiquer où il a caché le fragment! Allons-y vite avant qu'il ne disparaisse!

Manaïl retira sa bague du sol, saisit la main de sa compagne et se releva. Ensemble, ils s'élancèrent à toute vitesse à travers Notre-Dame de Paris.

✦

Du déambulatoire où il se trouvait, Flandrin vit le phénomène se produire et en resta pantois. Puis un sourire entendu éclaira son visage et il hocha la tête, admiratif malgré lui. Ce garçon avait des alliés étonnants. D'abord la jeune Sarrasine. Et maintenant, voilà que quelqu'un de très habile lui avait pavé la voie. Un pentagramme brillait comme toutes les flammes de l'enfer sur le plancher de pierre. On avait profité de la construction de la cathédrale pour y dissimuler un mécanisme très complexe.

Pendant toutes ces années, le fragment avait-il été si proche ? se demanda-t-il avec amertume. Depuis quand s'y trouvait-il ? Dix ? Cinquante ? Cent ans ?

Abraham Flandrin se fit mentalement des remontrances. Le moment était à l'action, pas aux regrets. Il sortit de la pénombre, son arbalète bien en main.

◆

Du haut des balcons, Daimbert, béat, avait aperçu le rayon lumineux jaillir de la rosace ouest et frapper un point précis de la voûte, d'où était sorti un second rayon orangé. Il avait vu le pentagramme de lumière se matérialiser sur le sol de Notre-Dame. Il ne pouvait que signaler l'emplacement de la pierre, conclut l'alchimiste, le cœur battant. Martin Deville avait retrouvé le secret tant convoité. Il était là, tout près.

Le Tarot avait annoncé une victoire, mais avait refusé de dévoiler le vainqueur. Le moment était venu d'agir. Daimbert de Louvain ne laisserait personne s'emparer de ce qu'il avait tant cherché, au prix de son visage et de dix longues années d'efforts.

Il se leva et descendit en silence.

48

LE PARCHEMIN

Manaïl et Ermeline arrivèrent à l'emplacement du pentagramme scintillant quelques secondes à peine avant que le soleil ne se couche et qu'il cesse d'éclairer la rosace de la façade ouest. La gitane posa le pied au milieu du pentagramme lumineux dont l'intensité faiblissait déjà.

Une fois le soleil disparu, la cathédrale fut plongée dans cette pénombre partielle qui précède brièvement la tombée de la nuit. Il n'y avait pas de temps à perdre. D'ici quelques heures, l'endroit accueillerait des fidèles pour la messe du soir.

Le pied d'Ermeline se trouvait au centre d'une dalle de pierre désormais semblable à toutes les autres. Sans rien dire, Manaïl prit son couteau, s'accroupit et se mit à gratter pour briser le joint de mortier qui unissait la dalle à quatre autres qui l'entouraient, ignorant les élancements qui traversaient sa poitrine. Ermeline se mit à faire de même. Une fois la dalle libérée, ils enfoncèrent les lames de leurs couteaux sous un même côté et, les utilisant comme levier, la soulevèrent. Puis ils firent pivoter les couteaux et les arc-boutèrent contre la dalle de façon à ce qu'ils la soutiennent.

Manaïl sentit une douleur perçante le frapper en plein cœur. Le souffle coupé, il posa la main gauche sur le pentagramme en faisant attention pour qu'Ermeline ne remarque pas son malaise. La douleur s'estompa un peu. Pendant ce temps, la gitane, agenouillée, regardait sous la dalle.

— Il y a quelque chose en dessous, déclara-t-elle.

Le souffle encore court, Manaïl se pencha pour mieux voir. Dans l'espace vacant se trouvait une banale pochette de cuir. Manaïl la saisit. Une fois certain qu'il ne se trouvait rien d'autre sous la dalle, il retira les deux couteaux. La lourde plaque de pierre retomba avec un bruit sourd. Le garçon replaça son arme dans sa ceinture et donna l'autre à la gitane, qui en fit autant.

Il ouvrit la pochette et une douleur encore plus intense lui fit monter les larmes aux yeux. Il inspira et posa la marque de YHWH sur les deux fragments logés dans sa poitrine. Lorsqu'il se sentit mieux, il sortit un parchemin de la pochette qu'il déplia. Malgré le profond pli en son centre, le document en peau de porc était parfaitement préservé. Au bas, à droite, le commandeur avait apposé le sceau de cire rouge.

— Qu'est-ce que ça dit ? demanda-t-il, fébrile, en le tendant à Ermeline qui se mit à lire.

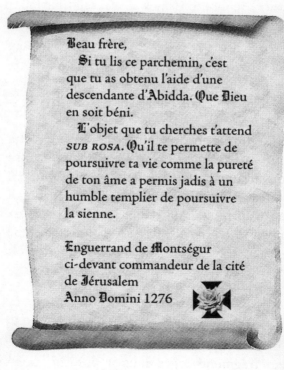

Beau frère,

Si tu lis ce parchemin, c'est que tu as obtenu l'aide d'une descendante d'Abidda. Que Dieu en soit béni.

L'objet que tu cherches t'attend SUB ROSA. Qu'il te permette de poursuivre ta vie comme la pureté de ton âme a permis jadis à un humble templier de poursuivre la sienne.

Enguerrand de Montségur
ci-devant commandeur de la cité
de Jérusalem
Anno Domini 1276

L'Élu luttait de son mieux contre la frustration et la déception qui tentaient de l'envahir. Il avait espéré prendre le fragment, mais voilà que le frère Enguerrand lui avait plutôt laissé un mot. Cette énigme ne semblait pas avoir de fin…

— Sub rosa ? Qu'est-ce que ça veut dire ? s'impatienta Manaïl.

— C'est du latin. Ça veut dire «sous la rose», répondit Ermeline. Ça signifie aussi «secret» ou «clandestin». Quelque chose que l'on garde caché, dont on ne parle pas.

— Sous la rose ? Où est-elle, cette rose ? demanda Manaïl en tournant la tête un peu partout.

— Là, répondit Ermeline. Et là, et là.

Manaïl suivit les multiples directions indiquées de l'index par sa compagne.

— Bien sûr… dit-il en apercevant la grande rosace de la façade ouest.

— Ou sinon, il pourrait s'agir de celles des façades sud ou nord.

— Le fragment est sans doute quelque part au pied de l'une d'elles. Allez. Viens.

— Attends.

Ermeline replia le parchemin et le fourra dans son corsage. Elle monta dans le chœur, où brûlait le cierge perpétuel, seule source de lumière dans la cathédrale à cette heure. Elle s'en empara et revint vers Manaïl.

— Comme ça, nous y verrons quelque chose.

Ils se rendirent à la façade ouest, dont ils inspectèrent chaque point[1] du sol et des murs, aussi haut qu'ils pouvaient voir. Ils ne repérèrent aucun signe ou symbole, aucune marque qui pût leur révéler l'emplacement du fragment. Ils allèrent au nord, puis au sud, et firent le même exercice, sans plus de résultats. Après de longues minutes de recherches infructueuses, ils retournèrent vers la colonne d'Ishtar et s'assirent sur le sol froid, découragés et à court d'idées.

— Peut-être que nous interprétons mal ce que le commandeur a voulu dire, suggéra Ermeline en essayant de garder le moral.

Elle sortit le parchemin de son corsage, le déplia, l'approcha de la flamme du cierge perpétuel et le relut attentivement. Elle haussa les épaules et allait le redonner à son compagnon lorsqu'un détail retint son attention. L'air grave, elle se figea.

— Quoi ? Qu'est-ce qu'il y a ? demanda Manaïl.

— *Sub rosa*... dit Ermeline, les yeux écarquillés. *Sub rosa* !!! Cornebouc ! Quelle sottarde je suis !

---

1. Un point vaut 1,9 millimètre.

Elle se donna une grande claque sur le front, ramena le parchemin par-devers elle et se mit à l'examiner avec frénésie. Puis elle sourit. Sur le sceau de cire figuraient une croix pattée et, en son centre, une rose.

Ermeline tendit le cierge à Manaïl qui le saisit, interdit. Elle s'accroupit, posa le parchemin sur le sol et le lissa avec ses mains. Puis elle prit son poignard et asséna un grand coup avec le manche en plein centre du sceau de cire, qui éclata en morceaux.

49

LE MAL

La gitane écarta les débris de cire séchée
du bout des doigts et désigna quelque
chose à Manaïl. Au même moment, une douleur renouvelée le frappa de plein fouet et,
paradoxalement, le remplit de joie.

— C'est ceci que tu cherches? demanda
Ermeline d'un ton satisfait.

Sur le parchemin, à travers les restes du
sceau de cire, gisait le troisième fragment
du talisman de Nergal, simple petit triangle de
métal mat, d'apparence anodine, qui paraissait
absorber la lumière de la flamme. Bouche bée,
Manaïl le regardait en se tenant la poitrine avec
la main gauche. La douleur s'amplifiait et des
sueurs commençaient à perler sur ses tempes.

— Mais comment as-tu su?…

— Sous la rose… expliqua-t-elle en secouant
la tête de dépit. C'était si bête que j'ai failli ne
pas y penser. Il était littéralement caché *sous*
la rose. Sous le sceau.

La gitane fit mine de saisir le fragment avec ses doigts, mais le garçon l'arrêta.

— Non! s'écria-t-il. Ne le touche pas!

Ermeline sursauta et retira la main comme si elle craignait de se brûler les doigts sur l'objet. Au même moment, Manaïl gémit, submergé par la douleur, et tomba sur le sol.

— Qu'est-ce que tu as? s'enquit Ermeline. Qu'est-ce qui se passe? Tu es blessé?

Inquiète, elle vint à ses côtés. À demi conscient, Manaïl la vit écarter de sa poitrine la main qu'il y avait portée. Elle approcha le cierge et ouvrit la chemise de son compagnon à la recherche d'une blessure. Son visage se pétrifia d'horreur à la vue de l'affreuse cicatrice laissée là par Noroboam l'Araméen à Babylone.

— Cornebouc... Le Grand Inquisiteur t'a vraiment malementé[1]...

Manaïl se remit à genoux et inspira pour contrôler la douleur.

— Pas l'Inquisition... haleta-t-il en secouant la tête. Un Nergali... à Babylone. La marque... des Ténèbres...

— *Fils de la Lumière, il portera la marque des Ténèbres*, récita Ermeline. *Fils du Bien, il combattra le Mal par le Mal.*

---

1. Maltraité.

En tremblant, l'Élu avança la main gauche, ramassa le fragment que la gitane avait laissé sur le parchemin et le serra de toutes ses forces. Il le sentit aussitôt vibrer puis produire une chaleur brûlante, comme si un objet inanimé pouvait exprimer la colère. Sur sa poitrine découverte, les deux autres fragments s'agitèrent comme jamais auparavant, étirant cruellement la peau qui les contenait pour s'extirper de leur reposoir, cherchant à la déchirer pour se réunir à leur semblable. Après quelques instants, la douleur se résorba un peu.

— Par Ishtar… cracha Ermeline en reculant, craintive. Ta peau… Quel démon de l'enfer habite ta poitrine ?

— Ce n'est pas un… démon. Ce sont… les deux autres… fragments, répondit l'Élu. Ishtar les a placés… là. Elle dit que c'est le seul… endroit sûr jusqu'à ce que je… possède les cinq. Plus il y a de fragments… de réunis… plus ça… fait mal…

— Tu es capable de marcher ? s'informa la gitane en glissant son poignard dans la taille de sa jupe pour être en mesure de soutenir Manaïl.

— Donne-moi un moment. La marque de YHWH… m'a été donnée pour contrôler la puissance des fragments.

Bientôt, l'objet maudit fut inerte.

— Voilà. Allons-y.

— Où ? demanda Ermeline.

Les jambes encore un peu flageolantes, Manaïl se releva. Il allait lui expliquer la nécessité de retourner au temple du Temps lorsque, dans la pénombre, il perçut un reflet métallique dans la flamme du cierge.

À compter de ce moment, tout se déroula très vite.

LE SORT D'ERMELINE

Alors que Manaïl pivotait sur lui-même en dégainant son poignard, prêt à se défendre, une silhouette se détacha de l'ombre. Un déclic retentit et un sifflement fendit l'air. La bouche d'Ermeline s'ouvrit de surprise et ses yeux se révulsèrent. Elle laissa choir le cierge et pencha la tête, observant avec un calme surnaturel la pointe de métal qui émergeait de sa poitrine. Déjà, sa blouse et son châle s'humectaient de sang. Elle leva vers Manaïl un regard plein d'incompréhension. Ses lèvres tremblèrent puis formèrent un rictus hésitant. Un filet de sang coula du coin de sa bouche et ses jambes cédèrent sous son poids.

Manaïl s'élança juste à temps pour la recevoir dans ses bras et amortir sa chute, l'empêchant de se heurter la tête sur les dalles de pierre froide. Mais le geste s'avéra futile. Il la blottit contre lui, désespérément à la recherche d'un signe de vie. Il écarta les cheveux de son visage et lui caressa le front. Il l'appela, suppliant. Ermeline posa sur lui un regard vitreux et déjà lointain. Elle esquissa un demi-sourire hébété puis plus rien.

Transi d'horreur, Manaïl serra contre lui le corps inerte. Il ne pouvait croire que la gitane était morte. En un infinitésimal instant, les visages de tous les alliés qui avaient croisé son chemin traversèrent son esprit : Ashurat, le vieillard bon et paisible ; Arianath et sa trompeuse façade ; le frère Enguerrand, à qui il avait rendu la vie, mais qu'il n'avait plus jamais revu ; Hiram et Giraude, tous deux Mages qui, chacun à sa manière, avaient payé de leur vie le fait de lui être venus en aide. Certains lui avaient été loyaux. D'autres l'avaient trahi. Et maintenant Ermeline devenait la plus récente victime innocente. Ce que la quête lui donnait, elle le reprenait aussi vite, avec cruauté, sans égard à ses sentiments. Elle était aveugle et insensible. Mais pas l'Élu.

Une immense colère monta en lui, partant de son cœur pour tout embraser sur son passage. Son souffle s'accéléra, profond et sinistre. Son regard s'assombrit. Il y avait eu assez de morts inutiles. Par Ishtar, il ne permettrait pas qu'Ermeline en fasse partie. Comme l'eau surgissant d'un barrage rompu, un cri primal explosa de la gorge du Babylonien et se répercuta, lugubre, sur les parois de l'immense cathédrale.

— Non!!!!!!

Il déposa délicatement la gitane sans vie sur les dalles et se leva d'un bond pour faire face à l'intrus qui venait d'émerger de l'ombre. Ses yeux brillant d'un courroux guerrier repérèrent un visage maudit qu'il reconnut aussitôt et qui attisa sa colère comme un fer chauffé aux braises de la haine.

Devant lui se tenait Abraham Flandrin. Il avait déjà placé un second carreau sur son arbalète. Il le tenait en joue avec une nonchalance et une assurance étudiées. Dans sa barbe apparaissait un sourire carnassier.

Les regards de l'adorateur de Nergal et de l'Élu d'Ishtar se croisèrent. La haine rencontra la haine et la colère meurtrière, la folie assassine.

Froidement, Flandrin pressa la détente et le projectile quitta l'arme. Tout autour, l'air vibra délicatement et prit une texture trouble. La course du carreau d'arbalète ralentit puis s'interrompit à mi-chemin entre les deux adversaires. L'espace d'un instant, le projectile parut suspendu entre la progression vers l'avant et le retour vers l'arrière. Puis la scène se mit lourdement en marche, à rebours. Le carreau retraita, d'abord presque imperceptiblement, pour enfin s'envoler et se reposer, tel un papillon sur une fleur fragile, sur l'arbalète. Flandrin l'enleva et le remit dans le carquois d'où il l'avait tiré. Ermeline se releva et la pointe du carreau qui l'avait transpercée s'extirpa d'entre ses omoplates. Sous sa blouse et son châle, la peau de son torse et de son dos se referma. La surprise quitta son regard et son visage reprit son expression intelligente et pleine de vie. Le projectile recula dans l'air en sifflant puis, à son tour, se reposa doucement sur l'arme d'où il était parti. Le doigt du Grand Inquisiteur se détendit et relâcha sa pression sur la détente.

Les jambes écartées, Manaïl se tenait droit comme un chêne devant Flandrin. Il sentait circuler en lui une énergie indescriptible issue de la fibre même de l'univers, qui tissait le temps et l'espace. Il avait le sentiment inexplicable de canaliser une parcelle du divin. À travers lui circulaient les Pouvoirs Interdits.

Puis le visage de Flandrin tressaillit, comme s'il venait de s'éveiller brusquement.

— Tu m'as pris de court. Impressionnant... dit le Nergali. Pour un enfant. Mais c'est bien insuffisant, je le crains...

Un pouvoir autre que celui de Manaïl, plus grand, plus sûr, écarta le sien. Le jeune homme se mit à trembler sous l'effort qu'il devait fournir pour maintenir son emprise, qui se relâcha malgré lui. Autour d'eux, le temps était toujours arrêté, mais le phénomène était maintenant le fait du pouvoir, plus puissant et mieux maîtrisé, du Nergali. L'Élu avait perdu la maîtrise de la situation.

Les yeux du Grand Inquisiteur se plissèrent de méfiance et de haine jusqu'à n'être plus que deux fentes malfaisantes. Il agita de façon menaçante l'arbalète qu'il tenait toujours pointée vers Manaïl.

— Donne-moi les fragments ! ordonna-t-il, les dents serrées.

— Jamais !

Flandrin haussa les épaules avec indifférence.

— Bon… Comme tu veux. J'allais te tuer de toute façon. Ensuite, j'ouvrirai ta carcasse et je reprendrai ce qui appartient à Nergal.

Le temps reprit son cours. Le Nergali allait tirer de nouveau. Dans un geste désespéré, Manaïl s'apprêtait à se précipiter sur le côté lorsque les yeux de son adversaire s'arrondirent.

L'air ahuri, Flandrin pencha la tête vers sa poitrine, d'où émergeait la pointe ensanglantée d'un carreau d'arbalète qui lui avait transpercé le cœur. Un mince filet de sang s'écoula de la blessure, maculant sa barbe blanche et descendant le long de sa manche gauche pour atteindre le bout de ses doigts. Quelques gouttes en tombèrent paresseusement sur le sol de pierre.

Vacillant, Flandrin regarda Manaïl et une expression de profonde incrédulité se forma sur son visage.

— Comment ?... gémit-il en secouant la tête, l'air piteux.

L'arbalète glissa de ses mains et chut sur le sol. Abraham Flandrin fit quelques pas hésitants avant que ses jambes ne l'abandonnent.

— Non... C'est injuste.... balbutia-t-il. Je suis venu si... près.

Il s'affaissa lourdement sur le sol, la main sur sa blessure.

— Nergal... râla-t-il. Accueille l'âme de Balaamech dans Ton royaume...

Un dernier souffle s'échappa de la poitrine du Nergali.

Tout autour, le temps reprit subitement son cours, comme une machine d'une infinie lourdeur, d'abord de manière imperceptible, puis de plus en plus vite, jusqu'à ce que sa vitesse normale soit atteinte.

51

LA PIERRE PHILOSOPHALE

L a main gauche serrée sur le fragment, Manaïl chercha la source du trait d'arbalète qui venait d'abattre le Nergali.

À sa grande surprise, le confesseur à la figure ravagée qui l'avait tant harcelé émergea de l'ombre et s'arrêta à quelques pas du cadavre de Flandrin, une arbalète déjà rechargée entre les mains. Son regard allait sans cesse de Flandrin à Manaïl. Ses yeux étaient remplis de panique. Entre lui et le garçon se tenait Ermeline, cierge en main, une expression de totale incompréhension sur le visage.

— Mais… Qu'est-ce qui… se passe ? bredouilla-t-elle.

Le confesseur adressa la parole à Manaïl.

— Comment pouvais-je savoir ? se lamenta-t-il, le regard éperdu.

Ses lèvres difformes se mirent à trembler d'émotion.

— Je... Je croyais être le seul Nergali dans ce *kan*. Balaamech a dû arriver bien avant moi, balbutia-t-il en désignant Flandrin. Je... Personne... Personne ne me l'avait dit. Regardez-le : il est si vieux ! Il doit être ici depuis des dizaines et des dizaines d'années ! Et moi, avec ce qu'il me reste de visage ! Comment aurions-nous pu nous reconnaître ? Je ne pouvais pas savoir !

Des larmes remplirent les yeux de l'alchimiste et coulèrent sur ses joues.

— Balaamech... J'ai tué un de mes frères... gémit-il en regardant le cadavre de Flandrin.

Manaïl cracha sur le sol avec mépris.

— Un Nergali de moins ! Je devrais te remercier.

Tout à coup, sur le visage de Daimbert, la haine remplaça la douleur.

— Mais Mathupolazzar me pardonnera lorsque je lui rapporterai trois fragments du talisman. Gloire à Nergal ! s'écria-t-il.

— Martin ! Attention ! hurla Ermeline.

Le carreau quitta l'arbalète. Manaïl eut à peine le temps de pivoter sur lui-même. Son réflexe lui sauva la vie, mais n'empêcha pas le projectile de traverser son poignet gauche avant de se perdre dans l'immensité de la cathédrale vide et noire. Il laissa échapper un cri qui se répercuta de façon sinistre sur les murs et la voûte de pierre pour mourir lentement. Il tomba à genoux en grimaçant. Contre sa volonté, sa main blessée s'ouvrit et laissa choir le fragment du talisman de Nergal sur la dalle de pierre, dans une flaque de sang qui grandissait très vite.

Avec une dextérité étonnante, Daimbert tira un carreau des plis de sa robe et rechargea son arbalète qu'il tint d'une main par la crosse. Sans cesser de viser alternativement l'Élu et la gitane, il se pencha, ramassa l'objet maudit et essuya sur son manteau le sang qui le recouvrait. Un sourire de profonde satisfaction éclaira son horrible visage. Il se releva et mit le fragment dans une bourse de cuir qui était suspendue à sa ceinture.

Les dents serrées contre la douleur atroce qui lui traversait le bras gauche, Manaïl tentait de se relever. Le projectile avait fracassé les os du poignet, arraché les tendons et déchiré la chair, et l'Élu sentait que la marque de YHWH, heureusement située à proximité de la blessure, peinait pour réparer les dégâts.

Maintenant, Daimbert pointait son arme droit sur son cœur et allait appuyer sur la détente. L'Élu allait mourir. La quête était terminée. Il regarda Ermeline. Il voulait emporter dans la mort le souvenir de son visage. Mais la gitane ne le regardait pas. En douce, elle avait dégainé son poignard et le tenait par la pointe, le bras ramené vers l'arrière. Le visage crispé par la concentration, elle fixait le confesseur.

Elle fit un geste sec et le poignard s'envola, vif comme l'éclair, tournoyant sur lui-même. Un grognement retentit, suivi d'un choc métallique. Le confesseur tomba à genoux, tenant son ventre à deux mains. Entre ses doigts saillait le manche du poignard qui y était enfoncé jusqu'à la garde. Son arme gisait près de lui sur le sol. Il vacilla et tomba sur le côté. Déjà, sa bure était imbibée de sang.

Sans hésiter, Ermeline se dirigea vers lui, saisit le poignard et le retira d'un geste sauvage. Le blessé gémit et le sang jaillit à grands flots de sa blessure.

— Tu peux saigner comme un cochon éventré, pharisien[1]! Ça fera un prêtre de moins! murmura-t-elle.

Un sourire féroce sur les lèvres, elle tira violemment la tête de Daimbert vers l'arrière et posa la lame souillée de sang contre sa gorge tendue.

— Que ta dernière pensée soit pour Giraude la Sarrasine, charogne puante! vociféra-t-elle, la bouche déformée par la haine et le dégoût. Ma mère est vengée.

Elle pressa le métal contre la peau et s'apprêta à trancher.

---

1. Hypocrite. Faux dévot.

— Attends! s'écria Manaïl. Ne le tue pas!

La gitane parut se faire violence pour retenir son geste.

— Pourquoi? C'est un prêtre! Ils ont tué ma mère! gronda-t-elle, furieuse.

— Mais c'est aussi un Nergali, répondit Manaïl.

Ermeline lâcha Daimbert, qui resta recroquevillé sur la pierre froide. L'Élu s'approcha de lui, s'accroupit et lui ouvrit la main pour reprendre le fragment qu'il pressa contre la marque de YHWH. Puis il s'adressa à la gitane.

— Tu pourrais utiliser ton médaillon? demanda-t-il.

— Oui, mais...

— Je t'en prie, Ermeline, coupa Manaïl. Fais-moi confiance.

— Bon...

Ermeline sortit le médaillon de son corsage et le fit balancer devant les yeux livides du Nergali, sous lequel la flaque de sang grandissait à vue d'œil. Bientôt, le visage mutilé de l'agonisant se détendit.

— Il est prêt, déclara la gitane.

Un éclair de cruauté traversa les yeux du garçon. Il examina la façade et localisa ce qu'il cherchait. Il enverrait à Mathupolazzar un message sans équivoque. L'Élu ne se laisserait plus intimider. Désormais, il serait craint.

Il revint près de Daimbert, devant lequel Ermeline faisait toujours osciller son médaillon.

— Je peux lui ordonner quelque chose moi-même ? s'informa-t-il.

La gitane acquiesça de la tête.

— Tu vois l'escalier qui mène au sommet de la tour nord-ouest ? demanda l'Élu.

— Oui… ânonna l'alchimiste.

— Tu vas le gravir. Une fois en haut, tu sauteras dans le vide. Tu auras le temps de retourner dans le *kan* d'Éridou avant d'atteindre le sol. Je veux que tu meures dans le temple de Nergal, devant Mathupolazzar. Tu as compris ?

— Oui…

Manaïl s'approcha de lui et l'empoigna par la robe.

— Avant de mourir, tu diras à Mathupolazzar que lorsque j'aurai récupéré les cinq fragments, je détruirai le talisman devant sa tête enfilée sur un pieux dans son propre temple, cracha-t-il.

— Sa tête sur un pieu… Son propre temple… répéta le confesseur, haletant.

Le garçon regarda Ermeline, qui immobilisa son médaillon.

— Tu as entendu les ordres de Martin Deville, dit-elle. Obéis.

Daimbert de Louvain se mit péniblement en marche vers la façade avant de la cathédrale. Bientôt, il disparut dans l'escalier.

— Tu es certaine que ça fonctionnera ? demanda-t-il. Je ne voudrais pas le retrouver sur mon chemin un de ces jours...

— Ne t'en fais pas. C'est infaillible.

— Alors, partons d'ici.

Ils venaient tout juste de sortir de la cathédrale lorsqu'ils sentirent une ombre passer tout près d'eux et entendirent un bruit sourd derrière. Puis l'air vibra. Lorsqu'ils se retournèrent, seule une grande tache de sang maculait le parvis de la cathédrale.

52

L'ÉMISSAIRE

Éridou, en l'an 3612 avant notre ère

Au milieu du temple de Nergal, Mathupolazzar célébrait la gloire de Nergal. Un disciple tirait vers l'autel un agneau auquel le grand prêtre allait sous peu ouvrir la gorge.

— Ô Nergal ! implora-t-il. Accepte ce sacrifice de tes fidèles et daigne leur donner un signe de ton amour !

Devant le grand prêtre, l'air se mit à vibrer et quelqu'un se matérialisa, à l'endroit où il procédait d'habitude aux sacrifices, sur le plateau même de l'autel. Un des siens, la poitrine ensanglantée et le visage méconnaissable, gisait sur le côté.

— Qui es-tu ? s'enquit-il, hésitant.

— Sha… maël… haleta le nouveau venu.

— Shamaël ? Que t'est-il arrivé ?

Les lèvres déformées de l'agonisant bougèrent et Mathupolazzar approcha l'oreille pour entendre ce qu'il disait.

— L'Élu d'Ishtar... détruira le... talisman... devant ta tête... enfilée sur un pieux, haleta le Nergali.

Le grand prêtre entra dans une colère terrible. Il empoigna la robe ensanglantée de celui qui avait été connu dans le *kan* de Paris sous le nom de Daimbert de Louvain et le secoua avec violence.

— Les fragments ? hurla-t-il, le visage à quelques cheveux de celui de l'autre. Où sont-ils ? Où sont les fragments ?

Les yeux de Daimbert roulèrent vers le haut et ses paupières frémirent. Avant qu'il n'expire, un dernier mot franchit ses lèvres.

— L'Élu...

En furie, Mathupolazzar administra plusieurs coups de poing au visage inerte, puis projeta le cadavre sur le sol et cracha dessus.

— Porc ! Que Nergal te fasse endurer mille tourments !

Il flanqua un dernier coup de pied dans le ventre du mort.

— Aggghhhhhhh !!!! cria-t-il en se tirant les cheveux à pleines poignées.

Un silence embarrassé se fit dans le temple de Nergal, aucun disciple n'osant bouger un cil de peur d'encourir la colère du grand prêtre.

Mathupolazzar se retourna, le visage blême.

— Ramassez-le, ordonna-t-il sèchement avant de disparaître dans la pièce interdite, visiblement ébranlé.

Il ferma les yeux et inspira. Le souffle qu'il rejeta était tremblant de colère mais aussi de peur. L'Élu était à peine sorti de l'enfance et ignorant. Pourtant, il était encore venu à bout de deux autres Nergalii. Par chance ? Par habileté ? Nul ne pouvait le dire. Mais il était dangereux. Et il possédait maintenant trois fragments. S'il continuait à ce rythme, il saurait les réunir et tout serait perdu. Car Mathupolazzar était désormais certain d'une chose : l'Élu était capable de détruire le talisman de Nergal.

Le grand prêtre se jura que plus jamais l'Élu n'affronterait que quelques Nergalii isolés. Désormais, il devrait faire face à des troupes organisées.

53

ADIEUX À PARIS

Manaïl et Ermeline étaient appuyés aux garde-fous des Planches Mibray. Le soleil levant scintillait à la surface de la Seine. Ils allaient bientôt devoir se dire adieu et le garçon tentait d'étirer le temps qui lui restait. Dans sa main gauche, il tenait le fragment bien serré. Il ne l'avait pas lâché depuis le départ de Notre-Dame et ne le ferait pas jusqu'au retour au temple du Temps.

Sous le pont, l'eau coulait lentement.

— Tu dois vraiment repartir ? demanda-t-elle, la voix étouffée par une tristesse qu'elle ne cherchait pas à cacher.

Manaïl se contenta d'acquiescer de la tête. Il avait le cœur gros de devoir quitter cette fille aussi courageuse et loyale que jolie. Mais son devoir l'appelait ailleurs. Il ignorait où. Il aurait voulu comprendre pourquoi Ishtar lui avait laissé espérer qu'Ermeline, la

405

nouvelle Magesse, resterait à ses côtés. N'avait-elle pas dit qu'il ne serait plus seul, qu'Ermeline l'accompagnerait dorénavant? Il devait la vie à la gitane, à son courage, à son audace. La déesse avait sans doute voulu parler seulement de ce *kan*, pas de toute sa quête. Dès qu'il le quitterait, il serait seul de nouveau.

S'il survivait, peut-être reviendrait-il un jour vers la gitane. Pour lui, ce serait beaucoup plus tard. Pour elle, ce serait demain. Ou hier…

— Tu sais nager, au moins? poursuivit la gitane.

— Non. Lorsque je suis arrivé, j'ai failli me noyer. Si l'abbé Jehan ne m'avait pas repêché, j'y serais resté.

Ermeline lui posa la main sur l'avant-bras.

— Moi, je sais, déclara-t-elle, la voix pleine d'espoir. Je suis un vrai poisson!

Manaïl se retourna lentement. Ermeline souriait, le regard complice et l'air entendu.

— J'espérais que tu dises cela, confessa l'Élu.

Il lui tendit la main et, ensemble, ils enjambèrent le parapet du pont. Dans les premières lueurs de l'aube, personne ne les vit plonger dans la Seine. Pendant qu'ils nageaient à la recherche de la porte engloutie du temple du Temps, Manaïl songea que la déesse avait eu raison. Il n'était plus seul.

À suivre.

TABLE DES MATIÈRES

LE TALISMAN DE NERGAL

TOME 1
L'ÉLU DE BABYLONE

TOME 2
LE TRÉSOR DE SALOMON

TOME 3
LE SECRET DE LA VIERGE

Imprimé en septembre 2008
sur les presses de Transcontinental-Gagné,
Louiseville, Québec.